KNAUR

Von Markus Heitz sind bereits folgende Titel erschienen:
Sanctum
Kinder des Judas
Blutportale
Judassohn
Judastöchter
Oneiros – Tödlicher Fluch
Totenblick
Exkarnation – Krieg der Alten Seelen
Exkarnation – Seelensterben
AERA – Die Rückkehr der Götter
Wédōra – Staub und Blut
Wédōra – Schatten und Tod
Des Teufels Gebetbuch
Die Klinge des Schicksals
DOORS – Staffel 1
Die dunklen Lande
DOORS – Staffel 2

Über den Autor:
Geboren am 10. Oktober 1971 im saarländischen Homburg, macht er vieles, was man Waage-Geborenen nachsagt. Wenn man daran glaubt, was Sternzeichen so tun. Vermutlich hätte er es aber auch getan, wenn er am 10. Juni oder am 10. Januar zur Welt gekommen wäre.
Schon immer von der seltsamen Idee besessen, eines Tages Schriftsteller zu sein, studierte er zuerst auf Lehramt, um sich intensiv mit der Gegenseite zu beschäftigen. Dann wechselte er zum Magister, weil er den Titel »Meister« als Anrede besser fand, und arbeitete danach mehrere Jahre als freier Journalist für die Saarbrücker Zeitung.
Nebenbei schrieb er diverse Bücher, bis der Erfolg mit einem kleinen Volk, das gerne »Die Zwerge« genannt wird, im Jahr 2004 genug Geld in die Haushaltskasse spülte, um vorerst nur von der Schriftstellerei leben zu können.

MARKUS HEITZ

DER TANNENBAUM DES TODES

Eine teuflisch-fies-absurd-satirische Adventsanthologie-Groteske mit mehr als 24 Geschichten und Menüvorschlägen

Mit Illustrationen von Ingo Römling

KNAUR

Besuchen Sie uns im Internet:
www.knaur.de

FSC
www.fsc.org
MIX
Papier aus verantwortungsvollen Quellen
FSC® C083411

Originalausgabe Oktober 2019
Knaur Taschenbuch

Ein Imprint der Verlagsgruppe
Droemer Knaur GmbH & Co. KG, München

Das Werk wurde vermittelt durch die AVA international GmbH
Autoren- und Verlagsagentur, München
Redaktion: Hanka Leo
Covergestaltung: Ingo Römling / monozelle.de
Coverabbildung: Ingo Römling / monozelle.de
Satz: Daniela Schulz, Rheda-Wiedenbrück
Druck und Bindung: CPI books GmbH, Leck
ISBN 978-3-426-52434-3

4 5 3

ZUM GELEIT

»Wenn ich beim Festschmaus in die Runde sehe,
fallen mir die besten Morde ein.«
Alfred Hitchcock

Und es begab sich zu einer Zeit, da eine Heitz'sche Adventsanthologie mit Menüvorschlägen erschien … Ja, wie denn *das?* Und es ist *kein* Kochbuch?

Ganz einfach.

Seit mehr als zehn Jahren bietet das Gastronomie-Ehepaar Nancy und Willi Horster zusammen mit mir in ihrem Wirtshaus *Zum Alten Bahnhof* in Zweibrücken die Veranstaltung *Böser die Glocken* an: Dabei werden vier leckere Gänge, drei abstruse Geschichten rund um Weihnachten und andere Kleinigkeiten serviert.

Diese Veranstaltung ist stets binnen Minuten ausverkauft, und auch wenn Willi und ich diesen Abend dreimal hintereinander füllen könnten, bleiben wir bewusst bei dem *einen* Termin im Jahr. Das erhöht den Reiz. Für alle. Denn es soll etwas Besonderes sein.

Die vorgetragenen Geschichten waren bislang nicht in Gänze erhältlich.

Doch siehe: Nach zehn Jahren war es an der Zeit, die kleinen fiesen Storys zusammenzustellen und die Gerichte aufzulisten, damit eine jede und ein jeder zu Hause sein eigenes anderes, böses Weihnachten feiern kann.

Die Rezepte bleiben jedoch geheim … tut mir leid. In zehn Jahren kommt vielleicht die Fortsetzung. Oder doch das Rezeptbuch. Mal schauen.

Nun wünsche ich beste Unterhaltung, gelungenes Kochen und viel lautes Lachen!

Markus Heitz
Ostern 2019 – wie herrlich unpassend!

Ach so, ja, noch eine Sache.

Nikolaus.

Santa Claus.

Weihnachtsmann.

Christkind.

Knecht Ruprecht und so.

Die Begriffe werden in den Kurzgeschichten unterschiedlich eingesetzt. Einfach nicht verwirren lassen. Gemeint sind manchmal die gleichen, manchmal dieselben -läuse. Das ist so eine Art Verstehen-Sie-Weihnachten-Test.

Meine Lektorin kannte das Christkind zum Beispiel nicht. Skandal! Da frage ich mich, wer mir damals die Geschenke brachte? Oder ihr? Und warum bekommen Atheisten trotzdem was an Weihnachten?

Auf nichts ist mehr Verlass.

Doch: auf den 24. Dezember!

Außer Sie leben nach dem russisch-orthodoxen Kalender, dann müssen Sie mit Heiligabendspoilern leben.

Das wollte ich noch angemerkt haben.

Nun aber los. Ist ja nicht ewig Advent.

SANTAS SACK

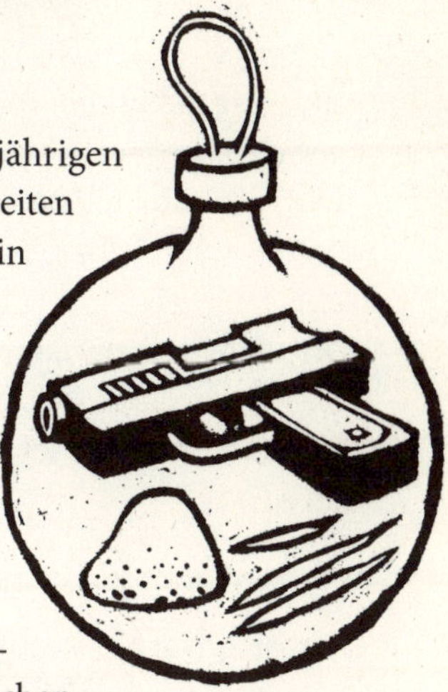

Als Eugen Maria Hutzel mit seiner siebenjährigen Tochter Jennifer durch den kleinen verschneiten Wald hinter der Siedlung lief, in der sein Haus stand, wusste er nicht, welche Wendung der Tag bringen würde. Denn er und seine Tochter fanden einen herrenlosen Sack.

Mitten im Wald.

Jennifer war der festen kindlichen Überzeugung, es sei der Sack des Weihnachtsmannes und man müsse ihn in Sicherheit bringen, weil doch die Nikolausgeschenke und Wunschzettel für das Christkind drin seien.

Also nahmen sie ihn mit, gegen den inneren Widerstand von Eugen, der den Sack nicht mal öffnen durfte, weil er doch dem Weihnachtsmann gehöre. Er schrieb seine Adresse und die Telefonnummer auf ein Blatt Papier, das Jennifer an einem Ast befestigte.

Sie waren gespannt, wer sich melden würde.

Eugen stieg aus der Dusche, rasierte sich, schnitt sich dabei mehrmals wie üblich und dämpfte die Blutungen mit nassem Klopapier auf den Wunden, als es an der Tür klingelte. Er schaltete die Videoüberwachungsanlage an und sah – den Nikolaus.

»Ja?«, sagte Eugen verdattert.

Der Nikolaus, standesgemäß in Rot mit schwarzen Stiefeln, weißem Nylonbart und Polyestermütze auf den falschen weißen Haaren, hob den Zettel. »Ist hier bei Hutzel?«

»Ja.«

»Sie haben meinen Sack gefunden«, sagte der heilige Mann.

Eugen trocknete sich notdürftig ab und stieg in seinen Bademantel. Seine Gattin war nicht da, und Jennifer wollte er nicht an die Tür schicken, wenn ein Fremder davorstand. Nikolaus hin oder her. »Ich komme runter. Einen Augenblick.«

»Jepp.«

Zwanzig Sekunden später öffnete er den Eingang. »Entschuldigen Sie, dass es gedauert hat.«

Der Nikolaus musterte ihn aus blauen Augen, deren Pupillen geweitet waren. Sehr geweitet. »Kein Problem, Chef. Wo ist mein Sack?«

Mit den Worten flog Eugen der Geruch von kaltem Rauch und Alkohol entgegen. Neben dem linken Nikolausstiefel entdeckte Eugen die Überreste eines Tütchens. »Woher weiß ich denn, dass es Ihr Sack ist?«

»Weil ich der Nikolaus bin.«

»Sehr komisch. Ich könnte auch ein Kostüm anziehen und behaupten, ich sei es.«

»Sie heißen aber Hutzel, Chef. Damit wären Sie höchstens einer meiner Elfen.« Der Mann fuchtelte mit den Armen. »Oder kennen Sie ein Lied, das heißt: Hutzel ist ein guter Mann?« Er lachte meckernd über seinen eigenen Witz. »Der heilige Hutzel. Das wäre doch was.«

»Ich darf doch sehr bitten.«

»Nein, Chef, *ich* bitte sehr. Und zwar um meinen Sack.« Jetzt klang der Nikolaus nicht mehr belustigt. »Oder sonst …« Er ließ die Drohung offen.

»Oder sonst was? Holen Sie Ihre Elfen oder Ihre Elche und hetzen sie auf mich?« Eugen gefielen weder der Ton noch das Aussehen; außerdem befürchtete er wegen der weiten, unbeweglichen Pupillen, dass sich etwas in dem Sack befand, das gegen das Betäubungsmittelgesetz verstieß.

»Nein. Sonst bekommen Sie« – der Mann beugte sich vor und senkte die Stimme drohend – »keine Geschenke mehr, Hutzel. Nie wieder.« Er schüttelte den Kopf. »Das ganze Leben nicht mehr.«

Eugen starrte ihn an. Von einem Anruf bei der Polizei bis hin zu einer Schlägerei zuckten ihm allerlei Ideen durch den Verstand, aber es war bald Heiligabend, und seine kleine Tochter befand sich nebenan, also mied er lieber Schwierigkeiten. »Warten Sie hier, Herr Nikolaus. Ich hole Ihnen Ihren Sack.«

»Danke, Hutzel. Und wenn Sie mal einen Job als Elf brauchen, schreiben Sie mir.« Er zwinkerte und hob den Daumen.

Eugen ging in den Wintergarten und fand dort Jennifer, umringt von ihren Puppen. Die Puppen hatten Tassen vor sich stehen, Pistolen auf dem Schoß liegen, Geldscheinstapel um sich herum, und die Gesichter waren weiß gepudert. Das Pulver stammte aus einem brikettgroßen Aluminiumpäckchen, dessen Folie aufgeplatzt war. Eugen brachte keinen Ton heraus.

»Papa, schau mal, was ich in den Päckchen gefunden habe. Wir spielen Gangstertee.« Jennifer zeigte auf drei geöffnete Schachteln, auf die ihr Name gemalt war. »Das habe ich mir aber nicht gewünscht.«

»Du hast den Sack ja aufgemacht, Liebes«, krächzte Eugen und gab sich Mühe, weder Vorwurf noch Entsetzen in die Stimme zu legen.

»Nein, er hatte einen Riss. Und ich habe meinen Namen auf einem Geschenk gesehen. Damit ich an Weihnachten vom Christkind das Richtige bekomme, habe ich nachgesehen.« Jennifer sagte das mit einer Unschuld, die all dem Koks, der Kohle und den Knarren spottete. »Papa, seit wann bringt denn der Nikolaus Pistolen und Drogen?«

Eugen ahnte, dass die eine oder andere Vorabendserie doch nicht so pädagogisch wertvoll für seine Tochter gewesen war.

»Ich … werde ihn fragen«, stammelte er und fing an, die Sachen in den Sack zu stopfen.

Es klingelte wieder.

»Scheiße«, fluchte er, und Jennifer sah ihn erstaunt an. »Geh in dein Zimmer und bleib dort.«

Rrring!

»Ist das der Nikolaus, Papa?«

Rrring! Rrring!

»Jennifer, geh hoch in dein Zimmer!« Eugen spurtete sacklos

hinaus – und stand vor dem Nikolaus, der irgendwie den Weg in den Flur gefunden hatte; anscheinend war die Tür nicht richtig ins Schloss gefallen. Der Mann begutachtete sich vor dem Spiegel und zupfte an seinem falschen Bart herum.

»Sie sind nicht draußen?«, fragte Egon hilflos.

Ring!!!

»Nee, Chef. War mir zu kalt.« Er deutete auf den Eingang. »Besuch, was?«

Wortlos öffnete Eugen die Tür – doch da war niemand.

»Okay, Drogenklaus. Und jetzt raus mit dir.« Eugen war sich darüber im Klaren, dass ein frisch geduschter und im Bademantel umherlaufender Mann nicht unbedingt einschüchternd wirkte, doch er setzte auf das nasse, blutige Klopapier im Gesicht und den Baseballschläger, den er aus der Ecke hinter der Tür nahm, während er die Tür schloss.

Er wandte sich um – aber der Flur war leer.

»Drogenklaus?«, rief er zaghaft und hob den Baseballschläger, Schritt um Schritt ging er vorwärts, näherte sich dem Wintergarten. »Hallo?«

Es klingelte ein weiteres Mal.

Eugen packte den Baseballschläger fester und rannte zurück zum Eingang, öffnete ihn.

Vor ihm standen vier Nikoläuse im handelsüblichen Outfit, und sobald sie ihn sahen, schmetterten sie *Niklas ist ein guter Mann.* Einer hielt ein Schild, auf dem in großen Lettern geschrieben stand: *Lieder für den heiligen Sack! Bitte eine Spende zugunsten des Tierheims.*

Eugen knallte die Tür wieder zu.

»Ist das die Überraschung, die du mir versprochen hast, Papa?«, hörte er Jennifer rufen, die sich eben die Treppe nach unten bewegte. »Da singt doch jemand.«

Ring!

Eugen öffnete die Tür. »Was?«

Der Weihnachtsmann mit dem Schild blickte ihn strafend an. »Hören Sie mal, Herr Hutzel. Wir singen hier für eine gute Sache, und Sie knallen uns einfach –«

Eugen schmetterte das Holz ins Schloss. Oder wollte es, denn der Schildträger stellte den Fuß dazwischen. »Herr Hutzel, seien Sie doch ein bisschen netter«, sagte er. »Denken Sie an die armen Tiere, die im –«

»Die Bullen«, rief einer der Männer, und sofort rannten alle vier davon.

»Die da!«, schrie Eugen sofort und zeigte auf die Flüchtenden. Mit dem Sack voller Koks und Waffen im Haus brauchte er keine Polizei bei sich. »Die waren es! Egal was, aber sie waren es!«

Die zwei Polizisten verfolgten die Nikoläuse die Straße hinab.

Ich muss diesen Sack loswerden. Niemand würde ihm glauben. Niemand. Er schniefte. Inzwischen war ihm alles egal.

Er packte den Sack, schleifte ihn vom Wintergarten zur Hintertür. Er würde das Zeug einfach über den Zaun werfen. Sollte sich der Nachbar damit herumschlagen. Mit dem hatte er eh noch eine Rechnung offen.

»Okay, Chef. Du bist hiermit mein Hutzelelf und wirst den Sack jetzt zu meinem Auto tragen, und alles ist okay.« Ein harter Gegenstand drückte sich in Eugens Nacken. »Niemandem wird was geschehen, alles klar?«

Eugen fügte sich in sein Schicksal, Hauptsache, er war diesen verdammten Sack los.

Der Nikolaus dirigierte ihn die Einfahrt hinunter, über den Zaun, die Straße entlang zu einem alten, verbeulten Peugeot 205 in einer Farbe, die vor zehn Jahren vielleicht weiß gewesen war.

Eugen öffnete den Kofferraum, warf den Sack mit Schwung hinein. »Bitte sehr, Nikolaus.« Ächzend richtete er sich auf. Trotz der Anstrengung fror er erbärmlich, sodass seine Zähne klapperten und er kaum vernünftig sprechen konnte. »Mir egal, welche Kinder sich das gewünscht haben. Aber schaff es weg.«

Der Nikolaus mit den weiten Pupillen gluckste. »Klar, Chef. Ich lass dich dann auch in Ruhe.« Er hielt einen Lippenpflegestift in der Hand, mit dem er die Mündung einer Pistole simuliert hatte, fettete sich die Lippen mit einer Hand, die andere öffnete die Kordel am Sack.

Zum Vorschein kamen Papierschnipsel und Backsteine.

»Scheiße, Hutzel, du scheiß Elf! Das ist nicht nett, seinen Chef zu beklauen!«, schrie der Nikolaus und bewarf ihn mit den Zeitungsfetzen. »Du blöder –«

Die vier singenden Weihnachtsmänner bogen um die Ecke, verfolgt von den beiden Polizisten. Am anderen Ende tauchte ein Polizeifahrzeug auf. Eugen nutzte die Ablenkung und schubste den bekifften Nikolaus in den Kofferraum, schloss die Klappe und duckte sich hinter eine Mülltonne.

Die Weihnachtmänner rannten auf den Peugeot zu, einer sah im Vorbeilaufen den Schlüssel stecken.

»Hey, Jungs! Hier rein!«, rief er die anderen zurück.

Sie sprangen in den Wagen, starteten den Motor und brausten davon, genau zwischen den beiden Polizisten durch.

Mit heulender Sirene nahm das Polizeifahrzeug die Verfolgung auf.

Langsam, ganz langsam tauchte Eugen Maria Hutzel hinter seiner Deckung auf.

Während die Blaulichter in der Ferne verschwanden und das Tatütata leiser wurde, kehrte die Idylle in die Siedlung zurück. Es wurde still, die Flocken rieselten sanft aus dem Himmel, es roch nach Kaminrauch, Plätzchenduft und Zimt.

Eugen atmete tief ein.

Er kehrte durch die Hintertür in sein Haus zurück, grüßte im Vorübergehen seinen Nachbarn Theo und seine Frau, die plaudernd im Wintergarten saßen, und ging ins Schlafzimmer. Dort legte er sich einfach ins Bett und beschloss, niemals mehr in seinem Leben an diesen Tag zu denken.

Dann schloss er die Augen und schlief ein.

Eugen erfuhr am nächsten Tag, aus der Zeitung, dass die vier jungen Männer nach einer wilden Verfolgungsjagd gefasst worden waren. »Es handelt sich um Trickbetrüger, die immer zur Weihnachtszeit durch verschiedene Städte ziehen und behaupten, sie sammelten für das Tierheim«, berichtete die Polizei. Im Kofferraum hatte man außerdem einen bekannten Drogendealer mit einem Sack voller Schnipsel und Backsteinen gefunden.

Eugen fragte an Heiligabend bei der Bescherung nichts und wollte nichts wissen.

Weder, woher das Geld für das Pony stammte, das Jennifer bekam, noch für den neuen Porsche, der vor der Tür stand, noch für Nachbar Theos Anbau mit der Glasfront und dem Pool sowie die beiden Damen, die sich darin räkelten.

Nein, das wollte Eugen alles nicht wissen.

DER NIKOLAUS MACHT WÜNSCHE WAHR

Es gibt den Nikolaus. Wirklich.

Er hält eine verchromte Pistole, auf der sich die glänzenden Lichter des Tannenbaums und die bunten Kugeln wunderschön spiegeln. Er trägt einen schwarzen Kunstledermantel und Handschuhe. Statt einer roten Zipfelmütze hat er eine Sturmhaube über dem Kopf. Er und sein Weihnachtsengel und Knecht Ruprecht. Ich nenne sie: das Wunschzetteleinsatzkommando.

Also, vergesst den Unsinn mit dem weißen Bart, dem roten Frotteemantel und dem dämlichen Hohoho-Lachen.

Woher ich das weiß?

Ich bin zehn Jahre alt, und ich habe schon einiges erlebt.

Bis vor ein paar Monaten war alles in Ordnung. Bis zum 1. Dezember. So gegen 17.32 Uhr. Da änderte sich mein Leben schlagartig durch einen grausigen Fund.

Ich suchte im Auftrag meiner Mutter das weiße Tischtuch im Schrank, hob das blaue, das grüne, das rote an – und da sah ich es: ein Geschenk.

Ein Geschenk in Nikolauspapier.

Es war ein Anhänger dran, auf dem mein Name stand. Daneben lag ein abgeschnittenes Preisschild. *Pullover, rosa, € 14,95.*

Ich drückte probeweise auf das Papier, darunter war es weich.

Ein Pullover? Ein blöder rosa Pullover! So einen trug Vanessa Backes, die in der ersten Reihe in meiner Klasse saß, und ich hasste sie.

Ich zitterte vor Zorn. Meine Eltern … sie mussten meinen Wunschzettel abgefangen haben. Sie betrogen mich! Und was noch viel schlimmer war: Sie betrogen den Nikolaus! Wahrscheinlich würden sie behaupten, *er* hätte diesen Pullover für mich ausgesucht. Sie wollten ihm die Schuld in die Schuhe schieben. Das musste ich verhindern.

Und ich wusste auch schon, wie.

Anstatt am nächsten Tag zur Turnstunde in die große, gelb gestrichene Halle zu gehen, in der es immer so eklig nach alten Schuhen und Gummimatten riecht, lief ich zum kleinen Kaufhaus ein paar Ecken weiter. Dort war der Nikolaus, wie jedes Jahr, solange ich mich erinnern konnte. Mein alter Freund. Ich musste in einer Schlange anstehen, bevor ich ihn sprechen durfte.

Geduld, Geduld.

»Hallo, Nikolaus«, sagte ich schüchtern, nachdem er mich auf seinen Schoß gehoben hatte. Merkwürdig … irgendetwas stimmte hier nicht. Nur was? Er roch anders, müffelte nach alten Kleidern aus feuchten Kartons.

»Ja, hallo, meine Kleine. Wie heißt du denn?« Der Nikolaus sprach mit ungewohnt tiefer Stimme und betonte die Worte merkwürdig. Er klang wie eine Mischung aus Pfarrer und Verkaufssendersprecher. Vielleicht war er erkältet?

»Aber das weißt du doch!«

»Nein. Woher denn?«, meinte er ein bisschen zickig. Er langte in den großen, löchrigen Jutesack, der neben ihm lag, und nahm eine Plastiktüte heraus; darin waren ein paar Schokotannenzapfen.

Mir kam der Verdacht, dass meine Eltern nicht die einzigen Betrüger waren.

»Sarah Annabella«, antwortete ich und schaute mir den Bart etwas genauer an. Er sah nicht echt aus. Die weißen Haare waren viel zu dick, ganz anders als sonst.

»Hohoho, jetzt fällt es mir wieder ein!« Er lachte dunkel. »Möchtest du die Schokotannenzapfen?« Der Nikolaus raschelte mit der Tüte, die Zapfen hüpften hin und her. Ich nickte, und er gab sie mir, strich mir über meine langen, schwarzen Haare. »Also, was wünschst du dir, Sandra?«

Verschwörerisch lehnte ich mich an ihn und flüsterte ihm ins Ohr: »Ich glaube, sie versuchen, uns zu betrügen. Und mein Name ist Sarah.«

»Uns?«

»Dich und mich.«

Der Nikolaus glotzte mich an. »Was?«

»Mama und Papa«, erklärte ich. »Sie haben mich nicht mehr lieb und wollen nicht, dass du mir das Creepy-X-Mas-House-of-Horror bringst. Ich glaube, sie haben meinen Wunschzettel geklaut.«

»Das Haus … was für ein Haus? Ist das dieses hässliche, abgeschmackte Plastikding, das diese ekelhaften Geräusche macht?« Er schüttelte den Kopf und sah mich mürrisch an. Die viel zu dicken weißen Augenbrauen sahen genauso falsch aus wie der Bart. »Deine Eltern haben recht. Das ist Schrott.«

Mir wurde schlecht. Er stellte sich auf die Seite meiner Eltern? »Nein, ist es nicht«, sagte ich beharrlich.

»Doch, ist es.« Er hob mich von seinem Schoß. »Geh zu deiner Mutter, Saskia. Du bekommst in diesem Jahr was anderes. Was Schönes.«

»Ich heiße Sarah, und ein blöder rosa Pullover ist nichts Schönes! Verstehst du denn nicht – meine Eltern wollen uns betrügen!«, sagte ich laut. »Dafür müsstest du sie mit an den Nordpol nehmen!«

Der Nikolaus lachte ganz merkwürdig, dann stand er auf. »Was soll der Mist?«, fragte er, gar nicht mehr freundlich, und sah sich misstrauisch um. »Ist das so eine Scheiße mit versteckter Kamera?«

Nein, so hatte ich mir den Beistand vom Nikolaus nicht vorgestellt. Ich wollte weg, aber er hielt mich an einem Arm fest.

»Hey, Beate!« Er riss sich den Bart vom Gesicht und schrie eine Verkäuferin an. »Beate, was soll das? Habt ihr mir das Mädchen geschickt? Soll das ein Scherz sein?«

Ich starrte auf das nackte Gesicht. Jetzt hatte ich den Beweis: Das war nicht der Nikolaus! Ich brauchte ihm also auch keinen Respekt mehr zu zeigen, und darum trat ich ihm wütend auf den Fuß.

Er brüllte: »Scheiße!«, und wollte mir mit der freien Hand eine Ohrfeige verpassen, aber ich riss mich los und rannte weg.

Ich versteckte mich in der Textilabteilung unter einem Ständer mit Damenmänteln, aß mit Tränen in den Augen die zerquetschten Tannenzapfen. Das war nicht der Nikolaus.

Und nach dem vierten Schokotannenzapfen schlug meine Angst in Wut um.

Wut auf den Betrüger.

Er würde zu spüren bekommen, was es hieß, sich als Nikolaus auszugeben. Und das Kaufhaus wusste Bescheid und machte mit. Das sollten sie büßen!

Ich stahl aus der Haushaltsabteilung ein Päckchen Streichhölzer und legte Feuer in der Textilabteilung.

In dem Durcheinander, das daraufhin ausbrach, in dem Rauch, in dem Schrillen der Signalhörner, dem Getrampel der flüchtenden Menschen, entdeckte ich den Betrüger noch mal. Er stand vor einer offenen Kasse und stopfte sich Geldscheine in den Mantel, schaute dabei dauernd nach rechts und links. Seinen Bart hatte er über die Kamera gestülpt, die über der Kasse an der Wand angebracht war.

Ich schlich mich unbemerkt näher. Meine Rache war noch nicht beendet.

Als er sich zur Feuertreppe davonstahl, verfolgte ich ihn und stellte ihn auf der obersten Stufe. Er hörte, wie die Tür hinter mir ins Schloss fiel.

»Du schon wieder?«, sagte er genervt und versuchte, einige lose Scheine in seine Taschen zu schieben.

»Du bist nicht der echte Nikolaus«, sagte ich wütend.

Er lachte mich aus. »Verpiss dich, Sabrina, sonst leg ich dich übers Knie.« Er drehte sich um.

Da sprang ich vor und gab ihm einen kräftigen Stoß in den Rücken.

Der Betrüger schrie vor Überraschung auf, geriet ins Straucheln – und stürzte kopfüber den ersten Treppenabschnitt hinunter. Er bekam Nasenbluten. Jedenfalls glaubte ich zuerst, dass es nur aus der Nase kam. Aber es war ziemlich viel Blut.

Stöhnend wälzte er sich auf den Rücken. »Ich schlag dich tot«, sagte er ächzend und versuchte, sich aufzurappeln.

Ich nahm all meinen Mut zusammen, rannte ihm entgegen, rutschte dabei auf dem Blut aus und wäre beinahe selbst noch gefallen. Gerade, als er sich halb aufgerichtet hatte, trat ich ihm so fest, wie ich konnte, in den Hintern. Für ihn ging es die nächsten Stufen abwärts.

Der Betrüger hatte es verdient.

Damit begann sie, meine Suche nach dem echten Nikolaus, dem heiligen Mann, der mir meinen Wunsch erfüllen sollte: das Creepy-X-Mas-House-of-Horror.

Meiner Mutter erzählte ich, wir hätten nach der Schule regelmäßig Proben für das Krippenspiel. Sie glaubte mir – und die Nikolausbetrüger bezahlten teuer.

Ich ging von nun an mit System vor und stellte einen Fragenkatalog auf, dem kein Hochstapler und Kinderblender standhalten konnte. Ich bestrafte sie im Namen des echten Nikolaus, mal mit Reißzwecken, mal mit Rohrreiniger im Getränk, aber meistens, indem ich sie Treppen runterschubste.

Ich wurde nie erwischt. Und brachte es schließlich auf zwölf Schwindler in drei Tagen.

Nur einer, der Nikolaus in einem kleinen Spielzeugladen, machte es mir verdammt schwer, ihn zu überführen.

»Hallo, Sarah«, begrüßte er mich, als ich eintrat.

»Guten Tag, Nikolaus«, grüßte ich freudig überrascht. Der Anfang war gut, er kannte meinen Namen! »Bist du der echte Nikolaus?«

»Sicher«, sagte er. »Und was wünschst du dir zu Weihnachten?«

»Wie kalt ist es am Nordpol?«, knallte ich ihm meine erste Frage gegen den Kopf.

Er verzog keine Miene. »Etwa minus dreißig Grad. Natürlich nur, wenn kein Wind weht.«

»Wie schnell ist dein Rentierschlitten?«

»Der hat mehr als hundert PS.«

»Wo hast du ihn abgestellt?«

»Er ist unsichtbar, wenn ich es möchte.« Er klopfte sich auf die Manteltasche. »Hier habe ich eine Fernbedienung. Funktioniert wie bei einem Auto.«

Ich war verunsichert. Kein Stottern, kein Stammeln, keine Rückfragen, nein, er antwortete sofort und ohne zu zögern, auch wenn ich nicht wusste, was ein PS war. »Wie viele Weihnachtsengel hast du?«

»Ungefähr neunhundertelf …« Er stockte. »Nein, warte. Belinda hat gestern gekündigt. Also genau neunhundertzehn. Und keine Weihnachtselfen. Elfen trödeln immer, weißt du.« Er lächelte. »Du bist neugierig, Sarah. Denkst du, ich wäre ein Schwindler?«

»Ich bin mir nicht sicher.« Ich senkte den Blick und erzählte ihm mit leiser Stimme von dem Betrug meiner Eltern. »Und ich habe Angst, dass der echte Nikolaus verschwunden ist.«

»Jetzt hast du ihn ja gefunden.« Er streichelte meine Wange. »Also, was möchtest du zu Weihnachten?«

»Das Creepy-X-Mas-House-of-Horror.« Ich betrachtete ihn sehr aufmerksam.

»Aha. Cool.« Er holte ein Bonbon aus seiner Manteltasche und schob es sich in den Mund; mir gab er auch eins. »Ich finde aber das Vorläufermodell besser.«

»Das Spooky-Screaming-Easter-Egg?«

»Das Spooky-Screaming-Easter-Egg, genau.«

Ich war von den Socken. Der Nikolaus kannte das Spooky-Screaming-Easter-Egg! Vielleicht gab es so etwas wie eine Kooperation zwischen dem Osterhasen, dem Nikolaus und dem Christkind?

Er lachte. »Hey, Sarah. Da gibt es nichts zu staunen. Ich habe es ungefähr dreißigtausend Kindern in Deutschland gebracht.«

Der Zauber zerriss. Ich hatte doch einen Betrüger vor mir. »Das Easter-Egg gab es nur bis Mitte Juli«, entgegnete ich düster und unterdrückte meine Tränen.

Ich hatte dem Mann mein Herz ausgeschüttet, und er war nicht besser als die anderen. Mir fiel ein, dass mein Name auf dem Schulranzen stand, den ich über der Schulter trug. Er hatte ihn einfach nur abgelesen. Alles, alles Lüge! Ich reckte den Finger und zeigte anklagend auf ihn. »Du bist nicht der echte Nikolaus!«

Ich rannte davon, drehte mich nicht um und warf das Bonbon weg, das er mir geschenkt hatte. Er hatte mich tief verletzt.

Dementsprechend fiel die Strafe für ihn besonders hart aus.

Ich verfolgte ihn nach Hause, schlug die Scheibe seines Schlafzimmers ein und steckte seine Wohnung in Brand. Als er vor den Flammen flüchtete, fiel er über mein gespanntes Seil vor der Tür und stürzte die Treppe hinunter, genau in die Glasscherben, die ich dort vorsorglich ausgestreut hatte. Das hätte er sich ersparen können.

Ich musste sorgfältiger sein. So etwas wie in dem Spielzeugladen sollte nicht noch einmal passieren. Ich musste mehr über den Nikolaus wissen, um bessere Fragen stellen zu können. Heimlich schlich ich mich nach der letzten Schulstunde in den Raum der Computer-AG, um zu recherchieren. Das gab meiner Suche eine überraschende Wendung.

Der echte Nikolaus stammte aus Patara, einer früheren Stadt in der kleinasiatischen Provinz Lykien, in der heutigen Türkei. Er trat ins nahe gelegene Kloster von Sion ein und wurde später zum Erzbischof von Myra geweiht. Der Nikolaus gilt als Schutzherr der Kinder, Seefahrer, Kaufleute, Apotheker und Bäcker. Keine Ahnung, was die Bäcker damit zu tun haben. Und der Weihnachtsmann mit weißem Bart und rotem Gewand geht auf den niederländischen Sinterklaas zurück.

Allmählich wurde es kompliziert. Der echte Nikolaus war also Türke und hatte nichts, aber so gar nichts mit dem Nordpol, Rentieren und Schlitten am Hut.

Während die anderen Kinder auf den deutschen Abklatsch eines holländischen Türkenimitats warteten, begab ich mich weiter auf die Suche. Ich fand einen russischen Nikolausbetrüger und geriet in eine Zwickmühle. Der echte Nikolaus ist Schutzheiliger von Russland. Ob er es mir übel nehmen würde, wenn ich einen Russen die Treppe runterschubste? Andererseits, das war ein Betrüger, Russe hin oder her.

Ich zeigte mich gnädig und suchte eine kurze Treppe für ihn aus.

Es ist sehr schwierig, einen türkischen Nikolaus ausfindig zu machen.

Sogar die Weihnachtsfeiern in Firmen mit überwiegend türkischen Mitarbeitern bestellen sich einen deutschen Nikolausbetrüger.

Ich habe es überprüft.

Mehrmals.

Als ich am 5. Dezember beinahe aufgeben wollte, kam der Nikolaus zu mir.

Der echte Nikolaus.

Meine Mutter und ich standen kurz vor 20 Uhr in der Schlange im Supermarkt, das Band mit unseren Einkäufen schnurrte an mir vorbei.

»Packst du schon mal ein?«, bat mich Mama.

Meine Laune befand sich auf dem Tiefpunkt. Es sah nicht danach aus, als würde ich bis morgen den echten Nikolaus finden – und deswegen würde ich mich mit einem rosafarbenen Pullover anfreunden müssen. Ich schwor bei der Nussnougatcreme, die ich vom Band in den Einkaufswagen legte, das grässliche Ding niemals anzuziehen. Nicht, solange Vanessa Backes einen trug.

Plötzlich stieß eine Frau hinter uns in der Schlange einen Schrei aus.

Vor mir erschien der Nikolaus.

In dem Moment wusste ich es noch nicht, aber ich hatte gleich so eine Ahnung. Er schwenkte eine funkelnde Pistole. Schwarzer Kunstledermantel. Handschuhe. Sturmhaube. Knecht Ruprecht, dessen schwarzer Bart unter der Maske hervorschaute, kauerte schräg hinter ihm am Boden und hielt eine Sporttasche, in der sicher die Geschenke für die Kinder lagen. Und dem Weihnachtsengel, der neben dem Nikolaus stand und den Ausgang im Blick behielt, quollen die blonden Locken unter der Sturmhaube hervor bis zu den Schultern.

Der Anblick bannte mich.

»Ruhe!«, rief Knecht Ruprecht. »Wir sind gleich wieder weg, Herrschaften. Wir nehmen uns nur eine Spende für die Armen. Es ist ja bald das Fest der Liebe.«

Sie liefen von Kasse zu Kasse, der Weihnachtsengel packte Scheine und Geldrollen ein. Der Nikolaus redete mit Knecht Ruprecht – auf Türkisch! Ich verstand zwar nichts, aber ich wusste, wie es klang.

Da begriff ich es: Sie sammelten für die Armen, er sprach Türkisch – es konnte nur der echte Nikolaus sein!

Die Tür, auf der *Büro* stand, öffnete sich langsam, und ein Wachmann schlich heraus, richtete seine Pistole auf die drei.

»Vorsicht, Nikolaus!«, schrie ich.

Der Nikolaus verstand sofort. Seine braunen Augen richteten sich auf den Wachmann, dann hob er seine Pistole. Das war der Augenblick, in dem sich die Lichter des Supermarktweihnachtsbaumes und die Kugeln auf der verchromten Waffe spiegelten. Ein herrlicher Anblick! Knecht Ruprecht und der Weihnachtsengel zogen ebenfalls ihre Pistolen.

»Nicht!«, rief der Mann vom Wachschutz und hob die Hände. »Ich tue nichts.«

Ich atmete auf. Das hätte noch gefehlt, dass der Idiot auf den Nikolaus schoss. Damit wäre meine letzte Chance auf ein anständiges Geschenk dahin gewesen.

Meine Mutter schüttelte mich und zischte: »Sei still, um Himmels willen!«

Knecht Ruprecht und der Weihnachtsengel leerten die letzten Kassen. Nikolaus deutete auf den Ausgang, ging los – und blieb vor mir stehen. Er beugte sich zu mir. Der Nikolaus roch gut, frisch geduscht und nach Aftershave. Nicht stinkig wie die meisten der Betrüger.

»Bringst du mir das Creepy-X-Mas-House-of-Horror, lieber Nikolaus?«, fragte ich ihn. »Bitte, ich will keinen rosa Pulli wie Vanessa!« Vor Aufregung vergaß ich den Spruch und alle sieben Strophen des Gedichtes.

Dem Nikolaus war es egal. Er schaute mich lange an, dann griff er an meiner versteinerten Mutter vorbei in den Nachbareinkaufswagen und nahm eine schreiend grüne Verpackung heraus, die ich sehr gut kannte. Das Creepy-X-Mas-House-of-Horror!

»Das ist für dich, Sarah.« Er reichte es mir und küsste mich durch die Haube auf die Stirn.

Knecht Ruprecht rief nach ihm, und Nikolaus sprang auf und rannte hinaus. Sie stiegen in einen großen, dunklen Wagen und rauschten davon.

Meine Mutter starrte mich an. »Du weißt, was wir dir schenken wollten?«

»Ihr habt dem Nikolaus absichtlich nicht gesagt, was ich mir gewünscht habe«, sagte ich trotzig. »Weil ihr es hässlich findet.«

Sie fuhr durch meine Haare. »Ich wusste nicht, dass Vanessa auch so einen Pulli hat. Ich … ich bringe ihn zurück.« Dabei schaute sie resignierend auf das Creepy-X-Mas-House-of-Horror.

Der Mann, aus dessen Korb es stammte, widersprach nicht.

Später bedankte sich der Filialleiter persönlich bei mir, weil ich eine Schießerei verhindert hätte.

»Man weiß nie, wie viele Kunden bei so was getroffen werden«, sagte er erleichtert zu meiner Mutter und schaute zu mir. »Du bist wirklich eine kleine Heldin!«

Das wusste ich natürlich schon, aber ich verriet es ihm nicht. Wir gingen mit unseren Einkäufen und einem Gutschein über eintausend Euro nach Hause.

Papa machte große Augen, als er hörte, was geschehen war.

»Woher kannte er deinen Namen?«, fragte er mich am Ende der Geschichte.

»Er ist der Nikolaus. Er weiß ihn einfach«, gab ich zufrieden zurück, während ich mit meinem Creepy-X-Mas-House-of-Horror auf dem Küchentisch spielte.

Und damit war meine Welt für ein paar Monate in Ordnung.

Aber jetzt ist wieder etwas passiert.

Ausgerechnet an Ostern.

Zum ersten Mal hat der Osterhase, der die Geschenke für mich bei Oma abliefert, nicht richtig pariert. Ich bekam einen Pullover. Helllila.

Tja, was soll ich sagen?

Ich sitze gerade an meinen Nachforschungen.

Ich fürchte, es wird ein bisschen komplizierter als bei der Suche nach dem Nikolaus. Sicher ist schon mal, dass der als Hase verkleidete Mann im Einkaufszentrum nichts mit dem echten Osterhasen zu tun hat.

Noch so ein Betrüger …

DIE NIKOLAUSKILLERIN

BKA-Kommissarin Irene Umlauf hörte das Ticken der Wanduhr überlaut.

Es roch nach Plätzchen und künstlichem Tannenbaum, und es war eindeutig zu warm in dem kleinen Raum. Dunkles Holz dominierte die Einrichtung, eine selbst gehäkelte Gardine vor dem Fenster versperrte Neugierigen die Sicht von der Straße.

Ihr Blick richtete sich auf das Regal neben dem Durchgang zum Flur, auf dem Pokale standen: *Bester Nikolaus 2006, Sackwerfer 2000, Bester heiliger Mann 2007, Nikolaus der Nikoläuse 2004, Sieger der Internationalen Santa Claus Olympiade 2005* und so weiter und so fort – eine Trophäe reihte sich an die nächste. Alle sagten aus, dass der Mann, in dessen Wohnzimmer sie saß, mit 68 Jahren ein herausragender Nikolaus war.

»Geht's wieder, Herr Dingler?«

»Ich bin der Beste«, erwiderte Herbert Dingler und wischte sich Tränen von den Wangen. »Der Beste in ganz Deutschland, verstehen Sie? Deswegen hat sie mich in diesem Jahr ausgesucht.« Er putzte sich die Nase, und Irene musste an einen Babyelefanten denken. »Danke, dass Sie hier sind.«

Nochmals wurde geschnäuzt, Dingler schniefte und sah sie aus geröteten Augen an. Kariertes Hemd, beige Stoffhose und Hausschuhe. Ein ganz normaler netter Rentner, dessen heile weiße Weihnachtswelt eben einen gehörigen Riss bekommen hatte.

»Wir müssen uns bedanken, dass Sie uns informiert haben«, erwiderte Irene und sah ihm an, dass er sie für viel zu jung hielt. Undiplomatisch gesagt: für inkompetent. Noch dazu war sie eine Frau.

»Was soll ich denn machen, wenn mir jemand ein Päckchen mit einem blutigen Hammer schickt?«, erwiderte Dingler verängstigt. »Soll ich den einfach so wegschmeißen? Oder abwischen und zum anderen Werkzeug hängen?« Dingler schüttelte den ergrauten Kopf. »Nee, nee. Da habe ich viel zu viel Angst. Meine Weihnachtsmannfreunde und ich wissen doch, was läuft. Steht doch überall. Und kommt im Radio.« Er hielt ihr auffordernd den Plätzchenteller hin. »Da, bitte. Versuchen Sie mal.«

Irene nickte. »Ganz recht, Herr Dingler. Die Soko Weihnachtsmann findet Ihren Einsatz auch unbezahlbar. Mit Ihrer Hilfe schnappen wir sie endlich.« Sie beugte sich nach vorne und nahm sich eine Makrone, schob sie in den Mund.

Im Allgemeinen waren Makronen weich, doch die Backwerke des Herrn Dingler bildeten eine unrühmliche Ausnahme. Irene lächelte hilflos. Der steinharte Brocken im Mund ließ sich nicht kauen. Auch der eilig nachgekippte Kaffee brachte das Gebäck nicht dazu, die Konsistenz zu verändern. Die Flüssigkeit umspülte es erfolglos.

»Gut, gell?«, sagte der Beste Nikolaus 2006. »Die hat meine Gertrud noch gebacken. Letztes Jahr, bevor sie dann gestorben ist.« Er stellte den Teller ab. »Mir sind die zu hart. Die Dritten.«

Irene schob die Makrone von der rechten in die linke Wangentasche.

Dingler schlürfte Kaffee. »Stimmt das wirklich, dass sie schon elf Weihnachtsmänner umgebracht hat?«

»Ja«, sagte Irene undeutlich. »Elf Weihnachtsmänner und einen Engel, wobei sie den Engel vermutlich deshalb erschlug, weil er die Tat beobachtet hatte. Ansonsten hat sie es nur auf Nikoläuse abgesehen. Quer durch die Republik, auf allen möglichen Märkten. Die Mörderin ist eine Psychopathin mit einem irrationalen Hass auf die Gestalt des Nikolaus, sagen unsere Experten.« Sie biss probehalber auf die Makrone, die sich noch immer widersetzte. »Am Hammer, den Sie uns mit dem Päckchen gegeben haben, fanden unsere Forensiker die Fingerabdrücke und DNS einer Frau, wie in den Fällen zuvor, sowie das Blut des letzten Opfers. Jetzt wissen wir, warum der elfte Hammer verschwunden blieb. Die Drohung ist also ernst zu nehmen.«

Dingler rieb sich unruhig die Oberschenkel. »Ich kann's immer noch nicht fassen. *Mich* hat die Sauhündin ausgesucht! Nur, weil ich so gut bin!« Er sah zum Regal. »Erst dieses Jahr habe ich in Stuttgart den Wettbewerb der Senioren-Nikoläuse gewonnen. Niemand hat schöner *Hohoho* gerufen als ich. Dafür soll ich mit einem Hammer erschlagen werden?« Er erbleichte ansatzlos. »Vielleicht hat sie mich dabei gesehen? Die ist neidisch auf mich!«

»Wir vom BKA lassen nicht zu, dass sie ihre Drohung in die Tat umsetzt, Herr Dingler.« Irene schob die Makrone in die andere Wangentasche und lehnte hastig ab, als der Sieger der Santa Claus Olympiade 2005 ihr die Plätzchen schon wieder anbot. »Sie gehen ganz normal über den Weihnachtsmarkt und absolvieren Ihr Programm für die Werbegemeinschaft. Zivilbeamte der Soko haben Sie immer im Auge. Es kann Ihnen nichts geschehen! Ich verspreche es Ihnen.« Sie stand auf. »Morgen treffen wir uns, kurz bevor Sie auf den Markt gehen. Für letzte Instruktionen.« Die Makrone immer noch im Mund, trat Irene in den Flur. »Auf Wiedersehen, Herr Dingler.«

Als sie im Freien stand, spuckte sie das Plätzchen aus, das ebenso gut eine Mischung aus Kleber und Holzmehl hätte sein können. Es kullerte auf die Straße, wo es von einem Lkw überrollt wurde.

Die Makrone hielt.

Irene schälte die nächste Marone, ließ die Schalen auf das Pflaster fallen und folgte dem Nikolaus der Nikoläuse 2004 mit einem Abstand von vier Metern über den Weihnachtsmarkt. Insgesamt hatten sich sieben Beamte um ihn herum verteilt, mal mehr, mal weniger dicht an ihm dran.

Und es war jede Menge los.

Irene achtete auf Frauen, die sich Dingler näherten. Blöderweise waren es meistens Frauen, die mit ihren Kindern zum Weihnachtsmann traten, um eine Kleinigkeit für den Nachwuchs zu bekommen. Stress pur.

Irene nahm das Handy hervor und rief einen Kollegen an. »Irgendwas Verdächtiges?«

»Ja«, kam es zurück. »Am Stand mit der Stadtwurst hängen ein paar Typen mit Schildern rum, auf denen steht: *Wir rücken der Stadtwurst auf die Pelle!* Sieht aus wie eine Demo.«

»Witzig«, gab sie zurück und legte auf.

Dingler zog seine Bahn, die Fußgängerzone entlang in Richtung Alexanderkirche, verteilte unermüdlich Zeugs aus seinem Jutesack.

»Mami, Mami! Guck mal«, hörte Irene ein Kind aufgeregt sagen. »Der Weihnachtsmann kommt ja von der Werbegemeinschaft! Toll! Das Christkind, kommt das auch von hier?«

»Ja«, antwortete die genervte Mutter. »Wie Maria und Josef.«

»Und der Ochse und der Esel? Die auch?«, hakte das Kind begeistert nach. »Dann stimmt das ja gar nicht, was wir in der Schule durchgenommen haben …«

Irene verpasste leider, wie sich die Mutter aus der Lüge wand, und bog ab, auf die Bussteige zu. Dingler musste ins City-Center, um den Sieger des Zeichenwettbewerbs der hiesigen Grundschulen zu verkünden, so stand es auf dem Plan.

Die Kommissarin sah einen weiteren Nikolaus, der leicht angetrunken auf einer Wartebank saß und laut »Vom Himmel hoch« grölte. Als er Dingler sah, sprang er auf, salutierte und stürzte auf ihn zu, legte den Arm um seine Schulter und tanzte los. Dabei sang er: »Santa Klausis are coming to town.«

Dingler versuchte, sich des aufdringlichen jungen Mitstreiters zu entledigen, aber er folgte ihm beharrlich und lachend und »Hohoho!« rufend ins City Center.

Erst dort trennten sich ihre Wege. Der Jüngere verschwand mit der Rolltreppe ins Untergeschoss.

Dingler fuhr mit dem gläsernen Lift nach oben – und Irene erstarrte.

»An alle: Da ist eine Frau bei ihm«, rief sie über Funk. »Wie konnte sie so dicht an ihn heran?«

Der Beste heilige Mann 2007 riss in der Kabine die Hände in die

Höhe und ließ den Sack fallen, wich in die hintere Ecke zurück und hob schreiend ein Bein, um die Frau auf Abstand zu halten.

»Zugriff!« Irene rannte los.

Wenige Minuten darauf war das Missverständnis aufgeklärt: Dingler hatte in seiner Angst überreagiert.

Die Frau war eine harmlose Bürgerin, die einen nicht geringeren Schreck davongetragen hatte, als sie von drei Kripo-Leuten niedergerungen und von Dingler mit einem Päckchen malträtiert wurde. Welchen Schaden die umstehenden Kinder vom Anblick eines tobenden Weihnachtsmannes davongetragen hatten, würde erst die Zeit zeigen.

Dingler verschwand kurz hinter die Kulissen, um die Bilder der Grundschülerinnen und Schüler zu holen, und verkündete die Sieger.

Der Rest des Abends verlief ohne weitere Störungen.

Die Weihnachtsmannmörderin hatte nicht zugeschlagen. Gut für Herbert Dingler, Pech für die Soko Weihnachtsmann.

Herbert Dingler setzte sich in seinem Weihnachtsmannkostüm aufs Sofa, zog den weißen Bart herab und öffnete eine Flasche Bier, die er sich aus dem Kühlschrank geholt hatte. Er genoss den ersten Schluck.

»Du hast es geschafft«, sagte er zu sich selbst und prostete seinen Schätzen auf dem Trophäenregal zu. Dann langte er in seinen roten Mantel und zog einen blutigen Hammer heraus, legte ihn auf den Teller mit den Plätzchen. Die dicken Handschuhe verhinderten, dass er seine Fingerabdrücke übertrug.

»Er hat es nicht besser verdient«, murmelte er und trank wieder. »Er war kein echter Nikolaus.« Weihnachtswahn glänzte in Herbert Dinglers Augen. »Niemand, der es nicht verdient, darf den roten Mantel tragen. Und *ich* weiß, was ein *guter* Nikolaus ist!«, rief er und schwenkte die Flasche. »Ja, *ich* weiß es!«

Morgen früh würde jemand die Leiche des jungen Weihnachtsmanntrunkenboldes im City-Center-Keller finden. Die zwei Minuten hinter den Kulissen ohne die Kripoleute hatten ihm gereicht: runter in den Keller, den Studentenschnösel erledigen und wieder hoch, lächelnd die Kinder glücklich machen. Den Hammer würde er bald in der Nähe des Parkhauses drapieren.

Die Fingerabdrücke der Frau, welche die Kripo so verzweifelt wie erfolglos suchte, gehörten zur unbescholtenen Melanie Schwarz, die in der Werkzeugabteilung des Baumarktes arbeitete und die Regale auffüllte. Ohne Handschuhe. Herbert kaufte gerne dort ein.

Er blickte auf die Visitenkarte, die Irene Umlauf hinterlassen hatte, und prostete ihr zu. »Tja, Mädel«, sagte er kichernd. »Gewonnen.«

Herbert nahm einen Prospekt, in dem sämtliche Weihnachtsmärkte Deutschlands aufgelistet waren.

»Wo prüfe ich denn als Nächstes?«, sagte der Nikolaus der Nikoläuse 2004 grübelnd.

Am besten in einer Stadt, in der es gute Makronen gab. Seine konnte ja niemand mehr essen.

DIE BLAUTANNE

Olaf sitzt vor dem TV,
acht, neun Glühwein, halbwegs blau,
und genießt die freien Tage
nach der langen Arbeitsplage.
Die Geschenke sind gekauft, verstaut,
alles bezahlt und nichts geklaut.
Olaf setzt neuen Glühwein auf,
so nimmt Unheil seinen Lauf.

Kinder und Frau, schon angezogen,
wollen das Bäumchen endlich holen.
Denn jedes Jahr passiert es wieder,
Olaf erscheint es zwar recht bieder,
aber für die Kinder und die Frau
kommt ins Haus die Tanne blau.

Also, alle in den Wagen,
denn die Kids woll'n auch was tragen,
und die Mama hat das Sagen.
Nur der Olaf hat das Sägen,
und trotz Kreuzschmerz muss er heben,
und auch noch das Geld ausgeben,
für den Baum, die Tanne blau.

Raus aufs Land und in die Schonung,
Olaf wär lieber in der Wohnung,
wo der heiße Glühwein steht.
Man kommt an, und shit, zu spät!
In der Schonung tausend Menschen.
Olaf packt spontan das Händchen
von dem lieben Eheweibe.

Man schwärmt aus und rückt zu Leibe,
Tannen, Fichten und ’ner Eibe,
die aus Versehen stehen blieb.
Olaf raunt: »Ich hab dich lieb«,
wirft sich auf die Tann und schreit,
schubst dabei ein Kind beiseite,
das dort stand, und reservierte
diesen Baum, die Tanne blau.

Der Papa naht, das Kind, das heult,
und Olaf kriegt den Kopf verbeult.
Liegt im Dreck und jammert und blutet,
als eine Trompete »O Tannenbaum« tutet.
Die Kinder haben die Schnauze voll,
die Mutter findet 'nen andern Baum toll
und zwingt den wimmernden Olaf zum Sägen.
Olaf kann die Arme kaum heben,
doch er senst sie ab, die Tanne blau.

Den Baum bezahlt, die Last verflucht,
das Einladen zum achten Mal versucht.
Endlich auf dem Weg ins Heim.
Olaf denkt: »Glühwein, ach, wie fein!«
Doch vorm Haus, die Feuerwehr,
das Löschen fiel ihnen gar nicht schwer.
Und Olaf ahnt, wessen Schuld es ist:
Drum denke nach, bevor du Glühwein
auf dem Herd vergisst!
Ach so, der stattliche Baum, die Tanne blau?
Ja, die interessiert jetzt keine Sau.

DAS WEIHNACHTSMANN-KOSTÜM

»Du könntest den Kindern schon die Freude machen.«

Der Tonfall sagte Wilfried Pappenheimer alles. Er wusste *genau*, was seine Frau meinte. Widerworte würde sie nicht akzeptieren und schon gar nicht Rücksicht auf sein Rückenleiden nehmen. Er sah über den Rand der Tageszeitung hinweg und lächelte schief. »Die glauben doch gar nicht mehr an den Weihnachtsmann.«

»Darum geht es nicht«, erwiderte sie. »Tradition, Wilfried.«

Er verzog den Mund, hob das Papier etwas höher und rollte mit den Augen.

»Lass das. Ich weiß, dass du Grimassen machst. Aber es nutzt dir nichts. Du wirst den Nikolaus spielen.«

Wilfried schauderte. Er hatte im Sportverein Theater und vor besoffenen Männern eine Frau gespielt, er war mit dem Musikzug vor der Jury von *Seniorensuperstars* aufgetreten, und er hatte mehr als einmal vor Hunderten Menschen Reden gehalten.

Aber *kein* Publikum war so anstrengend und anspruchsvoll wie seine sechs Enkelkinder.

»Nein«, hörte er sich selbst sagen. Der Mut der Verzweiflung. »Ich habe das letzte Mal noch gut in Erinnerung. Als sie ausprobieren wollten, ob die Hose des Nikolaus feuerfest ist. Timmy kam mit einer Lötlampe.« Er senkte die Zeitung. »Und Isa hatte eine Dose Haarspray samt Feuerzeug! Flammenwerfer sind ein Scheißdreck dagegen! Wo lernen die so was? Gehen die in ein Al-Qaida-Trainingslager anstatt in den Kindergarten?« Er bekam schweißnasse Hände, als er an die Feuerwand dachte, die auf ihn zugewalzt war. Der falsche Plastikbart war in Sekunden geschmolzen, er hatte ihn gerade noch vom Gesicht gerissen bekommen. »Wenn Georg nicht den Feuerlöscher parat gehabt hätte …«

»Das haben sie nicht böse gemeint«, verteidigte seine Frau die Gören. »Sie haben den Film gesehen, wo der Weihnachtsmann durch den Kamin kommt. Und da dachten sie, er wäre feuerfest, und sie wollten es selbst ausprobieren, um –«

»Ha! Viele Katastrophen begannen mit einer guten Absicht«, sagte er.

»Sei doch froh, dass sie so wissbegierig sind. Wären dir doofe Enkel lieber?«

Er stieß die Luft aus. »Wenn du mich so fragst …«

»Wilfried!«

Er legte die Zeitung weg. »Es war nicht das erste Mal, dass sie so was gemacht haben.«

»Jaja«, gab sie zurück. »Übertreib nicht so.«

»Übertreiben? Sechs Wochen im Krankenhaus sind nicht übertrieben!« Er klopfte gegen die Hüfte. »Sie haben das ganze Wohnzimmer mit Angelschnur präpariert und Murmeln verstreut!« Seine Füße hatten sich in den schier unsichtbaren Fäden verheddert. Zusammen mit den kleinen Glaskugeln war ein Sturz unvermeidbar gewesen. »Die Ärzte meinten, dass ich Glück gehabt hätte. So ein Oberschenkelhalsbruch heilt in meinem Alter nicht mal eben so.«

»Sie wollten doch den Weihnachtsmann nur nicht verpassen und hören, wenn er kommt. Isa hatte ein Gedicht auswendig gelernt, um ihm damit eine Freude zu machen. Und Ben wollte sein Bild persönlich überreichen.«

»Von wegen! Sie wollten den Sack des Weihnachtsmanns plündern, *das* war ihr Plan! Diese Geschenkterroristen. Du glaubst das Gesäusel der Enkel, weil sie dich immer mit ihren großen Augen anstrahlen. Ommi hier, Ommi da.« Wilfried spürte die Schmerzen in der Hüfte. »Von mir aus können sie den Kaufhausnikolaus umbringen. Ich steige nicht mehr in das Kostüm.« Damit hob er wieder die Zeitung. »Basta.«

Das Ticken der Küchenuhr drang in das Schweigen von Mann und Frau wie kleine Blitzschläge.

»Wilfried«, sagte seine Gemahlin zuckersüß nach zwei Artikeln und einer Glosse, »wenn du das machst, dann lasse ich dich nächstes Jahr nach Schottland fahren. Alleine. Auf die Whiskytour.«

Er blinzelte.

Heute schien *sein* Weihnachten zu sein.

Seit fünf Jahren jammerte er ihr vor, dass er das tun wollte. Und jedes Mal hatte sie gesagt, dass sie mitwolle. Und das wiederum kam gar nicht infrage. Whisky musste genossen werden.

»Kannst du mir das schriftlich geben, Else?«

»Glaub es mir einfach.« Sie grinste. »Ich wusste, dass ich dich dazu bekomme, den Nikolaus zu geben.«

Für zwei Wochen ohne seine Frau in Schottland und mindestens zehn Destillerien hätte er viel mehr gemacht als die Weihnachtsmannvorstellung. Aber das musste sie nicht wissen. »Gib es mir trotzdem schriftlich«, sagte er.

Zwei Tage später geriet die Eroberung Schottlands und dessen Destillerien durch Wilfried Pappenheimer ernsthaft in Gefahr: wegen des zu engen Nikolauskostüms.

Der Löschschaum musste das Material strapaziert haben. Oder es war der anschließende Waschgang bei neunzig Grad gewesen?

Wäre Wilfried ein Girlie und würde mit Vorliebe XXS tragen, dann, ja, *dann* wäre es gegangen. Aber so steckte er in zu engen, kurzen Hosen und einem schlauchartigen, maximalbauchfreien Top und fühlte sich reichlich unwohl. Presswurst mit Ritzen. Nicht sehr ehrwürdig für den heiligen Mann.

Da er kein neues Kostüm kaufen wollte, ging er in den Kostümverleih. Die hatten Nikolauskostüme für jede Statur, vom Pygmäen bis zum Vollschlanken. Wilfried lag irgendwo dazwischen.

Schon als er durch die Tür trat und die Glocke am Eingang leise bimmelte, wusste er, dass er zu spät kam: Allerhand Männer, vom FH-Studenten bis zum Opa, der mit Sicherheit noch aus eigener Erfahrung wusste, was der Schlieffen-Plan war, drängten sich im Laden und suchten Kostüme.

Auf in den Kampf. Wilfried wollte sich nach vorne drängeln, aber schon schnarrte ihn ein Erster-Weltkriegs-Veteran an: »Nummer ziehen, Jungchen.«

Mit 57 Jahren war Wilfried zwar kein Jungchen mehr, aber mit einem Opa, der die Schützengräben in Frankreich überlebt hatte, nein, mit dem legte er sich lieber nicht an. Gehorsam zog er eine Nummer.

999.

War klar. Wilfried wartete und schlenderte umher, während er zusehen musste, wie die Auswahl immer geringer wurde. Ein schönes Kostüm nach dem anderen ging über die Theke, vor allem seine untersetzt dickliche Größe war gefragt. *Scheiße. Das wird so nichts.*

Vor seinem geistigen Auge entstand seine ganz persönliche Apokalypse. Schottland versank im Meer, und zwar *nur* Schottland. Nessie lachte ihn aus, die Whiskyvorräte verdampften, und seine Frau winkte ihm und sagte immer nur: »Schade, schade, schade …«

Also tat Wilfried Pappenheimer etwas, was er noch nie getan hatte: Er nutzte den Kampf um das vorletzte XXL-Kostüm, um an den zahlreichen Kleiderständern vorbei ins Hinterzimmer zu huschen, ins Nikolauskostümschlaraffenland.

Und da hing das perfekte Outfit!

Rot, mit weißem Kunstpelz, einer tollen Bommelmütze. Sogar Stiefel in seiner Größe standen genau darunter.

Kurzerhand stieg er aus seinen Klamotten und legte das Kostüm an, das sich perfekt an ihn schmiegte.

Und nicht nur das …

Wilfried Pappenheimer verstand plötzlich, worum es an Weihnachten wirklich ging: Verschenken! Verschenken, verschenken und nochmals verschenken!

Jeder Mensch in der Stadt musste was vom Nikolaus bekommen! Und *er* war der Nikolaus!

Verschenken, verschenken, verschenken! Auf Teufel komm raus!

Ein Lächeln formte sich auf seinem Gesicht, das von außen betrachtet als mindestens wahnsinnig durchginge.

»Das macht dann fünfzig Euro«, sagte der Mann.

Wilfried blinzelte. Er stand noch immer im Kostümladen. Das Nikolausoutfit wurde gerade vom Angestellten über den Tresen genommen und auf einen Bügel gehangen.

»Fünfzig Euro? Aber …« Wilfrieds Blick fiel auf den Kalender hinter dem Mann. Heute war der 7. Dezember, behauptete das Blatt. Wilfried sah sich um. Der Laden war menschenleer, doch die Nikolauskostüme schienen alle wieder zurückgebracht worden zu sein. »Ich bin doch eben erst reingekommen.«

»Sie machen einen Scherz, ja?« Der Angestellte wartete auf die 50 Euro.

Wilfried hatte unglaublichen Hunger und nahm den Geldbeutel heraus. Als er das prall gefüllte Scheinfach öffnete, sah er die 500er darin violett schimmern. Wie viele waren das? Zehn? Zwanzig?

»Können Sie rausgeben?«, fragte er.

»Auf was?«

»Fünfhundert.«

Der Mann schüttelte den Kopf. »Da war der Nikolaus aber großzügig, was?«

Wilfried ahnte, nein, er *wusste,* dass es nicht sein Geld war, das in seiner Börse steckte. »Behalten Sie den Rest«, sagte er, drückte dem Angestellten einen Schein in die Hand und verließ hastig den Laden.

Habe ich das eben gesagt?, dachte er. *Behalten Sie den Rest?*

Als er auf der Straße stand und tief durchatmete, kam es ihm absurd vor. Zwei Tage lang ausgeblendet – das ging doch gar nicht. Er langte in die Tasche, um sein Handy herauszuholen – und fasste in Papierschnipsel. Wilfried nahm sie heraus.

Zeitungsausschnitte? Verdammt, was …? Schnell pfriemelte er sie auseinander und überflog die Überschriften.

Verrückter Weihnachtsmann schlägt wieder zu – 400 000 Euro in der Fußgängerzone verteilt.

Santa Klaus überfällt vier Filialen der Sparkasse an einem Tag. Beute an Studenten verteilt.

Weihnachtsmann bricht in dreißig Wohnungen ein und lässt jeweils 20 000 Euro zurück.

Einbruch in Schlossapotheke – Arzneien gestohlen und vermutlich als Pakete nach Afrika verschickt.

Wilfried wurde schlecht. *Scheiße …!* Seine Hose rutschte. Offenbar hatte er abgenommen, und er hatte eine Vorstellung, warum.

Schnell stopfte er sich die Schnipsel wieder in die Tasche. Dabei fiel der Zettel zu Boden, den er im Laden zwei Tage zuvor gezogen hatte. 999.

Als er genauer hinschaute, sah er den feinen, kleinen Punkt oben an der ersten Neun – die Markierung, wie herum die Zahl zu lesen war. Er drehte den Zettel um. 666.

Er wusste, was das zu bedeuten hatte: Die Hölle hatte ihn zum unheiligen heiligen Mann gemacht und ihn auf Achse geschickt.

Für das Gute Böses tun. Als Buße für seinen Diebstahlversuch. Satan Claus.

Schnell fuhr er nach Hause.

»Hilde, ich bin wieder da«, rief er beim Eintreten und versuchte, sich nichts anmerken zu lassen. Er folgte den Geräuschen von Spielzeug und den Kinderstimmen. Die Enkel. Die Monster.

Er betrat das Wohnzimmer und konnte es nicht glauben: Anstatt des üblichen Chaos saßen die sechs Jungen und Mädchen am Tisch, spielten und malten. Sie winkten ihm und warfen ihm zur Begrüßung Kusshände zu.

»Ah, schön. Hast du das Kostüm abgegeben?«, fragte seine Frau. Else saß am Kamin und schenkte ein Glas Whiskey ein.

»Ja.« Zögernd trat er näher. »Ist der für mich?«

»Aber sicher, Schatz.« Sie stand auf und gab den Platz frei. »Für den besten Weihnachtsmann der Welt.«

»Wenn du das sagst …« Wilfried setzte sich, denn stehen konnte er nicht mehr. Der leckere Whiskey floss viel zu schnell seine Kehle hinab, aber den Alkohol hatte er jetzt gebraucht.

»Die Fahrt nach Schottland hast du dir redlich verdient. Den Kindern hat es gut gefallen, und deine Moralpredigt mit der verstellten tiefen Stimme hat einen Mordseindruck bei ihnen hinterlassen. Und diese rot leuchtenden Augen! Wahnsinn!« Sie gab ihm einen Kuss auf die Stirn. »Und ich wusste ja gar nicht, wie gut der Weihnachtsmann im Bett ist«, flüsterte sie ihm zu. »Auch wenn es ein bisschen merkwürdig war, dass du das Kostüm nicht ausgezogen hast.« Sie kicherte und setzte sich dann zu den Enkeln.

Wilfried Pappenheimer erwiderte nichts.

Was hätte er auch sagen sollen?

DIE WEIHNACHTS-GESCHICHTE

»Schön, dass Sie da sind«, wurde Quentin von seiner Chefin begrüßt. »Prima, dass Sie einspringen konnten.«

Quentin nickte der Kindergärtnerin zu, die darauf bestand, *Erzieherin* genannt zu werden. Die merkwürdigsten Gedanken gingen ihm durch den Kopf. Eigentlich war es eine Kindertagesstätte, folglich müsste sie Kindertagesstätterin heißen. Erzieherinnen, das konnten auch Lehrerinnen sein. Oder Hundeschulenbesitzerinnen. Oder Dominas. Dazu würden ihr graues Kostüm, die strenge Brille und der Zopf passen.

»Mache ich gerne«, sagte er.

Das war eine Lüge, weil Quentin eigentlich mit seinen Kumpels auf den Weihnachtsmarkt hatte gehen wollen. 15 Uhr war Happy Hour am Lumumba-Stand. Bis der Anruf gekommen war, dass ausgerechnet der Papa, der zum Vorlesen der Weihnachtsgeschichte eingeteilt gewesen war, krank geworden sei.

Quentin kannte den kranken Papa: Peter Schadmüller. Und Peter war gestern mit seinem Fußballverein saufen gewesen. Auf dem Weihnachtsmarkt, wo Quentin jetzt eigentlich hätte sein sollen. Am Lumumba-Stand. Happy Hour.

Die Chef-Erzieherin öffnete die Tür zum Gemeinschaftsraum und drückte ihm ein goldenes Buch in die Hand. »Darin steht alles. Ich bin gleich bei Ihnen, fangen Sie schon mal an.« Ein leichter Schubs, und er stand zwischen den spielenden Kindern.

Die Altersklasse war gemischt, Schulkinder und ganz Kleine wuselten um ihn herum; einige von ihnen kannte er. Es roch nach Holz, Spielzeug, Waschmittel und Linoleumboden, dazu ein Hauch von voller Windel. Keiner beachtete ihn. Quentins eigener Sohn war nicht dabei, er spielte zu Hause. Magen-Darm.

»Okay, setzt euch mal«, rief Quentin in das Durcheinander. Nach der Geschichte konnte er vielleicht noch auf den Weihnachtsmarkt. »Hey! Hey, ihr kleinen Piss... Pipimacher!« Er hob lockend das Buch. »Hier ist das Christkind drin!«

Er musste an eine Horde Erdmännchen denken: Einige sahen ihn an und kamen neugierig zu ihm, aber die meisten spielten einfach weiter.

»Wer bist du denn?« Ein lethargisch dreinblickender Junge, dem der Rotz aus der Nase lief, stand wie aus dem Nichts vor ihm. War sein Name Egon?

»Ich bin der Herr Müller.«

»Nee. Er will deinen Vornamen wissen«, mischte sich ein älteres Mädchen ein. Florence hieß sie.

»Quentin.«

»Geil! Wie der Regisseur!«, rief ein Junge aus dem Hintergrund, den man Kev nannte, weil es cooler klang als Kevin. »*From Dusk till Dawn*, geiler Film! Die anderen Teile waren nicht so gut.«

Quentin schätzte den Jungen auf gerade mal neun Jahre. »Sehe ich auch so«, rief er zurück. »So, jetzt kommt mal alle her. Ich lese euch die Geschichte vom Jesuskind vor, und danach bringt euch Frau ... Dingens die Geschenke vom Förderverein.«

»Wieso denn Förderverein? Ich denke, die bringt das Christkind?«, erwiderte der lethargische Egon.

»Im Auftrag«, setzte Quentin rasch nach. »Wir machen das im Auftrag.« Zufrieden stellte er fest, dass die Kinder sich um ihn scharten. »So, hinsetzen, ihr Pipimacher ...«

»Machst du denn kein Pipi?«, hakte Florence nach.

»Haha! Der Onkel ist auch ein Pipimacher!«, quiekte ein anderes Mädchen, und die ganze Gruppe lachte ihn aus.

Quentin fiel ein, dass sein Opa, ein knurriger Tierarzt, kastrierte Männchen auch immer *Onkel* genannt hatte. »Genau. Wir sind alle Pipimacher.«

»Auch das Jesuskind?«, wollte ein anderes Mädchen wissen.

»Ja, das auch.«

»Und der Ochse und –«

»Ja, alle in diesem dämlichen Stall! Die ganze Welt ist voller Pipimacher. Hinsetzen jetzt. Zuhören«, wies Quentin genervt an und schlug das Buch auf. »Das Lukasevangelium, Kapitel II, Vers –«

»Lukas der Lokomotivführer«, prustete Florence, und wieder lachten sie ihn aus. Ihn, Quentin Müller, 46 Jahre alt, Elektroingenieur und Abteilungsleiter Forschung.

»Es begab sich aber zu der Zeit, dass ein Gebot vom Kaiser Augustus ausging, dass alle Welt geschätzt würde«, las er stoisch vor. Er würde diese Geschichte von zwanzig Versen durchziehen und abhauen.

»Boah! Alle Welt«, rief Kev. »Das ist aber scheiße viel. Das waren bestimmt damals schon drei Milliarden, oder?«

Offenbar erwartete man eine Antwort von ihm. »Keine Ahnung. Das sagt man so. Also, und diese Schätzung war die allererste und geschah zu der Zeit, da Cyrenius Landpfleger in Syrien war.«

»Was ist denn ein Landpfleger? Mein Papa ist Krankenpfleger.« Egon sah ihn aus trüben Augen an und zog den Rotz mit einem Saugschlürfgeräusch hoch. »Was haben sie denn geschätzt? Das Gewicht?«

»Das heißt Landschaftspfleger«, verbesserte der coole Kev.

»Der Gärtner von Syrien hat die Welt gezählt? Was ist denn das für eine Geschichte?« Florence schüttelte den Kopf. »Das ist doch falsch.«

»Statthalter. Der Mann war Statthalter, ein … Ersatzkönig, okay?! Ruhe, es geht weiter.« Quentin fühlte Schweiß auf der Stirn. »Und jedermann ging, dass er sich schätzen … äh, zählen ließe. Ein jeglicher in seine Stadt. Da machte sich auch auf Josef aus Galiläa –«

»Pro sieben«, quakte Egon. »Das kommt auf Pro sieben.«

»Das ist Galileo, Rotzfresser«, fauchte Florence ihn an.

»… aus der Stadt Nazareth.« Quentin versuchte, sich durchzukämpfen.

»Die hört mein Vater. Die Band ist voll retro«, kommentierte Kev.

»Hör einfach nur zu, ja? Also, wo … ah: in das jüdische Land, zur Stadt Davids, die da heißt Bethlehem, darum dass er von dem Hause und Geschlecht Davids war, auf dass er sich schätzen ließe mit Maria, seinem vertrauten Weibe, die war schwanger. Und als sie daselbst waren, kam die Zeit, dass sie gebären sollte.«

»Das verstehe ich nicht«, sagte Egon halb eingeschlafen. »Die Sprache versteht niemand.«

»Das ist Althochdeutsch«, meinte Florence.

»Nee, schlecht übersetzt. Wie bei *Inglorious Basterds*«, steuerte Kev bei. »Der andere Film von Tarantino, wo die Juden Jagd auf Nazis machen. Brad Pitt macht da mit, und er hat sooo ein Messer! Damit schneidet er den Nazis den Skalp ab. Geiler Streifen.«

»Duhuu, Ooonkel, du nuschelst«, mischte sich ein Mädchen mit blonden Zöpfen ein.

Quentin sah sie mit freundlicher Mordlust in den Augen an. »Ich gebe mir Mühe, kleine Dame.« Er fragte sich, ob er die Geschichte abkürzen und improvisieren konnte. »Mh … sie kommen in die Herberge und –«

»Nee, nee, nee«, intervenierte Egon. »Die kommen in keine Herberge, sondern in einen Stall. Mit dem Esel und dem Ochsen.«

»Jaja, du hast recht. Schön, Maria, Josef, Stall, Jesuskind, die Viecher«, zählte Quentin rasch auf und hoffte, dass die Kindergärtnerin nicht erschien und ihn beim Bescheißen erwischte.

»Was ist eigentlich der Unterschied zwischen einem Ochsen und einem Stier?«, fragte Florence unschuldig und sah Quentin an.

Alle sahen Quentin an.

»Der Unterschied ist … die haben … eine andere Fellfarbe.«

»Quatsch. Die Ochsen haben keine Klöten mehr. Wie Hitler«, rief Kev. »Nee, der hatte nur einen. Dem haben sie den linken weggeballert, deswegen ist er rechts geworden.« Er brach in schallendes Gelächter aus.

Florence schubste ihn. »Hey, das ist doch ausgedacht.«

Kev taumelte gegen Egon, der gegen Quentin fiel, eine lange Rotzspur auf seiner Hose hinterließ und sofort zu heulen anfing.

»Langsam, Kinder! Ich …«

Kevin schubste Florence zurück, die gegen die Murmelbahn stürzte, woraufhin ein allgemeines Geschrei einsetzte. Kevin zog ein

Messer aus seiner Tasche. »Dein Skalp gehört mir, Nazi-Girl!«, schrie er und warf sich auf das Mädchen.

»Nein!« Quentin kannte die Szene aus *Inglorious Basterds*. Er ließ das Buch los und wollte dem Jungen in den Arm fallen; dabei rutschte er auf den Murmeln aus und schlug mit dem Kopf gegen die Heizung. Sternchen tanzten vor seinen Augen, und er hörte Florence schreien.

»Und es waren Hirten in derselben Gegend auf dem Felde bei den Hürden«, las Egon laut vor, »die hüteten des Nachts ihre Herde. Und siehe, des Herrn Engel trat zu ihnen, und die Klarheit des Herrn leuchtete um sie; und sie fürchteten sich sehr. Und der Engel sprach zu ihnen –«

»Was zur Hölle ist hier los?«, keifte Frau Dingens wie aus dem Nichts.

Quentin stemmte sich in die Höhe. Florence lag in ihrem Blut, Kev schwenkte etwas, das aussah wie Haare mit Hautfetzen dran, während die übrigen Kinder zu ihm schauten und nichts sagten.

Egon hatte sich das Buch geschnappt und las daraus vor. »Fürchtet euch nicht; siehe, ich verkündige euch große Freude, die allem Volk widerfahren wird; denn euch ist heute der Heiland geboren, welcher ist Christus, der Herr –«

»Schnauze!« Quentin rutschte durch die Murmeln zu dem verletzten Mädchen. »Einen Krankenwagen! Sie …«

Florence öffnete die Augen, streckte ihm die Zunge heraus und sprang auf. Kev rammte ihm das Messer gegen die Rippen, und die täuschend echte Gummiklinge verbog sich. Klatschend landete die billige Perücke mit dem Ketchup in Quentins Gesicht.

Mühsam befreite er sich davon, umringt von lachenden Kindern.

»Was ist denn …?« Seine Nerven waren am Ende.

Die Kindergärtnerin hatte die Hände zusammengelegt und lächelte ihn über den schwarzen Brillenrand böse an. Fehlte nur noch die Reitgerte zur perfekten Domina. »Willkommen bei unserer kleinen Theatergruppe der Kita Sonnenschein, Herr Müller. Schöne Grüße von Ihrer Frau, die mich um den Gefallen gebeten hat. Ich soll Ihnen ausrichten, dass Sie den Weihnachtsmarkt vergessen können. Dieses

Jahr fällt das Besäufnis aus.« Sie nickte Egon zu, der Quentin das Buch hinhielt. »Jetzt lesen Sie schön zu Ende und gehen nach Hause, wo Ihre Familie auf Sie wartet.« Frau Dingens blieb stehen und wachte darüber, dass er dem Auftrag nachkam.

Und Quentin Müller, 46 Jahre, Elektroingenieur und Abteilungsleiter Forschung, gehorchte. Den Begriff Erzieherin fand er nun doch ziemlich passend.

BÖSE GEWÜRZE

(zusammen mit Christoph Marzi)

Der Tag, an dem die Gewürze böse wurden, war ein Montag.

Frau G lebte in einem Häuschen in N am Schwarzbach, ganz in der Nähe der kleinen Stadt Z.

Bei N fiel das Gelände so steil, dass man fast von Klippen sprechen konnte. Die Schwarzbach-Steilklippen. Hier kam der Tod bisweilen von oben, in Form von Geröll oder Sturz. Mit Geröll.

Frau G, die sich dem Häkeln von kleinen Untersetzern für Teetassen und kurzen Geschichten in den antiquarischen Readers-Digest-Ausgaben verschrieben hatte, verspürte am späten Nachmittag dieses Montags ein ausgiebiges Verlangen nach Gewürz-Lebkuchen.

Sie nahm ihren Einkaufskorb und ging los, um die Zutaten zu besorgen, und immer wenn sie das tat und man sie vor dem Gewürzregal auf und ab streifen sah, wussten alle: Frau G backt wieder ihre Lebkuchen!

Die Lebkuchen. Die Gewürz-Lebkuchen.

Viel Honig musste rein und gute Butter. Und natürlich Piment. Zimtstangen sowieso. Und Nelken.

»Das mahle ich selbst«, erklärte sie jedem stolz. »Wie die Zimtstangen. Und den Piment. Wegen des besseren Geschmacks.«

Kakao, schwach entölt, machte den Teig schön dunkel und nahm die Süße. Grüne Kardamomkapseln gehörten ebenso ins Repertoire der G'schen Lebkuchen wie brauner Zucker, Eier und Mehl, Natron, klar, Milch und ganz zum Schluss eine echte Biozitrone.

»Für die Zesten und den frischen Geschmack«, erklärte sie der Kassiererin, die glücklich erwiderte:

»Oh, wie schön! Sie backen Ihren Gewürz-Lebkuchen wieder!«

Und es war für alle Weihnachten.

Dann brachte Frau G den Korb mit den ganzen Zutaten nach Hause, in die Küche, wo sie den heiß ersehnten Lebkuchen zu machen gedachte.

So kamen die Gewürze ins Haus.

So fing es an.

Frau G hatte ein für zünftige Bäckerinnen schreckliches Geheimnis. Es war so schrecklich, dass sie alles dafür tat, damit es nicht bemerkt wurde.

Frau G stellte den Korb auf die Anrichte und bereitete alles fürs Rühren und Mischen der leckersten Lebkuchen von ganz N vor. Die Zutaten wurden in einer Reihe drapiert: Pimentkörner, Zimtstangen, Nelken und die grünen Kardamomkapseln. Danach wurden die Gewürzmühle und der Mörser positioniert. Falls jemand durchs Fenster schauen sollte …

Sie würde die Lebkuchen nicht nur für sich alleine machen. Nein, man erwartete zum Weihnachtsmarkt der kleinen Gemeinde ein ganzes Blech mit Lebkuchen von ihr. Mit dem herrlichen Gewürzaroma.

Sie bereitete sich einen Tee zu, bevor sie mit der Arbeit begann, gab einen Löffel Vanillezucker, den sie vom Polizeimeister geschenkt bekommen hatte, und Milch hinein. Warm und süß, so mochte sie ihn.

Frau G ging zum kleinen Vorratsschrank und öffnete die Flügeltüren, die laut knarzten. Der Duft nach altem Holz und Garn quoll ihr entgegen. Hier bewahrte sie den Vorrat Häkelgarn auf, um die Untersetzer für die Teetassen zu fertigen. Und hier bewahrte sie ihr Geheimnis auf.

Frau G schob die oberste Reihe Garnrollen zur Seite und nahm die Dose heraus, deren Etikett sie sorgsam entfernt hatte. Harmlos, goldblechern schimmerte sie in der Sonne und verriet mit nichts, was in ihr verborgen lag.

Die passionierte, beneidete und von den Landfrauen der Gemeinde geschätzte Bäckerin wusste es sehr genau. Rasch blickte sie über die Schulter zum Küchenfenster. Bereits mehrfach war versucht worden, an ihr Rezept zu gelangen. Herr Müller hatte öffentlich verkündet, er würde es herausfinden, koste es, was es wolle. Und die fette Frau Meier war schon zweimal im Gesträuch vor Frau Gs Haus erwischt worden.

Der Einzige, der es herausgefunden hatte, war Pfarrer Häkler, und der gehörte zu den zahlreichen Schwarzbacher Steilklippenunfalltoten.

Frau G stellte die Dose auf die Anrichte. Eine kurze Drehung, und der Deckel öffnete sich mit einem leisen Metallgeräusch. Frau G hatte Kraft.

Es roch durchdringend nach … Gewürzen. Auf der Innenseite des Deckels stand: *Richis Gewürzversand – beste Qualität.*

Da hörte sie ein leises Rascheln.

Frau G sah zum Fenster. Niemand da. Aber als ihr Blick zufällig auf die Gewürze fiel, meinte sie, die Zimtstangen beben zu sehen. Sie zitterten, und die Kardamomkapseln vibrierten klickernd!

Einbildung.

Nun kam es ihr vor, als würde sich der Richis-Gewürzversand-Gewürzduft im gesamten Haus verteilen, durch das Fenster hinaus bis nach N ziehen, um jedem Einwohner und Frau Müller-Maierschmidt, der Vorsitzenden der Landfrauen, zu zeigen: Frau G mahlt die Gewürze für ihre berühmten und in der Presse gelobten Lebkuchen nicht selbst! Und mischt sie noch weniger zusammen!

Der Schweiß brach ihr aus. Wie jedes Mal. Die Hände wurden eiskalt, sie konnte sie kaum ruhig halten.

»Verräterin!«, wisperte es deutlich.

Hatte sie richtig gehört?

Panisch schaute sie sich um.

Nichts!

Stille.

Nein, verhört hatte sie sich nicht. Es war eine leise Stimme gewesen, und sie klang irgendwie … orientalisch.

Sie dachte an den Besuch des Vertreters. Wie lange war das jetzt her? Einen Koffer voller Gewürze hatte er vor ihren erstaunten Augen geöffnet. Ja, Frau G wusste noch genau, was auf dem Koffer und der Visitenkarte des Mannes gestanden hatte: *Richi Oriental – 1001 Gewürze.*

Der Mann selbst war eine Comicfigur in einem Pseudo-Kalifen-Anzug gewesen, die einen Zeigefinger vor die Lippen gehalten und »Pssst!« gemacht hatte. Alles, was er sprach, hatte diesen schlecht nachgemachten Akzent gehabt.

»Sie müssen Frau G sein.«

»Ich bin Frau G«, hatte Frau G entgegnet.

»Ich bin Richi Oriental.«

»Und?«

»Ich habe etwas für Sie!«

Und dann? Sie hatte sich sein Sortiment zeigen lassen. Er war ein wirklich talentierter Vertreter, und als er ging, ließ er einige Gewürztütchen zurück. Und dieses Lebkuchengewürz.

»Zzzschhh!«

Da war es wieder!

Es fröstelte sie.

Sie starrte die Dose an und das Gewürzpulver darin. Aus einem Grund, den sie selbst nicht ganz verstand, hielt sie das Pulver an ihr Ohr und lauschte.

Mumpitz!

Missmutig schüttelte sie den Kopf, stellte die Dose ab und ging zum Fenster, blickte nach draußen, wo sie niemanden entdeckte. Der Garten und die nahe Schwarzbach-Steilklippengegend waren verlassen.

Sie seufzte und kehrte zu der Dose mit dem Pulver zurück. Sie schüttete drei Teelöffel in eine Schüssel und betrachtete es, als sei es geheimnisumwittert. Nun ja, irgendwie war es das ja auch: das bestgehütete Geheimnis von N.

Sie musste schmunzeln.

Und als sie das tat, da war das Wispern wieder da!

»Verrrääätteriiin!«, zischte es.

Sie fuhr herum.

Starrte die Gewürze auf der Anrichte an. Die Zimtstangen rollten umher, die Kardamomkapseln hüpften, Pimentkörner rollten, und die Nelken sprangen leicht – oder zumindest *glaubte* Frau G das. Beim zweiten Blick lagen die Gewürze wieder ruhig da.

Frau G kniff die Äuglein zusammen. Konnte es wirklich sein, dass Gewürze diese Geräusche machten? War es möglich …?

Sie trat einen Schritt vor. Langsam, und nur einen einzigen Schritt. Sie lauschte angestrengt, und ihre Knie begannen zu beben. Etwas war nicht in Ordnung. Nein, etwas war ganz und gar nicht in Ordnung! Sie versuchte auszumachen, was dies sein konnte, wusste sich aber nicht zu helfen.

Erneut sah sie zum Fenster. Die Schatten der nahenden Nacht schlichen draußen durch den Garten.

Sie dachte an die Geschichte mit dem verräterischen Herz. Doch, nein, dies war nicht ihr schlechtes Gewissen, dies waren keine Skrupel. Sie hatte schon oft ihren Trick angewendet, wenn sie Gewürz-Lebkuchen gemacht hatte. Niemals hatte sie es bereut, kein einziges Mal.

Und heute?

»Zzzschhhh.«

Diesmal kam es eindeutig von den Gewürzen. Es war ein Zischen, in dem Wut und Ungeduld sich zu einem boshaften Ton vermischten. Nunmehr ein wenig lauter.

Da!

Die grünen Kardamomkapseln bewegten sich. Und weder Tür noch Fenster waren offen, um Wind hineinzulassen. Was ging hier nur vor?

Panik ergriff Frau G.

»Zzzschhhh!«, machte es erneut, und mit vor Schrecken geweiteten Augen sah Frau G, was von der Anrichte sprang und sich auf sie zubewegte.

Pimentkügelchen, Zimtstangen, Nelken und die grünen Kardamomkapseln fügten sich zusammen zu einer dünnen, wohlriechenden Puppe mit einem Zitronenkopf und Nelkenaugen, die ihr etwa bis ans Knie reichte!

Frau G starrte auf die Gewürzkreatur. Das drohende Zischeln wollte nicht enden, es verstärkte sich, und die Gewürze sprachen zu ihr mit leisen und lauten, dunklen und hellen Stimmen:

»Wie kannst du es wagen, das tote Pulverzeugs zu benutzen? Du beleidigst uns!«

Frau G trank nicht, sie nahm keine Drogen, ja, sie nahm nicht einmal die Herztabletten, die ihr der Arzt verschrieben hatte. Sie fühlte sich kerngesund. Aber als das Gewürzmonster vor ihr stand und sie mit spitzen Zimtstangenarmen bedrohte und mit Kardamomkapseln klickerte, wünschte sie sich, sie wäre besoffen.

Sehr besoffen.

Sie hielt sich an der Anrichte fest und wusste nicht, was sie tun sollte. Wenn sie den Polizeimeister anrief, was sollte sie ihm sagen? *Kommen Sie, ich werde von prachtvollen, frischen Gewürzen bedroht!*

Außerdem könnte er auf ihr Lebkuchengeheimnis stoßen.

»Dafür musst du büßen!« Die gereizten Gewürze katapultierten sich ihr entgegen. Im Flug fächerte das Monstrum auseinander. Die eisenharten Zimtstangen trafen Frau Gs Leib, die Pimentkugeln fuhren ihr durchs Herz, die Nelken durch die Lunge und der Kardamom durch die Gedärme.

Frau G wurde an die Wand genagelt. Die Schmerzen raubten ihr die Stimme. Sie bekam keine Luft mehr, schnappte danach, roch Nelken. Diese Gewürze waren unverdaulich!

Sterbend hing sie an der Wand und starrte auf die Anrichte, wo die Gewürzdose stand. Ihr letzter Gedanke war, dass man sie finden und ihr Geheimnis entdecken würde. In Schimpf und Schande beerdigt! Frau G sah sich auf Richis Gewürzpulver gebettet, mit Richis Gewürzpulver zugeschüttet und ihre Seele in die Hölle fahren, wo Piment, Nelken, Zimt und Kardamom sie foltern würden …

Als Polizeimeister Schmidt kam, um die legendären Gewürz-Lebkuchen bei Frau G abzuholen, standesgemäß mit dem blau-silber lackierten Einsatzfahrzeug, wunderte er sich, dass sie nicht mit ihrem strahlenden Lächeln schon auf der Schwelle stand, um ihm das Gebäck auszuhändigen. Da ihm auch nach mehrmaligem Klingeln niemand öffnete, ging er durch den Garten und sah durchs Fenster in die Küche.

»Scheiß die Wand an!«, rief er, als er die Schüssel mit dem Pulver und die goldblecherne Dose samt dem verräterischen Deckel daneben sah. Welch scheußliches Vergehen!

Dann sah er ein Paar Füße hinter der Anrichte herausragen, und er ging ein Fenster weiter, um dahinter zu sehen.

Frau G lag auf den schwarz-weißen Kacheln, umgeben von Gewürzen. Ihr Gesicht war vor Angst verzerrt.

»Herzinfarkt«, murmelte Polizeimeister Schmidt und dachte mit einer gewissen Mitleidslosigkeit daran, dass dies eine gerechte Strafe für den Betrug war. Immerhin gab er sich mit seinem Spekulatius stets sehr viel Mühe. Und immer hatte sie ihn mit ihrem Gewürz-Lebkuchen ausgestochen.

Langsam ging er zu seinem Wagen zurück und setzte sich hinein, löste die Handbremse und ließ das Auto den Berg runterrollen. Langsam. Sehr langsam. Den Funk schaltete er aus. Es würde dauern, bis er Hilfe geholt hatte. Sehr lange dauern.

Er wollte sichergehen, dass der Halluzinogencocktail mit dem Strychnin, den er Frau G in den Vanillezucker getan hatte, seine Wirkung tat.

Und alle, ausnahmslos alle würden von ihrem Betrug erfahren.

Er pfiff ein wenig »O du fröhliche« und sah sich schon als der neue Weihnachtskleingebäckkönig in der beschaulichen Gemeinde N am Schwarzbach, ganz in der Nähe der kleinen Stadt Z.

DAS WEIHNACHTSESSEN

Ich erzähle Ihnen jetzt mal was von Weihnachten. Und von Tradition.

Von Familie.

Von einem Essen, zu dem alle erscheinen.

Und von besonderen Geschenken, die das Herz von Uroma erweichen sollen.

Das Essen findet jedes Jahr statt, und sie kommen alle, um mit Uroma Brunhild den 24. Dezember zu verbringen. Zuerst gibt es das leckere Fünf-Gänge-Menü mit den korrespondierenden Weinen, danach Small Talk im Kreis der Verhassten.

Ja, der *Verhassten!*

Denn die große Familie verbindet eine herzliche Abneigung, die immer am 24. Dezember in einem bizarren Höhepunkt kulminiert, den ich gerne »Das letzte Abendmahl« nenne. Mit mehr als einem Judas am Tisch.

Uroma Brunhild ist … tja, wie beschreibe ich sie?

Sie ist 98 Jahre alt, hat zwei Weltkriege und zwei Wirtschaftskrisen sowie eine Ölkrise überlebt und behauptet nach einer blauen Pille, im ersten Krieg eine französische und im zweiten die russische Gefangenschaft durchgemacht zu haben; und wenn sie die blauen und die roten Tabletten gleichzeitig einnimmt, ist sie fest überzeugt, auf Kuba gewesen zu sein, als es dort zu einer weiteren Krise gekommen war. Die Welt vor dem Abgrund nuklearer Bedrohung – aber Brunhild trotzte ihr.

Nebenbei hat sie es geschafft, ein Vermögen anzuhäufen.

Wir schätzten, dass sie locker eine Milliarde Euro auf dem Konto hat. Niemand weiß so genau, wie ihr das gelungen ist, und je nach Pillenfarbe erzählt sie verschiedene Varianten. Es gibt acht verschiedene Tablettenfarben, die Einzelheiten erspare ich Ihnen.

Und noch etwas weiß jedes Familienmitglied, wenn es um Uroma

Brunhild geht: Jeder von uns bekommt etwas von ihrer Milliarde – wenn sie eines natürlichen Todes durch Krankheit oder Alter stirbt. Alles andere spült ihren Reichtum in eine Stiftung für wohltätige Zwecke. Sogar Unfälle brächten uns um das Erbe.

Dazu muss man wissen, dass Uroma Brunhild noch topfit ist und das ganze Jahr über durch die Welt jettet. Es gibt keine Ecke des Globus, die vor ihr und ihrem Rollator sicher ist. Ab und zu hat sie Stress mit ihrem Herz, aber ansonsten läuft alles einwandfrei. Das Lindenblatt auf ihrem Panzer, wenn man so möchte.

Und so sehen wir sie nur am 24. Dezember.

Unsere einzige Gelegenheit, ihre Pumpe zum Stolpern zu bringen.

Wie das Weihnachtsessen ablaufen kann?

1. GANG.

Uroma betet vor dem Süppchen auf Russisch, weil sie das in der Gefangenschaft auch so gemacht hat, als sie »beim Russen« war.

Nach dem letzten Wort springt Cousin Bert auf und schreit aus Leibeskräften: »Stoi, Tawarisch, Stoi!«, zieht zwei Schreckschusspistolen und ballert die ganzen Magazine in die Luft. Der Lärm ist ohrenbetäubend.

Alle zucken zusammen, aber Uroma zieht nur die Augenbrauen zusammen und nimmt eine rote Pille. »Früher«, sagt sie, »früher haben die Russen mich wenigstens noch getroffen, wenn sie geschossen haben. Zweimal. In den Hintern.«

Kein Herzinfarkt, nur böse Blicke für den Versager.

2. GANG.

Nach der halben Suppe steht Tante Myriam auf und gibt vor, die Serviette von Uroma Brunhild gerade rücken zu wollen. Sobald sie hinter der alten Dame steht, zückt sie die Multi-Horn-Druckluftfanfare aus der Handtasche und trötet ihr »Vom Himmel hoch« ins rechte Ohr, geschätzt 120 Dezibel blasen Brunhilds Gehörgänge frei.

Opa Adolf singt spontan mit, Bert lässt den Löffel fallen und erstickt beinahe an einem Markklößchen. Keiner hilft. Logisch. Bliebe mehr für die anderen.

Uroma runzelt die Stirn, nimmt die gelbe Pille und bedankt sich für das schöne, wenn auch schlicht instrumentierte Konzert.

3. GANG.

Cousin Bert hat sich berappelt, da ruft Onkel Fritz ausgelassen: »Ich habe was für unsere allerliebste Uroma!« Er rennt zur Tür und reißt sie auf.

Herein kommen die Chippendales, acht halb nackte, durchtrainierte Männer in sexy Nikolauskostümen, die sich eingeölt um Brunhild kümmern. Sie wirbeln sie mitsamt dem Stuhl durch die Gegend, halten ihr die strammen Hinterbacken hin und machen die anzüglichsten Bewegungen. Dabei klingeln die Glöckchen in ihrem Schritt.

Tante Myriam hechelt und starrt die Chippendales an, Cousine Esmeralda fällt vor Faszination in Ohnmacht und mit dem Gesicht ins Essen. Dass ihr niemand hilft, muss ich nicht erwähnen.

Uroma zieht die 500er aus dem Geldbeutel, der noch aus den Zwanzigern stammt, und schiebt sie unter die Chippendale-Strings, bis die Herren aussehen, als trügen sie violettfarbene Blätterröckchen. Reicher als wir alle verschwinden die Tänzer, und Brunhild wirft ihnen Kusshände hinterher.

Kein Herzinfarkt. Nicht mal Pillen. Scheint, als habe der Anblick der geölten Muskeln belebend gewirkt. Super.

Prustend zieht Cousine Esmeralda sich aus den Erbsen. Eine Sekunde länger, und sie wäre draufgegangen. Schade, eigentlich.

4. GANG.

Leichte Unruhe macht sich breit.

Zwei Stunden sind vorbei, Uroma lebt immer noch, hat inzwischen den Auftritt der schlechten Clowns von Großcousin Gerhard, die zehn platzenden Luftballons von Stiefcousine Trine sowie eine einstündige Kanonade schlechter Witze aus dem Mund von Opa Erwin überlebt. Und das, obwohl er furchtbaren Mundgeruch hat, von versauten Pointen ganz zu schweigen. Vermutlich hat sie die nur dank der roten, schwarzen und grünen Pillen überlebt.

Zwar hat ihr Tante Zelda eine halbe Flasche Wodka eingeflößt, doch das macht einer Frau nichts aus, die drei Doppelherz, einen Klosterfrau Melissengeist und einen Sekt direkt nach dem Aufstehen säuft, und dabei lasse ich die Schnapspralinen mal außen vor.

MENÜPAUSE.

Das schwerste Geschütz wird aufgefahren: Großcousine Petra.

Sie ist Opernsängerin und weiß, wie man mit Tönen tötet.

Zuerst singt sie *O du fröhliche*, und schon heult Opa Erwin. Es folgt das perfide *Es steht ein Soldat am Wolgastrand*, danach *Zigeunerjunge* und Roger Whittakers *Albany*.

Opa Adolf ist blind vom Heulen, Tante Myriam schaut hackedicht auf ihr sechstes Glas Rotwein. Ich bin mir nicht sicher, ob Cousine Petra absichtlich schief singt oder ob sie glaubt, dass man mit einem Halbton neben der richtigen Melodie Herzinfarkte auslösen kann.

Alle sind gerührt, auch Uroma, wie man an den tränenfeuchten Augen sieht, und sie schluckt eine orangefarbene Pille, gefolgt von einer rosafarbenen und einer braunen.

Das Herz hält stand, und so nutzt Esmeralda das letzte Mittel: »Jetzt singen wir das Uroma-Lied!«

Mit der erklärten Absicht, Brunhild in den Tod zu grölen, wird zu einer alten Heino-Schallplatte *Es ist für uns eine Zeit angebrochen* geschmettert, bis das Dessert gebracht wird.

Uroma lebt, heult und beginnt zufrieden mit dem Nachtisch.

Am Tisch stopfen sich alle den Mund voll. Denn Süßes hilft gegen Frust.

So oder so ähnlich laufen unsere Treffen an Weihnachten, seit ich mich erinnern kann.

Bis gestern.

Am 24. Dezember 2004.

»Liebe Familie«, sagte Uroma Brunhild bewegt beim Dessert, schaute in die Runde und warf eine rote Pille ein. »Seit Jahren lade ich zum Essen ein, und seit Jahren versucht ihr Schweine, mein Herz zu knacken. Denkt ihr, ich würde nicht bemerken, was ihr Pisser versucht? Meine beschissenen Milliarden werdet ihr nicht bekommen! Ihr kleinen Miststücke habt zum letzten Mal warm gegessen.« Sie schaute auf ihre goldene Halskettenuhr. »Das Gift wirkt in einer halben Minute, und ich werde als einzige Überlebende aus diesem Raum gehen.« Dann lächelte sie und faltete die knochigen Hände zusammen. »Oh, morgen fliege ich übrigens nach Thailand, nach Phuket. Will jemand mit?«

Traditionell stürzte Cousine Esmeralda zuerst mit dem Gesicht ins Essen; danach ging es Schlag auf Schlag. Cousin Bert, Opa Adolf, Onkel Fritz, Tante Myriam, Großcousin Gerhard, Stiefcousine Trine, Opa Erwin, Tante Zelda und Großcousine Petra – sie fielen wie die Fliegen. Opa Adolf machte vorher noch rasch die Schüssel leer und starb mit dem Löffel im Mund.

Die ganze hinterfotzige Mischpoke – ausgelöscht.

Warum ich Ihnen das erzählen kann?

Nun, ich bin Uromas Lieblingsenkelin und habe mich nie an den Exitusversuchen beteiligt. Sie hat das Essen – ohne mir was zu sagen – dieses Jahr um drei Stunden vorverlegt, und ich trat ins Zimmer, als Opa Adolf mit dem Löffel im Mund … Sie wissen schon.

»Schön, dass du da bist, Sabine«, sagte Oma mit einem Lächeln.

Und noch bevor ich die Toten sah, platzte ich heraus: »Oma, ich bin schwanger!«

Was soll ich sagen?

Ich liege am Strand in der Sonne, in Thailand, in Phuket, mit Uromas Ticket und ihrer Hotelbuchung. Die Freude über meine Schwangerschaft hat sie eiskalt erwischt. Tja.

Oh, nein, ich bin nicht schwanger. Aber ich dachte mir, ich versuche es einfach auch mal.

Und wenn keine Katastrophen geschehen, kann ich jetzt ein richtig schönes Leben führen. Aber was soll mir in Phuket am Strand schon geschehen, am zweiten Weihnachtsfeiertag …?

ZUR RÄUMPFLICHT

Kurz ein ernstes Thema: Räumpflicht im Winter.

Man könnte nun sagen: Ja, aber die Klimaerwärmung macht das doch eh unnötig!

Na, aber verlassen würde ich mich jetzt noch nicht darauf.

Denn wer um sein Haus nicht räumt, dazu aber verpflichtet ist, muss unter Umständen tief in die Tasche greifen, sollte sich jemand deshalb verletzen. Meistens sind für die Räumung der Bürgersteige die Eigentümer der umliegenden Häuser zuständig, die können diese Pflicht wiederum per Mietvertrag an die Mieter weitergeben. Oder einen Dienst beauftragen.

Die Spielregeln stehen fest. Auf Gehwegen muss ein Streifen von 1,20 Meter Breite geräumt und gestreut werden. Und zwar wochentags von 7 bis 21 Uhr, am Sonn- und Feiertag ab 8 Uhr. Mit einer Aktion ist es nicht getan: Wege müssen bei Schneefall nachgeräumt werden. Wer gebrechlich, behindert oder abwesend ist, muss eine Vertretung bestimmen.

Zuerst das Gute: Bei Dauerschneefall oder Eisregen darf man im Haus bleiben.

Jetzt das Schlechte: Sobald der Niederschlag nachlässt, muss der Gehweg geräumt oder gestreut werden.

Noch mal was Gutes: Nachts muss man nicht raus. Die lieben Nachbarn sollen ja nicht durch den Lärm einer kratzenden Schneeschippe belästigt werden. Kennt man ja: rrrrrt, rrrrrt.

Stürzt eine Dachlawine auf Gehweg oder Straße, haftet der Hausbesitzer nicht in jedem Fall. In schneereichen Gegenden sind Schneefanggitter an Hausdächern vorgeschrieben, in schneearmen Regionen besteht diese Pflicht nicht. Dort muss aber der Hauseigentümer vor drohenden Dachlawinen warnen.

So weit, so klar.

Und daraus ergibt sich die logische Folge: Bei Verletzungen haftet derjenige, der zur Räumung verpflichtet ist. Eine Vernachlässigung der Räumpflicht kann also teuer werden, neben den Behandlungskosten kann auch Schmerzensgeld anfallen.

Ach ja: Wer in Sommerschuhen durch das Winterwonderland flaniert und ausrutscht, bleibt unter Umständen auf den Kosten sitzen. Die Gefahrenlage ist ja offensichtlich. Wie die Sache mit den Winterreifen.

Warum ich das schreibe?

Na ja, es ergeben sich daraus für mich vollkommen sinnvolle Fragen:

1. Darf ich wegen drohender Dachlawinen einen Bernhardinerhund halten und ihn ebenso wie die Füllung für das Schnapsfass (mehrmals nachzuholen) von der Steuer absetzen?
2. Wie muss eine solche Dachlawinenwarnung erfolgen? Automatische Ansage und Lichtschranke? Ein Wimpelmännchen? Ein Schneehaufen, aus dem zur Abschreckung ein künstlicher Arm ragt?
   Und: Darf ich Sprengungen vornehmen, um die Gefahr zu bannen, und diese möglicherweise auch auf Nachbargebäude ausdehnen?
3. Wie kommt im Falle einer Lawine die Bergwacht zu mir? Außerdem: Darf ich die Verschollenen ausgraben und plündern? Gelten die als Strandgut?
4. Was geschieht bei Abschaffung der Sommerzeit mit der 21-Uhr-Regel? Kann ich eine Stunde länger im Haus bleiben? Und: Ist auch die Zeitzone für 21 Uhr exakt vorgegeben? Oder kann ich mich darauf berufen, dass ich mental außerhalb von Raum und Zeit lebe?
5. Rentiert sich die Anschaffung einer Schneekanone, um Dauerschneefall zu simulieren und den Rest des Winters unbehelligt im Haus zu verbringen?
6. Gibt es Schneeketten für Sommerschuhe, weil Spikes ja auf Autoreifen in Deutschland verboten sind und es bei Schuhen genauso sein müsste?

Wenn ja: Bitte unbedingt den modischen Aspekt beachten und mit Sammelmotiven versehen. Am besten was Rotes, damit man den Träger verschüttet schneller findet.

7. Das Räumen ist Pflicht, aber: Kann ich für einen geräumten Weg eine Servicepauschale von fünf Euro pro Nutzung erheben? Für die Nutzung von öffentlichen Toiletten muss gelegentlich auch bezahlt werden.
   Im Angebot wäre das Hin- und Zurückticket, das Gruppenticket, das 24-Stunden-Ticket. Bei einer Weigerung wird der Passant mithilfe des Bernhardiners (siehe 1.) oder der Russen (siehe Tipp) dazu gezwungen, im ungeräumten Bereich den geräumten Weg zu umlaufen.
8. Ist es erlaubt, nur eine 30 Zentimeter breite Schneise zu räumen und Ausweichbuchten anzulegen, in denen Glühwein und Waffeln verkauft werden? Wenn nein: Darf ich eine Umleitung ausschildern?
9. Zählt das Ehedasein bereits als Behinderung? Wenn ja: Mit wie viel Prozent?

Übrigens: Omma und Oppa mit Gehhilfe bewegen sich in dem flockigen Terrain stabiler als andere. Deswegen sollte man sie einfach räumen lassen. Sagen Sie einfach: »Wer den Russlandfeldzug überstanden hat, lacht doch über Eis und Schnee heutzutage! Hier, deine Schippe. Viel Spaß, Opa!«

Alternativ zum Einsatz des Altvolkes kann eine Fußbodenheizung unter dem Trottoir eingebaut werden.

Tipp gegen Schmerzensgeldforderungen:

Unbedingt ein paar unfreundliche Russen (wegen garantierter Wettertauglichkeit; ersatzweise Inuit, die aber schwerer zu bekommen sind; sonst jede andere Nationalität nach Frosttest in der Kühlkammer, vorzugsweise Skandinavier) vor dem Gehwegabschnitt positionieren, damit der Passant freiwillig die Seite wechselt.

Sollte er beharrlich bei Ihnen laufen wollen und zu Fall kommen, werden ihn die Russen sofort auf die Straße schleifen und behaupten, er sei dort gestürzt.

So.

Jetzt wissen Sie, wie man Geld verdienen kann. Sollten Sie Tipps davon umsetzen, machen Sie Fotos und schicken Sie sie mir, bitte.

RÄUMPFLICHT

(oder: Fast wie in Stenkelfeld 1)

23. DEZEMBER, 20.45 UHR

Erste Flocken fallen nieder. Besinnliche Stimmung herrscht in der Siedlung, die Elektrokerzen glühen in den Fenstern der Rosenstraßenhäuser, und alle freuen sich auf den bevorstehenden Heiligen Abend. Leise erklingen Adventslieder vom nahen Weihnachtsmarkt, ein Kinderchor singt. Es riecht nach Zimt, Glühwein und Kaminrauch. Alles ist ruhig.

20.46 UHR

Der gut integrierte türkische Mitbürger Ali P., der sich gerade einen Apfeltee gekocht hatte, beginnt damit, die zarten Flocken mit dem Besen vom Bürgersteig zu kehren. Schließlich weiß er, was sich gehört. Räumpflicht bis 21 Uhr, wie ihm Nachbar Hubert K. oft genug gesagt hat.

Noch in der gleichen Minute erregt das rhythmische Ssssrp-Ssssrp der Besenborsten die Aufmerksamkeit von Nachbar Hubert K., der vom Sofa aufspringt und sofort seinen besseren deutschen Besen und seine noch bessere deutsche Kehrmethode zeigen will.

Ali P. grüßt ihn freundlich, was als Provokation und Herausforderung zu einem Wettstreit empfunden wird.

20.47 UHR

Thomas L. wird von seiner Frau, die am Fenster steht und den Wettlauf zwischen Ali P. und Hubert K. beobachtet, aus der Badewanne gejagt, damit er die, Zitat: »weiße Scheiße auf der Straße« wegmacht. Thomas L. glaubt zuerst, seine Frau meint Hubert K., dann greift er zu seinem modifizierten Laubbläser Blowjob 1000 und attackiert den Neuschnee auf seinem Gehweg mit voller Kraft der 80 PS und 120 Dezibel. Die montierten LED-Lämpchen am Rohr blinken pittoresk zum dröhnenden *Rmm-Rmm* des Motors.

Ali P. grüßt ihn freundlich, was als Provokation und Herausforderung zu einem Wettstreit empfunden wird.

20.48 UHR

Aufgeschreckt von *Ssssrp-Ssssrp* und *Rmm-Rmm*, eilt Tanja P. aus dem Haus und knallt die Tür zu. Durch die Druckluft lösen sich mehrere Dachlawinen.

Hubert K. und Thomas L. beginnen von Neuem mit dem Räumen. *Ssssrp-Rmm-Ssssrp-Rmm.* Dazu mischt sich das *Schrrrt* von der Schneeschippe, die Tanja P. benutzt.

Ali P. grüßt sie freundlich, was als Provokation und Herausforderung zu einem Wettstreit empfunden wird.

20.50 UHR

Nun ist Leben in der Rosenstraße. Verschiedene Kehrteams sind im Wettbewerb um die schnellste Räumstrecke. Rentner Rudi K. kommt unfairerweise mit seiner Schiebeschneefräse aus der Garage und gräbt den Bürgersteig gleich mit auf; das nahe Hotel versinkt im künstlichen Schneegestöber.

Cindy L. zwingt ihre Kinder Kevin, Mandy, Tommy Lee, Spock, Pumuckl, Brad und Jonas mit eimerweise angeschlepptem heißem Wasser und dem Einsatz von acht Föns den Schnee wegzutauen, woraufhin sich der Gehweg vor der Post in eine Eisbahn verwandelt. Die hiesige Eishockeymannschaft, die von der Weihnachtsfeier nach Hause kommt, beginnt verwirrt mit einem Spontantraining und zerlegt mit den Pucks die Schaufenster der umliegenden Geschäfte.

Ali P. grüßt alle freundlich, was als Provokation und Herausforderung zu einem Wettstreit empfunden wird.

Thomas L. wird daraufhin von seiner Frau mit einem zweiten Blowjob 1000 unterstützt, die entstehenden Schneeverwehungen treiben über die Straße und lassen dort das Gesicht von Jesus entstehen.

20.52 UHR

Atheist und Gerätewart des Skiklubs *Gut Bruch,* Jürgen N., sieht darin eine Provokation und eröffnet das Feuer aus seinen beiden Schneekanonen, die sonst in seiner Garage lagern. Die ungestümen Salven – begleitet vom Geschrei »Es gibt keinen Gott!« – treffen unter anderem die Fenster des Hauses vom Stadtangestellten Fritz K., der sofort ins Freie eilt und in das vor seiner Tür geparkte Räumfahrzeug springt, weil er Bereitschaft hat.

In der Zwischenzeit sind mehrere Kehrteams unter der Wirkung der Schneekanonensalven zu Boden gegangen und schwören Rache, begleitet vom Gegengeschrei: »Es gibt sehr wohl einen Gott, und er weiß, wo du wohnst, du Arsch!«

Die Eishockeymannschaft schießt jetzt mit Pucks aus Brucheis auf die Weihnachtsbeleuchtung und verteilt Punkte nach Treffern.

20.54 UHR

Fritz K. donnert los und fordert das Kollegium des Baubetriebshofs an, um den Krieg zu gewinnen. Das kann Thomas L. nicht zulassen und zielt mit beiden Blowjobs in dessen Richtung: 160 PS und 240 Dezibel werfen sich gegen Fritz K.

Die Schneeverwehungen der Blowjobs rauben ihm die Sicht, er gerät auf die Eisbahn von Kevin, Mandy, Tommy Lee, Spock, Pumuckl, Brad und Jonas und verliert die Kontrolle über das Fahrzeug. Zwei Eishockeyspieler retten sich mit einem Sprung in die Auslagen von Brillengeschäft und Apotheke. Mit Vollgas fährt Fritz K. durch mehrere Häuser und hinterlässt wohlgeräumte Wohnzimmer. Erst die Glühweinbude vom Weihnachtsmarkt bringt ihn zum Stehen. Vor Schreck trinkt er einen selbst gemachten Eierlikör.

20.55 UHR

Der beheizte 5000-Liter-Tank Glühwein der Marke *Pure Weihnachtsdröhnung* reißt durch den Einschlag der gewaltigen Schaufel des Räumfahrzeugs, und der Inhalt strömt durch die Stadt. Die Alkoholdämpfe sorgen für besoffene Marktbesucher, Kinder und Eltern lallen um die Wette. Fritz K. lallt wegen des Eierlikörs.

20.56 UHR

Salz aus der Streuvorrichtung trifft Thomas L. in die Augen, er verreißt den Blowjob und gibt dem vorbeifliegenden Bundeswehrflugzeug mit den LED-Lämpchen Lichtzeichen, woraufhin die Hilfsladung für Tahiti über der Rosenstraße abgeworfen wird.

Hunderte besoffene Kinder auf dem Weihnachtsmarkt halten den Abwurf für die Bescherung des Weihnachtsmannes und stürmen die Straße, plündern die von Fritz K. mit dem Schneepflug geöffneten Wohnungen.

20.58 UHR

Die Räumfahrzeuge des Baubetriebshofs sind eingetroffen, das Kollegium will Rache für Fritz K. Die Jagd auf die Kehr- und Räumteams wird eröffnet, die sich in eilends errichteten Schneeburgen verschanzen und mit Eiszapfen, Medikamentenpackungen, Lotionspäckchen und Brillengestellen werfen. Das Hotel geht durch eine umgekippte Elektrokerze in Flammen auf.

Eine abgeprallte Familienpackung Schaumbad plumpst in den Bach, wo sich sofort Schaum bildet, der wiederum gefriert. Findige Passanten formen Krippenfiguren daraus und verkaufen sie auf dem Weihnachtsmarkt an die Besoffenen.

20.59 UHR

Die Leitungen der Schneekanonen geraten in den Glühweinerguss und feuern roten Glühweinschnee. Der Geruch lockt Vorbeifahrende an, die Fahrzeuge halten, es wird gemeinsam Glühweinschnee-Margerita gegessen und getanzt. Die Menschen werfen Orangen- und Zitronenstückchen aus dem Fenster und heben die Medikamentenvorräte der Apotheke unter.

21.01 UHR

Ali P. sieht auf die Uhr und stellt fest, dass er nicht mehr zum Räumen verpflichtet ist.

Er stellt den Besen weg und kehrt in sein Haus zurück, wo sein Apfeltee wartet. Vorher grüßt er noch einmal die sehr merkwürdigen Nachbarn.

Jedes Jahr an Weihnachten der gleiche Mist.

KAMINPROBLEM

»Schatz, denkst du bitte daran, heute um 18 Uhr da zu sein? Du weißt, dass sich die ganze Nachbarschaft auf dich verlässt.«

Kurt Rübsam, 48 Jahre und erfolgreicher Angestellter, wie er gern von sich sagte, senkte sein Smartphone. Die Stimme seiner Frau und eine Explosion hatten eine Gemeinsamkeit: Beides schmerzte in den Ohren. »Sicher, Liebes.«

»Ist das Kostüm da?«

»Sicher, Liebes.«

»Ganz sicher?«, flötete sie. Sie beherrschte die Kunst, ungläubig zweiflerisch zu klingen, wie kaum jemand sonst.

»Jahhaaa. Ich habe es aus der Reinigung abgeholt. Liegt im Schrank, oben.« Eigentlich hatte er weiter im Wohnzimmer sitzen und lesen wollen. Dazu Käffchen und Spekulatius, bevor sein Einsatz vor den eigenen Kindern und der versammelten Nachbarschaft anstand. Doch natürlich folgte das Unvermeidliche:

»Passt du noch hinein? Schatz?«

Kurts Augenbrauen schnellten in die Höhe, dann seufzte er. Die spitze Bemerkung seiner Gattin richtete sich nicht etwa gegen die Kompetenz der Reinigungsmitarbeiter, nein, sondern gegen ihn.

Gegen sein Bäuchlein.

Aber wäre ein Weihnachtsmann ohne Bauch? Da könnte er auch den langen weißen Bart weglassen.

»Sicher passe ich noch rein. Ich mache doch Sport.«

Das Geschirr klapperte, darunter mischte sich ihr schallendes Gelächter.

»Danke. Das habe ich verstanden«, murmelte er.

Seine Frau machte mit ihrer besten Freundin Frida Power-Yoga wie eine Verrückte und zählte Kalorien, aß nur noch Eiweiß und nichts mehr nach 18 Uhr. Der Freundeskreis hatte dem Ehepaar Rübsam den Spitznamen Pat und Patachon verpasst. Und klar, er war der kleine Dicke.

»Schatz, du gehst einmal die Woche mit deinen Kumpels eine Stunde Fußball spielen und drei Stunden saufen. Das Bewegungs-Kalorien-Verhältnis ist nicht das beste.« Dann kam sie angetippelt, schon im Feiertagskittel. Ihr Blick war zuckersüß-peitschig, das Lächeln geschliffen wie eine Rasierklinge. »Sei doch so nett und zieh es mal für mich an.«

»Du willst, dass ich für dich den Weihnachtsmann mache?« Kurt dachte an scharfe Rollenspiele mit der Rute. »Uh, du kleines böses Mädchen?! Warst du auch artig, oder soll dich der –«

»Kurt, lass den Quatsch«, würgte sie ihn ab. Wieder diese Stimmlage. Ebenso gut hätte sie ihn mit eiskalten Füßen an einer sehr erogenen Zone berühren können. Die Wirkung blieb die gleiche. »Geh nach oben und komm als Nikolaus runter, ja? Schatz?«

Er zog die Nase hoch, legte das Smartphone zur Seite und erhob sich aus seinem Lieblingssessel, warf Kaffee und Spekulatius einen wehmütigen Blick zu. »Sicher, Liebes.«

Er schlurfte nach oben, im typischen Gang eines Gatten nach zwanzig Jahren Ehe: gebeugt, kraftlos, gebrochen. Der einst wilde Mustang war von der hübschen Indianerin gefangen und gezähmt worden. Seit zwei Jahren fühlte er sich irgendwie kastriert. Und leider war die Indianerin auch nicht mehr hübsch. Nur dünn.

Kurt zwängte sich in das Kostüm, das Chemiereinigungsduft verströmte und auf seiner Haut juckte.

Er betrachtete sich im Spiegel.

Die Hose ließ sich nicht schließen und war im Schritt viel zu eng, der Mantel spannte so arg, dass er nicht mehr wagte, Luft zu holen.

»Scheiße.«

Der Bart war nicht lang genug, um die offene Hose zu bedecken. Selbst wenn, hätte es merkwürdig gewirkt, wenn dem Nikolaus beim Hohoho das Beinkleid flöten ginge.

Schon hörte er die Tippelschritte. Die Inquisition nahte.

»Dachte ich es mir«, schnitt sich die Stimme seiner Gattin durch das Gehör direkt in sein Schuldbewusstsein. »Der Nikolaus ist fett geworden.«

»Das … das … waren die in der Reinigung«, behauptete Kurt lahm.

»Klar. Die haben den Anzug enger genäht. Das machen sie immer, damit Männer sich neue Kostüme kaufen müssen.« Sie warf ihm einen missbilligenden Blick zu, den man als Scheidungsantrag durchgehen lassen konnte. »Willst du *so* vor deine Kinder? Vor die *Nachbarn?* Vor deine *Freunde?* Kurt? *Willst du das?*«

Nein, das wollte er nicht. Eigentlich wollte er Kaffee und Spekulatius. »Ich …«

Sie verschränkte die gestählten, drahtigen Arme und sah auf die Uhr. »Wir haben kurz nach 16 Uhr. Was machst du jetzt? In die Reinigung und fragen, ob sie ihn für dich wieder weiten? Oder ob sie dir einen größeren leihen können, von einem Mann, der viel fetter ist als du?«

Kurt setzte zu einer Erwiderung an, atmete dummerweise ein – und mit einem *Poing* sprang ein Knopf ab und prallte gegen die Spiegeltür. Der Knopf rollte über das Parkett und blieb zwischen ihnen liegen.

Sie sah auf den Knopf, dann auf ihren Mann, dann auf den Knopf, dann wieder auf ihn. »Du hast Zeit bis 18 Uhr«, sagte sie frostig. »Haben die Kinder keinen Nikolaus, kannst du dir deinen Fußball dahin stecken, wo du nie wieder drankommst. Schatz.«

Kurt blieb zurück. In Schmach und mit dem Willen, eine Lösung zu finden. Er konnte sich doch die Sportabende nicht nehmen lassen!

Um 17.30 Uhr bereitete sich Kurt Rübsam auf seinen bislang größten Auftritt als Weihnachtsmann vor, der alles Dagewesene in den Schatten stellen sollte. Die Nachbarn und deren Kinder, die aus Tradition zu ihnen kamen, würden in hundert Jahren noch davon berichten!

In den vergangenen Jahren war Kurt mal mit einem Rentierschlitten gekommen, was ihn sehr, sehr viel Geld gekostet hatte; mal in einem roten Feuerwehrauto und einmal auf einer roten Chopper – und das alles nur, weil seine Frau darauf bestand, dass ihre Kinder vom coolsten Weihnachtsmann Besuch bekamen.

Er war der persönliche Weihnachtsmann des Grashügelwegs im Lerchenhain. An diesem Tag ruhte sogar der immerwährende Konflikt darüber, ob der Vogel Lerche oder der Baum Lärche Namenspatron der Siedlung war. Die Lager wurden durch Kurt Rübsams Auftritt zum Frieden gezwungen.

Nun stand er auf dem Dach, balancierte auf dem First entlang zum Kamin. Sein Meisterstück stand an: Nikolaus kam durch den Schlot! Traditionell, mit »Hohoho« und vielen Geschenken. *Das wird sie alle überraschen.*

Kurt war schon einmal in den Kamin gestiegen, vor zehn Jahren, um ihn sauber zu machen. Kleine Eisensprossen machten es möglich. Das ehemalige Herrenhaus, in dem sie wohnten, schien den Kamin früher zum Räuchern genutzt zu haben, was den großzügigen Schnitt erklärte.

Zuerst wuchtete er den Sack mit den Geschenken hinein, sicherte ihn mit der Schnur, die er drumherum gewickelt hatte, und kletterte hinab.

Durch den Ruß auf seinem Kostüm würden die Kinder und Erwachsenen nicht merken, dass seine Hose nicht richtig passte, die er mit einem Hosenträger und Sicherheitsnadeln bearbeitet hatte. Dazu trug er einen roten Bademantel, den er bei der Weihnachtsfeier seiner Kick-und-Sauf-Kumpels gewonnen hatte. Der weite Stoff kaschierte die Schwachstellen seines Outfits.

Nun *konnte* nichts mehr schiefgehen!

Das dachte Kurt nicht mehr, als die Sprosse in seiner Hand aus der Wand riss und die unter seinen Füßen abbrach.

Kurt schoss in einer Rußwolke durch den Schlot abwärts – und klemmte fest.

Hustend und spuckend rieb er sich die Augen.

Seine Wampe hatte ihn zu einem lebendigen Pfropf gemacht. Weit über sich sah er den sternenklaren Nachthimmel in einem Viereck, die Gestirne spendeten ihm ein wenig Licht. Seine Augen mussten sich erst noch an die Finsternis gewöhnen. Um ihn herum raschelte es. Wahrscheinlich Laub und alte Vogelnester; die harten Dinge dazwischen fühlten sich an wie haarlose Kokosnüsse.

»So eine Rentierkacke!«, fluchte er weihnachtsmännisch und wollte gerade um Hilfe rufen, als er die gedämpfte Stimme seiner Frau vernahm. Sie telefonierte im angrenzenden Wohnzimmer.

»Genau, Frida … Kurt macht den Weihnachtsmann, und dann geht er zu seinen Fußballkumpels saufen. Anschließend kommt Gerhard vorbei, und dann« – sie lachte fröhlich und sexy – »packt er seine Rute aus und bestraft mich. Und ich werde zu ihm sagen: Weißt du, lieber Nikolaus, ich war unartig.«

Kurt Rübsam glaubte zu träumen. Aber als seine Frau im Telefonat mit ihrer besten Freundin Frida detailreich beschrieb, was man mit einer Rute alles machen konnte, wurde es ihm zu viel. Gerade wollte er schreien – da fiel ihm ein, dass er sich nicht in der besten Lage befand, ihr eine Szene zu machen. *Sie kann mich hier einfach verrecken lassen.*

»Okay, wie komme ich raus?«, murmelte er.

Er sah sich um – und schaute in einen Totenschädel, der eine verwitterte Nikolausmütze auf dem Kopf und einen unverwitterbaren Nylonbart ums Kinn trug.

»Ach du …!«, stammelte er.

»Nein, Gerhard kommt nicht durch den Kamin. Da steckt immer noch Fred drin«, sagte seine Frau eben. »Fred Wildmann. Ein schlechter Liebhaber, ganz ehrlich. Genau, von dem ich dir abgeraten hatte. Weißt du, ich schlage allen schlechten Liebhabern seit neun Jahren vor, durch den Kamin zu kommen. Ich sage immer, es wäre ein verrücktes Rollenspiel. So ein Schornsteinfeger-Ding. Oh, und einer verkleidete sich als Weihnachtsmann.« Wieder lachte sie. »Wie viele? Herrje … ein halbes Dutzend?«

Kurt schauderte und sah sich um.

Die Gestirne zeigten ihm die grausame Wahrheit: Um seine Wampe stapelten sich die Überreste der Liebhaber seiner Frau! Er sah vergilbte Männerreizwäsche, einen halb aufgelösten Jutesack und die Arbeitskleidung eines Schornsteinfegers. »Scheiße!«

Dass seine Frau nicht ganz normal war, hatte er schon immer geahnt, spätestes seit dem Power-Yoga gewusst – aber derart bekloppt? Er würde jede Wette eingehen, dass Frida dahintersteckte.

»Ich muss auflegen«, sagte seine Frau. »Die Bescherung geht gleich los. Die Nachbarkinder kommen auch. Ich sehe sie durchs Fenster.«

Die Tür wurde geöffnet, seine sieben Kinder plus die zwanzig aus den umliegenden Häusern kamen herein, wie er am Lärm hörte. Zum ersten Mal beschlich Kurt der Verdacht, dass der Anteil seiner DNS bei seinem Nachwuchs sehr gering sein könnte.

»Mama, ich mach mal den Kamin an. Ist einfach schöner«, sagte Lena, seine Jüngste.

»Ja, mach nur«, erwiderte seine Frau.

»Nein! Nein, mach nicht«, rief Kurt verzweifelt.

Bald wurde er von Rauch umspielt, hustete. An seinen Füßen wurde es heiß. Er strampelte, hielt die Luft an, rutschte und rieb sich die Wampe.

Sicherlich hätten seine Bemühungen nichts gebracht, wenn in diesem Augenblick nicht die dünne Schnur seines Geschenksacks gerissen wäre. Der Sack schoss gute fünfzehn Meter abwärts und traf den Weihnachtsmannpfropf.

Kurt glitt aus dem Bademantel und rauschte in einer Wolke aus Ruß, Knochenstückchen, Geschenken und Dreck den Schlot hinab. Der Unrat löschte glücklicherweise das Feuer, bevor er im Kamin aufschlug, mit nichts als dem weißen Bart über der offenen Hose.

Die Kinder wirbelten erschrocken herum, seine Frau starrte ihn an.

Kurt starrte zurück, hustete unterdrückt.

Sekundenlang herrschte Stille.

Kurt wischte sich den vergilbten Reizwäscheslip von der Schulter und sagte: »Na? Wer von euch möchte dem Nikolaus ein Gedicht vortragen?«

Und er wusste sofort, dass sein Auftritt bei der Nachbarschaft für hundert Jahre in Erinnerung bleiben würde.

OVP

»Guten Tag.«

»Nee, glaube ich nicht. Heute ist kein guter Tag.« Stefanie Rilke sah hinter der Infotheke des Einkaufsmarktes auf. Sie hatte achtundsiebzig Stornos bestätigen müssen, Unmenge von Reklamationen über sich ergehen lassen, vier kotzende Kinder und einen schwerhörigen Rentner überstanden. Es war der 24. Dezember, kurz vor 14 Uhr, und sie freute sich auf ihr Zuhause.

Vor ihr stand ein unscheinbarer Mann in einem unscheinbaren Anzug, der einen leicht säuerlichen Schweißgeruch verströmte. Der Fluch des Polyesters. »Viel Stress, was?«

Sie zwang sich zu einem Lächeln. »Verzeihung. Vor Weihnachten scheinen alle noch Geschenke zu kaufen. Überraschenderweise ist das Fest der Freude auch dieses Jahr am 24. Dezember. Darauf war halt keiner gefasst.«

Er schnalzte mit der Zunge. »Treffen sich zwei Blondinen, sagt die eine: ›Dieses Jahr ist Weihnachten an einem Freitag!‹ Sagt die andere: ›Hoffentlich nicht an einem 13ten!‹« Er sah Stefanie erwartungsvoll an.

Sie fuhr sich demonstrativ durch die blonde Mähne.

»Oh, ich … ich wollte Sie aufmuntern«, stotterte er.

»Dann hätten sich vielleicht zwei Brünette unterhalten sollen«, gab sie frostig zurück.

»Okay, hier kommt noch einer: Welche Nationalität hat der Weihnachtsmann?« Er zwinkerte. »Na?«

Sie zuckte mit den Achseln und sah, dass sich hinter dem Mann zwei weitere Kunden aufreihten.

»Antwort: Nordpole!«

Stefanie seufzte. »Wie kann ich Ihnen helfen?«

Er räusperte sich und hob eine Tüte mit dem Logo des Einkaufsmarktes in die Höhe. »Ein Weihnachtsgeschenk«, sagte er feierlich und stellte es vor ihr auf den Tresen.

Stefanie stutzte. »Oh! Das ist aber lieb.«

»Nein, nicht für Sie. Ich will es umtauschen.« Er schälte es aus der Tüte. Der viereckige Gegenstand war in ein geschmackloses gelbes Papier gehüllt, ein grünes Band wickelte sich darum. Von der Größe her konnte es der Mini-Küchenmixer sein, der gerade im Angebot war. Erwartungsvoll sah er Stefanie an.

»Und?«, fragte sie auffordernd.

»Was *und?*«

»Ich bräuchte den Bon.«

»Ich sagte doch, es ist ein Geschenk.« Das Gesicht des Mannes nahm einen rechthaberischen Ausdruck an.

»Äh. Sie wollen das Geschenk *so* zurückgeben?« Sie sah, dass sich zwei neue Kunden in die kleine Schlange einfügten, und schob den Kasten ein paar Zentimeter von sich. »Das geht nicht.«

»Wieso?« Er pochte auf den Aufkleber, mit dem das hässliche grüne Band festgepappt war. »Da ist Ihr Logo drauf, also kann ich es umtauschen.«

»Nur mit Bon.«

»Aber es ist ein …«

»Ja, ich habe es verstanden, es ist ein Geschenk. Aber Sie haben doch einen …« Dann begriff Stefanie. »Moment. Es ist ein Geschenk *für* Sie, und Sie wollen es nicht?«

Jetzt lächelte der Mann belohnend. »Ich hatte zuerst gedacht, Sie wären durch und durch blond.« Er legte eine Hand auf den Karton. »Sehen Sie, meine Mutter kaufte mir einen Flachbildschirm, 90 Zoll, aber den habe ich schon. 3D, 4K, mit allem Schnickschnack, Festplattenrekorderrecieverschnipseldibums. Also dachte ich mir, ich gebe ihn gleich zurück. OVP. Soweit ich weiß, kostet er 6000 Euro.«

Stefanie zweifelte allmählich am Verstand des Kunden. »Wenn *da* ein 90-Zoll-LCD-Bildschirm drin ist, gehe ich mit Ihnen ins Bett.« Sie wollte die Geschenkverpackung entfernen.

Der Mann schnappte sich die Kiste und hielt sie hoch. »Ha! Nein, *den* Trick kenne ich! Sie reißen das Papier ab, und dann ist es nicht mehr OVP, und ich bekomme das Geld nicht. Meine Mutter hat lange gespart. 6000 Euro sind viel Geld.«

Sie stierte ihn an. »Es ist nur das Geschenkpapier, Sie … Kunde!«

»Sie garantieren mir, dass OVP trotzdem zählt?«

»Ja.«

Er stellte es vor ihr ab und verschränkte die Arme. »Bitte. Schauen Sie selbst.«

Stefanie sah zu ihren Kolleginnen, die verwundert herüberschauten, dann lächelte sie entschuldigend zu den wartenden Menschen hinter dem Typen. Würde sie halt dem Bekloppten beweisen, dass er eine Meise hatte. Mit einem Ratsch entfernte sie das Papier – und schaute auf eine Miniaturverpackung, auf der ein LCD-Display prangte, inklusive eines Bildes von einem Fernseher.

»Ha!«, rief der Anzugträger triumphierend. »Sehen Sie? LCD-Fernseher Festplattenrekorderrecieverschnipseldibums. *Auf-blasbar!*« Er lachte schallend und sah sie mit Schlafzimmerblick an. »Wenn Sie mir die 6000 Euro erstattet haben, gehen wir dann zu mir oder zu Ihnen? Oder bevorzugen Sie ein Hotel?«

Stefanie wartete darauf, dass ein Fernsehteam hereinmarschierte und sie sich in der Sendung *Verstehen Sie Spaß?* wiederfand. »Sagen Sie mal … Das haben Sie doch klein kopiert und draufgeklebt. Da ist der Mini-Mixer drin!« Sie wollte die Umverpackung aufreißen.

Aber der Mann schnappte danach und schrie: »OVP, OVP!«

Die Schachtel ging bei dem Gezerre kaputt, und ein Mini-Mixer fiel heraus, hüpfte von der Theke und schlug auf dem Boden auf, wo er zersprang.

»So«, sagte der Mann. »Das haben Sie davon. Den verkauft Ihr Markt bestimmt nicht mehr.« Er zog die falsche Etikettierung von der Schachtel und steckte sie ein, nahm das Geschenkpapier und stopfte es in den Mülleimer. Danach bückte er sich abrupt und knallte mit der Stirn gegen die Theke. Er hielt sich eine blutende Stelle und schrie gellend.

»Was ist denn hier los?« Der Geschäftsführer des Marktes erschien und strahlte mit einem gewinnenden Lächeln in die Runde. »Ein Malheur, Frau Rilke?« Er sah auf das zerstörte Küchengerät.

»Der Kunde wollte den Mini-Mixer als LCD-Bildschirm umtauschen und mir weismachen, er kostet 6000 Euro«, erzählte sie aufgeregt. »Und eben hat er –«

Der Kunde fiel ihr lachend ins Wort. »Oh, Mann. Jetzt versuchen Sie, Ihren Fehler zu vertuschen, was? Sie sind doch verrückt! Zu viel Weihnachtsstress, was?!«

»Bitte?« Stefanie erwog, dem Mann das Durchsagemikrofon gegen den Schädel zu hämmern. Der Geschäftsführer hob die Augenbrauen und schaute sie strafend an. »Nein, ich habe gar nichts …«

»Sehen Sie, Herr …« – der unbequeme Kunde sah auf das Namensschild des Chefs –, »Herr Schwarz, ich wollte mir den Mini-Mixer erklären lassen, weil ich eine Funktionsstörung vermutete. Da beschimpfte mich Frau Rilke und warf mir das Küchengerät an den Kopf.« Er zeigte auf seine Platzwunde. »Das kostet Ihren Markt einiges, glauben Sie mir. Und dann die Publicity. Sie sollten Ihr Personal besser schulen. Ich habe ja bis zu einem gewissen Grad Verständnis, aber bei Körperverletzung hört der Spaß so was von auf.«

Schwarz wurde nervös. »War das so, Frau Rilke?«

»Was? Nein! Nein, er hat doch gesagt … er hat die aufgeklebte … den LCD …« Stefanie war durch den Wind.

Die Kunden in der Schlange schwiegen und schienen sich stumm zu freuen, dass die lahme Mitarbeiterin eine Abreibung bekam.

»Ich habe von hohen Summen gehört, die bezahlt wurden. Und dann noch der Imageverlust, die Zeitungsartikel. Die BILD-Zeitung. RTL. Die Einbrüche im Umsatz. Das geht ratzfatz in die Hunderttausende.« Der Mann sah auf den kaputten Mini-Mixer. »Nur weil ich wissen wollte, wie fein er püriert.«

Schwarz' rechtes Auge zuckte. »Kommen Sie mal mit in mein Büro, Herr …«

»Meister. Hannes Meister.« Er presste sich ein Taschentuch gegen die blutige Stirn. »Ehrlich, ich dachte, Frau Rilke behandelt mich wie einen Bekloppten.«

Stefanie sah den beiden nach, dann auf den zerschellten Mixer, dann auf die nächste Kundin, die ein Päckchen vor ihr abstellte. Eingewickelt in Geschenkpapier. »Sagen Sie nicht, dass es ein Weihnachtsgeschenk ist«, grollte sie und packte das lange Mikro der

Durchsageanlage wie den Griff eines Baseballschlägers. »Wissen Sie, ich hatte einen schweren Tag.«

Die Frau lächelte unsicher, nahm das Päckchen wieder vom Tresen und eilte davon. Die Kundenschlange löste sich blitzartig auf.

Eine halbe Stunde später war sie gefeuert.

Stefanie Rilke erhob sich, verließ die Infotheke und ging aus dem Markt, ohne sich umzudrehen.

Hannes Meister marschierte um kurz nach 15 Uhr aus dem Laden, mit einem Umschlag voller Geldscheine, die er dem Marktleiter aus den Rippen geleiert hatte. Dieses Mal hatte seine Aktion hunderttausend Euro eingebracht. Schadenersatz und Schweigegeld. Der Mann war spendabel gewesen.

Jedes Jahr, am letzten Einkaufstag vor dem Fest, ging Hannes in einen sorgsam ausgewählten Supermarkt, einen Kaufhof, einen Baumarkt, in ein großes Geschäft, das um seinen Ruf und um seinen Umsatz fürchten musste, und spielte die kleine Einlage. Inzwischen beherrschte er sie in Perfektion. In ganz Deutschland war er unterwegs. Als Schauspieler hatte er niemals so viel verdient, und als die Jobs ausgeblieben waren und er nicht mal mehr als Statist engagiert worden war, hatte er sich was einfallen lassen müssen. Einmal im Jahr arbeiten, am 24. Dezember, und das Jahreseinkommen war gesichert. Anfangs hatte er sich mit Warengutscheinen abgegeben, doch Bares fand er besser.

»Hunderttausend, guter Lohn«, murmelte er. Er pochte sich gegen die Tasche und ging pfeifend zu seinem Wagen.

Kurz bevor er den Porsche auf dem so gut wie leeren Parkplatz erreicht hatte, blendeten ihn die Scheinwerfer eines Polo.

Der Kleinwagen raste aus dem Nichts heran und mähte ihn um.

Hannes flog durch die Luft und landete kopfüber auf der Motorhaube seines Porsches; Geldscheine segelten durch die Luft. Irgendwo in seinem Körper hatten mehrere Knochen vernehmbar geknackt.

»Du Arsch! Wegen dir habe ich meinen Job verloren, und dann läufst du mir noch vor den Wagen!«

Benommen sah er Frau Rilke aus dem Polo steigen, auf ihn zukommen, stutzen, neben ihn langen – und sich den Umschlag nehmen!

»Ach? Mensch, was man so alles findet. Und dazu noch so gut wie OVP.« Rilke musterte Hannes. »Sieht nicht schlimm aus. Höchstens ein Beinbruch. Wird schon wieder.« Dann sammelte sie die violetten Geldscheine von der Straße auf und zertrat die Scheinwerfer seines Porsches. »Frohes Fest!«

Hannes rutschte ganz langsam von der Motorhaube und plumpste auf den Asphalt. Er hatte auch schon bessere Tage gehabt.

DAS WEIHNACHTSPERSONAL

Der Nikolaus fröstelte, zählte seine Rentiere und fluchte, weil der Wind Eisklümpchen und Schnee gegen ihn prasseln ließ.

Der Weihnachtsmann, sein Vorgänger, hatte sich seit Jahren vom Christkind eine Kabine für das Gefährt gewünscht, aber vergebens. Einen kleinen Heckspoiler, damit er die Geschenke noch schneller austragen konnte, mehr hatte es nicht gegeben. Und die Rentiere waren schon tiefergelegt, der Schlitten aerodynamisch modifiziert.

Schnell kehrte der Nikolaus in das große Iglu zurück, wo das Christkind und Knecht Ruprecht bei einer Feuerzangenbowle zusammensaßen.

Ruprecht hatte schon vorgeglüht und summte »Ihr Kinderlein kommet«, kippte mehr Rum in die Glasschale, unter der ein Brenner kokelte.

»Sagt mal, wer von euch hatte eigentlich die bekloppte Idee mit dem Nordpol?«, fragte der Nikolaus in die Runde.

Das Christkind schlürfte laut an der Tasse und biss in einen Keks. »Die Amis«, nuschelte es.

»So, die Amis. Und wenn die Amis der Meinung sind, der Nikolaus kommt vom Äquator, dann ziehen wir alle um, oder was?«, fauchte der Nikolaus das Christkind an. »Anstatt der Rentiere –«

»… bindest du Gnus davor. Sie sind bestimmt kräftiger«, vollendete das Christkind. »Man muss die Menschen dort abholen, wo sie stehen. Ich meine, keiner glaubt mehr an Gott. Wir können froh sein, dass wir unseren Job noch haben.« Es schaute zu Ruprecht.

Der winkte mit der Rute und trank den Rum aus der Flasche. »Waren das nicht die Skandinavier? Die Norweger? Die Sache mit dem Nordpol?«

»Ist doch egal«, erwiderte der Nikolaus. »Eigentlich bin ich ja Türke. Ich habe nichts gegen Wärme.«

»Das wissen wir doch«, meinte das Christkind friedvoll. »Und ich hätte auch nichts gegen einen Weihnachtsdöner anstelle der Gans. Ehrlich.«

»Baumkuchen«, grölte Ruprecht.

»Was?«, sagte der Nikolaus irritiert.

»Er sagte Baumkuchen«, wiederholte das Christkind herzallerliebst.

»Das habe ich verstanden.«

»Nee. Haste nicht. Ich meine wegen des Rollens«, erklärte Ruprecht mit schwerer Zunge und kicherte. »Baumkuchen ist Weihnachtsdöner. Nur in süüühüüß!«

»Herrgott, Maria und Josef, hör auf zu saufen!«, fuhr ihn der Nikolaus an.

»Wieso? Ich bin doch der Böööse. Ich darf auch Alkoholiker sein«, gab Ruprecht beleidigt zurück und sackte zusammen. »Meinst du, es macht Spaß, immer der Arsch zu sein?« Er fuchtelte mit den Armen. »Hooo, der liebe Nikolaus, den alle gerne haben. Und fürs Bestrafen muss ich herhalten. Das tut meiner Seele auch nicht gut.« Er pochte sich mit der Rumflasche gegen die Brust.

»Kuschel doch mit den Pinguinen«, grummelte der Nikolaus.

»Wir sind am Nordpol. Da gibts keine«, warf das Christkind klugscheißerhaft ein und fragte den Nikolaus: »Alles bereit?«

»Ja.«

»Schön verpackt und sortiert? Du musst pünktlich sein. Letztes Jahr war es ein bisschen knapp, alter Mann, und wenn die Russen keinen anderen Kalender hätten, hätte Putin dir den

Krieg erklärt. Die sind da ein bisschen verschnupft, seit Väterchen Frost wegen des gepanschten Wodkas ausgefallen ist.« Das Christkind zwinkerte. »Nur ein Scherz.«

»Nikolaus ist langsam, Nikolaus ist langsam«, stänkerte Ruprecht und nahm wieder einen Schluck Rum.

»Ich bin nicht langsam. Aber … diese Dreifachbelastung ist nicht eben leicht.«

Das Christkind blies über die Bowle und leerte den Becher auf ex, bekam ihn sofort aufgefüllt. »Ich gehe dir doch zur Hand. Zuerst war das Väterchen Frosts Exitus, und seit der Weihnachtsmann bei einem PR-Termin vom Cola-Truck überfahren wurde, ist das Personal eben knapp. Da musst du am 6. und am 24. ran.«

Ruprecht kicherte. »Hier, Goldlöckchen, du hast es fein. Einmal im Jahr zur Primetime und dann Füße hochlegen. Der alte Nikolaus hat gar nicht bemerkt, wie du ihn bei den Deutschen, den Ösis und den Schweizern ausgebootet hast.«

Nikolaus sah seinen Helfer an. »Wie meinst du das?«

»Er ist betrunken«, säuselte das Christkind. »Bowle, mein Lieber?«

»Na, wer kam denn früher mit den Geschenken, hä? Nicht das Christkind! Du.« Ruprecht warf die leere Rumflasche weg. »Der Weihnachtsmann hatte dich bei den Amis abgehängt, und du durftest nur noch am 6. Dezember raus. Ohne den Unfall vom Weihnachtsmann wärst du ein Nichts. Im Vergleich zum Christkind.« Er rülpste. »Und das ist nicht mal das Christuskind. Gegen den Sohn vom Boss könnte man ja nix sagen, aber gegen eine Putte?«

»Hey! Vorsicht! Ich bin immerhin ein Engel!«, entrüstete sich das Christkind samten.

»Aber kannst du übers Wasser gehen? Nee, kannste nich'!« Ruprecht sank auf einen Stuhl und versuchte, sich noch mehr Feuerzangenbowle einzugießen.

Die peinliche Stille wurde vom Räuspern des Christkinds durchbrochen. »Nikolaus, eine Sache. Wir haben in der Zentrale ein paar Reklamationen bekommen. Es gab Kinder, die ihre Geschenke erst am 7. Dezember bekamen, und …« Es zog eine Grimasse.

Nikolaus hatte die Faxen dicke. »Was? Was ist mit den undankbaren Gören?«

»Nun, Nikolaustag ist am 6. Dezember. Es ist eben merkwürdig, wenn die Geschenke einen Tag … zu spät kommen.« Es lächelte friedensnobelpreisverdächtig.

»Also soll ich schon am 5. Dezember ausrücken, oder wie?«

Das Christkind rümpfte das entzückende Näschen. »Machst du das nicht schon? Ich dachte …«

»Nein. Alle, die ihr Geschenk vom 5. auf den 6. bekommen, werden von ihren Eltern reingelegt«, sagte der Nikolaus schmollend. »Du kommst auch nicht vom 23. auf den 24., oder?«

»Was hat das denn damit zu tun?«

»Dass ich von dir eben nicht verlange, deine Flügel anzuschnallen und dich am 23. schon auf die Erde zu bewegen.« Nikolaus stapfte zur Schüssel mit der Feuerzangenbowle, setzte sie an und leerte sie in einem Zug, ohne auf den Protest von Ruprecht zu achten.

»Schön, dass wir das besprochen haben«, sagte das Christkind fluffig wie Zuckerwatte. »Ah, noch etwas. Es ist nicht üblich, dass wir auf die Wunschzettel der Kinder eine Antwort verfassen.«

»Verstehe ich nicht.«

»Sie meint Kevin«, röhrte Ruprecht. »Der Kevin, der coole Kevin mit den weiten Bad-Boy-Hosen!«

Nikolaus erinnerte sich und schwieg. »Ich habe mich hinreißen lassen«, sagte er peinlich berührt.

»Das war nicht in Ordnung«, rügte das Christkind.

»Aber … stell dir vor, darauf stand: *Lieber Nikolaus! Ich wünsche mir ein THQ Smackdown für Playstation, Dragonball Budokai und War Republic Heroes.*«

»Und du hast darauf geantwortet: *Ich habe keine Ahnung, was der Mist ist. Du bekommst ein Buch.*«

»Ist doch wahr«, murmelte der Nikolaus.

Das Christkind lächelte. »Das machst du nicht noch einmal, ja?«

Er schwieg, seine Laune wurde immer schlechter.

»Weißt du was?«, sagte er dann. »Ich streike.«

»Bitte?«

»Ich streike.« Er zeigte durch das Fenster des Iglus. »Siehst du das Wetter? Ich starte nicht eher, bis ich meine Kabine für den Schlitten habe.«

Das Christkind zog eine Schnute. »Ich bin dein Boss, Nikolaus, und ich sage dir, du düst sofort los und fährst die Geschenke vom Weihnachtsmann aus!«

»Eine Muh, eine Mäh, eine Täterätä!«, juchzte Ruprecht.

»Du kannst mich mal, Goldlöckchen.« Der Nikolaus setzte sich. »Kabine oder nichts.«

»Ach ja?« Das Christkind kam näher, die Stimme klang drohend.

»Ach ja!« Der Nikolaus erhob sich.

Es lag Gewalt in der Luft.

Das Christkind schubste zuerst, der Nikolaus schubste zurück.

Und hinterher wusste niemand mehr, wie die Sache eskaliert war. Die Schlägerei tobte hin und her durchs Iglu, und am Ende lag das Christkind mit einem Zuckerhut in der Brust tot auf dem Tisch, und der Nikolaus war mit der Glasschüssel der Feuerzangenbowle erschlagen worden.

Knecht Ruprecht erhob sich. Stocknüchtern. Und sah mit einem Lächeln auf die beiden Leichen.

Niemand wusste, dass er am Steuer des verhängnisvollen Cola-Trucks gesessen hatte.

Niemand wusste, dass er Väterchen Frosts Wodka gepanscht hatte.

Niemand wusste, dass er den ganzen Abend nur Apfelsaft trank.

Und niemand hatte bemerkt, dass er mit seinen Sticheleien für den Ärger im Iglu gesorgt hatte.

Und ja, er *wusste,* was THQ Smackdown für Playstation, Dragonball Budokai und War Republic Heroes bedeutete.

Er zog dem Christkind die Lockenperücke vom Kopf und stülpte sie sich über, danach schlüpfte er in den Mantel vom Nikolaus.

Endlich, nach Jahren der Vorbereitung und Intrigen, hatte er das Monopol!

Und Mono-pol war keine Ortsangabe.

WEIHNACHTSMARKTHORROR

Es war klirrend kalt, als Herbert Nonnenmacher gegen frühen Abend seine Villa verließ und mit langen Schritten auf den Marktplatz eilte. Zum Weihnachtsmarkt!

Es roch schon von Weitem nach Glühwein, nach dem Feuer, über dem Maronen gegart wurden, nach Zimt und gebrannten Mandeln. Die zarten Stimmchen eines Kinderchors erfüllten die Luft, und die benachbarte Kirche ließ die Glocken dazu erschallen, dass Herbert ein adventlicher Gefühlsorgasmus unmittelbar bevorstand.

Er zügelte seine Vorfreude und legte eine Hand auf die linke Brust, als müsste er etwas schützen: das Herz. Der Arzt hatte ihm geraten, sich nicht zu sehr aufzuregen. Zu viel Stress, zu viel ungesundes Essen, zu viele Kilos, zu viele Kippen und zu viel Unvernunft.

Aber dafür genoss er sein Leben!

Und er schonte sich, wo er nur konnte.

So hatte er beispielsweise die Entlassungsschreiben von seinem Sekretär verfassen lassen. Hundert Mann, zack, auf die Straße gesetzt. Sein Unternehmen musste über die Runden kommen, und da der Gewinn mit einundzwanzig Millionen Euro deutlich niedriger lag als in den Jahren zuvor, blieb nur die Notbremse: Lohnkostensenkung. Noch vor dem 24., damit sie sich rechtzeitig nach neuen Jobs umsehen konnten. Und er sparte das Weihnachtsgeld. Das war pure Entlastung für sein krankes Herz.

Herbert hatte den budenvollen Platz erreicht und schaute sich um.

Er hatte sämtliche Pillen genommen, die er nehmen musste, und durfte nun etwas weniger streng mit sich sein. Sein erster Gang führte ihn zum Glühweinstand, der vom örtlichen Fußballverein betrieben wurde. Erst anschwipsen, dann lecker essen, dann weiterschwipsen!

Jeder nickte ihm zu, grüßte ihn, dessen Unternehmen der größte Arbeitgeber in der Region war.

Er lächelte huldvoll und gönnerhaft. Er würde auf dem Markt nichts bezahlen müssen.

Auf dem Weg zum heißsüßgewürzigen Wein passierte er ein Mädchen, das seine Blockflöte mit beiden Händen würgte und aus den Löchern die Töne von *O du fröhliche* quetschte. Eigentlich passte es zu Stimmung, aber … der Blick, mit dem die Kleine ihn ansah … dieser Blick! Hatten ihre Augen eben geleuchtet? Sie musste von einem Weihnachtsdämon besessen sein!

Herbert schauderte und beschleunigte seine Schritte; verfolgt von den schaurig schiefen Tönen, erreichte er den rettenden Glühweinstand, an dem ihm Platz gemacht wurde.

»Hallo, Herr Nonnenmacher«, grüßte ihn ein namenloser Dorfbewohner und stellte ihm sofort einen Glühwein hin. »Ist das ein Wetterchen?«

»Ja, das ist ein Wetterchen«, erwiderte Herbert und prostete in die Runde; alle hoben die Becher, es wurde getrunken. Herbert schlürfte den Glühwein zu schnell und spürte sofort die berauschende Wirkung, scherzte mit den einfachen Bewohnern und ging kichernd los zum Bratwurststand.

Er hatte sich kaum vom Stand gelöst, als das flötende Gör wie aus dem Nichts neben ihm auftauchte. *Jingle Bells* waberte grauenvoll unheimlich aus dem Instrument, immer einen Halbton neben der Melodie und viel zu laut.

Herbert hastete zum Wurststand.

Das Kind lief hinter ihm her.

»Geh weg!« Herbert machte verscheuchende Bewegungen, aber es spielte nur noch lauter. Er sah sich um – aber niemand kümmerte sich um ihn oder reagierte auf die Kakofonie, die selbst die Glocken überlagerte!

Plötzlich erklang neben ihm ein metallisches Scheppern, und er zuckte zusammen. Ein heruntergekommener Mann hielt ihm eine Blechbüchse unter die Nase, auf die mit Edding *Wanderzirkus Nikolaus* geschrieben stand. In der anderen Hand hielt er die Zügel eines böse blickenden Ponys, das schnaubte und seinen Schnodder auf Herberts Mantel katapultierte.

»'n Euro für Knecht Ruprecht?«, fragte der Mann ächzend.

»Was?«

Der Blechbüchsenschwinger deutete auf das Kleinpferd. »Knecht Ruprecht. Hat Hunger. Hast 'n Euro oder nicht?«

Herbert machte vor Schreck einen Schritt rückwärts, als das Pony loswieherte und dabei wie ein Monstrum aus einem Horrorfilm klang, die Zunge schoss ihm weit aus dem Hals, und es schien ihn beißen zu wollen.

»Nein, habe ich nicht!«, stieß er hervor und wankte angeschwipst zum Wurststand, der vom örtlichen Metzger betrieben wurde.

Beim Eintreffen wurde ihm bereits eine leckere Rote hingehalten, mit Senf. Der Grillmeister strahlte ihn an. »Bitte sehr, Herr Nonnenmacher.«

»Kennen Sie das Kind?«, flüsterte Herbert und nahm das Essen entgegen.

»Welches Kind?«

»Das da! Mit der Flöte.« Er drehte sich um – aber das Kind war verschwunden. Und der Wanderzirkusmann mit dem grässlichen Viech auch. »Nanu? Ich könnte schwören …« Herbert wandte sich dem Grillmeister zu – doch dort stand nun das Pony und schnappte nach ihm. Haarscharf verfehlten ihn die Zähne und erwischten die Wurst.

»Hast 'n Euro?« Der rotweingeschwängerte Atem des Dosenschüttlers traf ihn von der Seite, und Herbert kreischte auf, hastete davon und sah immer wieder über die Schulter. Sein Verstand musste verrücktspielen. Womöglich Nebenwirkungen der Pillen.

Er brach durch die dichten Zweige einer Tanne – und stand plötzlich in einem dichten Wald. Die Stämmchen schoben sich um ihn zusammen, sodass er sich kaum mehr bewegen konnte.

Dann hörte er das Flötenspiel wieder. Dieses unselige Flötenspiel, dieses Mal mit *Es ist für uns eine Zeit angekommen.*

Die Töne kamen näher.

Und näher.

Und näher!

Sein Herz raste, Herbert warf sich mit einem Schrei nach vorne – und stand vor dem Förster.

»Herr Nonnenmacher! Was ist denn mit Ihnen?«

Schnaufend sah er sich um: Er hatte sich schlicht im Tannenbaumverkaufsstand verheddert. Mehr nicht.

Erleichtert schloss er die Augen. »Ich brauche einen Baum«, raunte er. »Einen schönen. Liefern Sie ihn mir nach Hause, bitte.«

»Sicher. Welcher darf es denn sein?«

Herbert öffnete die Lider – und starrte auf den Förster, der mit irrem Blick seine Axt hob. Dieses schreckliche Kind stand mit einem fiesen Grinsen neben ihm und orgelte hoch tönend *Have yourself a merry little Christmas.* Es schien den Förster verhext zu haben! Mit einem Lachen stürmte der bullige Mann voran.

Herbert rannte, stolperte und prallte gegen die Bude des Landfrauenvereins – dahinter kreischten vier Zombies mit aufgerissenen Mäulern, behängt mit Christbaumkugeln: »Selbst gemachte Plätzchen«, stöhnten sie im Chor. »Und Waffeln. Und Keeerrrzeeennn …«

Herberts Herz stach. Er musste weg! Weg von diesem Weihnachtsdämon, der es auf ihn abgesehen hatte. Hastig torkelte er voran, stolperte und wurde von einem verwesten Weihnachtsmann aufgefangen.

»Ho-ho-ho-hoppla!«, rief der unheilige Mann, dessen weißer Bart vor Blut starrte.

»Nein!« Herbert riss sich los, fiel rücklings gegen den Stand mit den heißen Maronen – und eine Lohe schoss aus dem Ofen; dahinter schnellte das böse Pony in die Höhe und wieherte verräterisch laut. Sofort begann die Flötenfolter erneut, die Landfrauenzombies wankten mit Plätzchen herbei, der Förster schwang lachend die Axt, rasselnd kam der Wanderzirkusblechdosenschüttler näher – aber die anderen Besucher sahen sie nicht.

Niemand sah sie! Alle starrten nur ihn an.

»Ich habe doch nichts getan!«, schrie er und entdeckte seinen Neffen am Stand mit den Flammkuchen. »Anton! Anton, komm her!« Sein Herz schien glühend heiß zu werden.

Anton sah auf und machte ein entsetztes Gesicht. »Onkel Herbie!« Er stellte den Flammkuchen ab. »Was hast du?« Schnell kam er näher.

Herberts Beine wurden schwach, er knickte ein.

Langsam kamen sie näher, die vier Reiter der Weihnachtsapokalypse: Weihnachtsdämon, Landfrauenzombies, Axtschwinger-Tannenfäller und der Wanderzirkusponymann!

Sie kamen, ihn zu holen!

Lachend, kreischend, wiehernd, rasselnd und flötend!

Herbert wurde kalt, sein Herz hielt dem Horror nicht mehr stand.

Anton kniete sich neben ihn. »Onkel! Ruft doch jemand einen …«, waren die letzten Worte, die Herbert hörte, über dem schrägen, lautstarken Geflöte des Kinderweihnachtsdämons. Diese Bestie spielte ihm direkt ins rechte Ohr. *Was für eine Scheiße …*

Andernfalls hätte er vielleicht vernommen, wie es weiterging.

»Onkel!«, sagte Anton. »Ruft doch jemand einen … Bestatter! Der alte Furz ist gleich verreckt.«

Die Besucher des Weihnachtsmarktes lachten fröhlich.

Anton beobachtete, wie sein verhasster Onkel den Löffel abgab.

Er grinste, als er sich erhob. »Okay, danke! Wir haben es geschafft«, rief er in die Runde und applaudierte, dann strich er dem Mädchen mit der Blockflöte über den Schopf. »Super Leistung, Angelika. Hast du toll gemacht.« Zum Pony sagte er: »Schön gewiehert!« Der Förster bekam ein freundliches Nicken und die Landfrauen je einen Handkuss.

In den allgemeinen Jubel fielen die Glocken mit ein. Es war ein Freudentag für den Ort und zugleich das schönste Weihnachtsgeschenk! Ja, der alte Furz war tot, und Bewohner strömten auf Anton zu, um ihm zu dem Plan zu gratulieren, den er ausgeheckt hatte.

Anton hob die Arme, und die Leute auf dem Marktplatz verstummten. »Okay«, sagte er laut, damit ihn alle hörten, »geschafft. Danke, dass ihr alle mitgemacht habt. Der widerliche Quälgeist ist fertig. Und es bleibt dabei: Sobald ich das Erbe angetreten habe, stelle ich euch alle wieder ein. Niemand wird an Weihnachten ohne Job sein.«

Die Menge johlte und klatschte, und Anton kehrte zu seinem Flammkuchen zurück.

Er war sehr zufrieden. Die Leiche seines Onkels wurde mit einer Rettungsdecke bedacht, während die Menschen weiter gebrannte Mandeln und Magenbrot futterten, die Kinder das Karussell bestiegen und der gemischte Chor auf die Bühne trat, um ein paar Freudenlieder zu schmettern.

Es war dem jungen Mann leichtgefallen, die Bewohner von seinem Plan zu überzeugen. Alle wollten ihre Arbeit behalten, und er wollte an das Erbe.

Die Polizei würde keinen Grund haben, den natürlichen Tod anzuzweifeln. Bis sie und der Rettungswagen eintrafen, wären die Landfrauenzombies abgeschminkt, Angelika hätte die Kontaktlinsen herausgenommen, die Axt des Försters ruhte harmlos neben den Bäumchen, und Knecht Ruprecht präsentierte sich als das netteste Pony der Welt.

Niemand würde Verdacht schöpfen.

Es würde nicht mal auffallen, dass Herberts Hausarzt zu niedrig dosierte Medikamente verschrieben hatte. Ihm war als Dankeschön die geruhsame Stelle als Betriebsarzt sicher.

Anton aß seinen Flammkuchen und freute sich über die dankbaren Blicke und Gesichter.

Es hatte sich gelohnt, Horrorfilme zu schauen.

Denn Weihnachten war gerettet.

EIN KAUFHAUSKASSEN-WEIHNACHTSMÄRCHEN

Ellen stand in der Schlange an Kasse Nummer elf, ziemlich auf letzter Position und gefühlte hundert Meter vom schwarzen Kassenband entfernt, sodass sie nicht mal die Ware abstellen konnte, die sie in den Armen balancierte.

Zu blöd, dass ihr beim Backmarathon mit den Kindern die Zutaten ausgegangen waren. Um Geschrei in Plätzchen zu ersticken, war sie losgedüst; Mehl, Zucker und Eier nachkaufen. Währenddessen passte die Nachbarstochter sowohl auf die Kinder als auch die Fuhre Lebkuchen im Ofen auf.

Dass morgens am 24. Dezember alle einkaufen gingen, hatte Ellen gewusst, aber beschlossen, sich der Wahrheit zu verschließen.

Gerade erhielt sie die Quittung dafür.

Sämtliche Kassen waren geöffnet, die Scanner piepsten unrhythmisch bei jedem Drüberziehen und strapazierten die angespannten Nerven.

Dennoch blieb der merkwürdige Eindruck, dass sich keine der Schlangen bewegte. Wie von selbst schienen sich die Einkaufswagen immer neu zu befüllen, bestückt von Geistern aus einer Paralleldimension, mit Tonnen von Fressalien, Alkohol, letzten Geschenken und Klopapier.

Ellen hatte zwar nur ein Kilo Mehl, eine Tüte Zucker und zehn Eier, doch es war illusorisch, vorgelassen zu werden. Am Fest der Nächstenliebe war sich jeder selbst der Nächste.

»… genau, genau«, redete der Mann im Anzug vor ihr in sein Headset. »Sagen Sie denen, dass wir den Abschluss nicht machen. Ja, obwohl Weihnachten ist. Mir kackegal. Und meinetwegen können Sie den Arschl–«

»Mama, der Mann hat *Arsch* gesagt«, rief ein Junge in der Nachbarschlange begeistert, und manch einer lachte leise.

Eine ältere Frau drehte sich mit rügendem Blick zu dem Mann mit dem Headset um. »Geht das ein bisschen leiser? Muss ja nicht jeder mitbekommen, wie viele tolle Schimpfworte Sie beherrschen.«

»Nein, das geht nicht, weil die Kassen piepsen«, antwortete er kühl. »Hören Sie halt nicht hin.«

»Ist schwer. So wie Sie brüllen«, schaltete sich ein betagter Mann hinter Ellen ein. »Und ich trage ein Hörgerät.«

Der Anzugträger wandte sich zu dem Mann um. Ellen bog den Oberkörper etwas zur Seite, um nicht von dessen Worten getroffen zu werden.

»Seien Sie froh, dass Sie den Krieg überlebt haben, aber halten Sie sich aus Diskussionen raus, die Sie nichts angehen«, schnarrte der Mann mit dem Headset.

»Unerhört!«, regte sich der Rentner hinter Ellen auf. »Für Sie habe ich meinen Arsch …«

»Mama, der Mann hat *Arsch* gesagt«, rief der Junge freudig, wurde aber dieses Mal angezischt.

»… hingehalten! Damit Sie einen Anzug tragen!«

»Jaja. Und hätten wir wegen Ihnen den Krieg nicht verloren, ginge es uns allen besser«, konterte der Anzugträger. »Lassen Sie mich zu Ende telefonieren und schalten Sie Ihr Hörgerät ab, in Ordnung?«

»Frechheit!« Der Rentner schob sich mit vollem Einkaufswagen an Ellen vorbei und baute sich vor dem Anzugträger auf. Doch der drehte sich zur Seite und ignorierte ihn. »Sie haben Glück, dass heute Weihnachten ist«, grantelte der Betagte. »Sonst hätte ich Ihnen eine reingehauen.« Er schaltete sein Hörgerät ab.

Ellen wartete darauf, dass der Rentner an seinen Platz hinter sie zurückkehrte.

Fehlanzeige.

Sie sah auf den randvollen Wagen. *Das wird dauern.*

»Entschuldigung, aber Sie standen hinter mir«, sagte sie sehr freundlich.

»Was?« Der Rentner sah sie missmutig an.

»SIE STANDEN HINTER MIR«, rief Ellen.

»Geht das leiser?«, raunzte der Anzugträger. »Ich telefoniere.«

»SIE. STANDEN. DA!« Ellen gestikulierte.

Der Rentner nickte. »Ja, danke. Sehr nett von Ihnen, junge Frau.«

Ellens Handy piepte. Die Nachbarstochter vermeldete, dass der Herd zwar abgeschaltet sei, die Ofenklappe allerdings klemmte. Die Lebkuchen gerieten in Gefahr! Aber ohne die Ware nach Hause? Nein. Dafür hatte sie zu lange gewartet.

Ellen umrundete den Rentner.

»Hey! Sie haben mich vorgelassen!«, krakeelte er.

»Nein, Sie haben sich vorgedrängelt.«

»Was?«

»VORGEDRÄNGELT!« Ellen versuchte ein beschwichtigendes Lächeln.

»Mama, die Frau hat sich vorgedrängelt. Darf die das?«, erkundigte sich der Junge in der Nebenschlange.

Gemurmel von rechts und links setzte ein.

»Nein«, sagte der Rentner, der spontan gut zu hören schien. »Das ist ungezogen, und deswegen bekommt sie auch nichts vom Weihnachtsmann.«

»Christkind«, verbesserte die Frau vor dem Anzugträger. »Wir sind in Europa. Da kommt der Weihnachtsmann nicht am 24. –«

»Ruhe, verdammte Scheiße«, zischte der Anzugträger. »Ich telefoniere! Hier geht es um ein paar Millionen.«

»Mama, der Mann hat *Scheiße* gesagt!«, jubilierte der Junge.

»Und dafür bekommt er auch nichts vom Weihnachts…christkindmann«, sagte die Mutter hastig, als sie die Blicke der anderen Dame sah.

Das Gemurmel in der Schlange schwoll an, und der Rentner zog an Ellen vorbei. »So nicht, junge Frau. Was man gewährt, muss man einhalten.«

Die nächste Nachricht auf Ellens Telefon: *Lebkuchen dunkelbraun. Was tun?*

Ellen sah auf die Uhr. Mehr als zehn Minuten blieben ihr nicht mehr. »HÖRGERÄT ANSCHALTEN!«, rief sie langsam, dabei schummelte sie sich wieder an ihm vorbei.

Doch der Alte packte zu, ruckte das Wägelchen herum, streifte sie dabei – und die Zehner-Packung Eier landete auf dem Boden. Es knackte mehrmals.

»Prima!«, fauchte Ellen. Damit durfte sie zurück in den Markt. Und sich wieder hinten anstellen, während die Lebkuchen verbrannten und die Qualmwolken wahrscheinlich einen Feuerwehrgroßeinsatz auslösten!

»Passen Sie doch auf, gute Frau«, kommentierte der Rentner gutmütig. »Die Hühner haben sich so viel Mühe gegeben.«

»Kasse elf«, erklang die Durchsagestimme. »Bitte mal den Sicherheitsdienst an Kasse elf. Ich wiederhole, bitte mal den Sicherheitsdienst an Kasse elf.«

Der Anzugträger lachte. »Schmeißen Sie halt Mehl und Zucker hinterher. Wird ein toller Kuchen.«

»Telefonieren Sie, Sie Idiot«, murrte sie.

»Das haben Sie davon, wenn Sie vordrängeln«, kommentierte die ältere Frau von vorne.

Der Sicherheitsdienst rückte an.

»Die Kundin da«, sagte sie sofort. »Die hat sich vor den Rentner geschoben.«

»Scheiße, ich habe nicht …«

»Mama, jetzt hat die Frau –«, setzte der Junge an.

»Halt die Klappe, okay?«, schrie Ellen ihn an. Ihr reichte es. Gründlich. »Sie haben sich vorgedrängelt, alter Mann, und Sie tun nur so, als würden Sie schlecht hören. Und es ist das scheiß Christkind, das am 24. kommt, der Nikolaus kommt am 6., falls das jemand auch noch wissen will, und Sie dummer Yuppie hören sofort auf, in Ihr albernes Headset zu sprechen und Millionengeschäfte an der Supermarktkasse zu machen!«

Alle wichen vor Ellen zurück, die schäumend vor Wut in der Schlange stand.

Der Sicherheitsdienst kam auf sie zu; einer rutschte in den zerschlagenen Eiern aus und krachte unter dem Lachen der Umstehenden ins Süßigkeitenregal.

»Haben Sie Menstruationsprobleme?«, gab der Anzugträger zurück. »Oder sind Sie untervögelt? Würde mich nicht wundern, ehrlich gesagt.«

Der Sicherheitsmann kämpfte sich auf die Beine, er hatte Ellen als Schuldige ausgemacht.

Sie langte in die Handtasche und zerrte das CS-Gas heraus. »Ey, ich warne euch: Noch einen Schritt, und ich sprühe euch die Augen aus den Köpfen! Ernsthaft! Ich habe nicht die ganze Zeit angestanden, um –«

»Aber es ist doch Heiligabend«, sagte das Kind plötzlich mit weinerlicher Stimme.

Und da geschah es, das Kaufhauskassenweihnachtsmärchenwunder: Alle schwiegen.

Nach einer Minute entschuldigte sich der Anzugträger peinlich berührt bei allen, der Rentner stellte sich versöhnlich hinter Ellen an, die ältere Frau gab ihr eine Zehner-Packung Eier ab, gemeinsam räumten die Kunden in Windeseile das Süßigkeitenregal ein, und die Sicherheitsleute zogen ab. Der Marktleiter erschien und verteilte Gratis-Kaffee-Coupons, um die Gemüter zu beruhigen.

Als dann noch die Nachricht eintraf, dass sich die Ofentür hatte öffnen lassen und die Lebkuchen rechtzeitig geborgen worden waren, schien der Heiligabend gerettet. Das Märchen wurde wahr.

Ellen beschloss, noch einen Kaffee im Selbstbedienungsrestaurant des Marktes zu trinken.

Mit dem Becher in der Hand sah sie durch die Scheibe dabei zu, wie die ältere Dame auf dem Parkplatz den Wagen des Anzugträgers in einer unbeobachteten Minute mit dem Schlüssel zerkratzte; wie der Anzugträger den Wagen mit den Einkäufen des Rentners anschubste, sodass sie den Berg hinabrollten und von einem Schneepflug zermalmt wurden; wie der Rentner dem Jungen ein Bein stellte und der daraufhin den Kakao über den Mantel seiner Mutter goss. Wie das Chaos auf dem Parkplatz erneut ausbrach.

Ja, das war Weihnachten.

Ellen grinste breit und trank ihren Kaffee.

Sie freute sich auf zu Hause – bis ihr einfiel, dass sie Milch vergessen hatte.

Sie sah über die Schulter, auf die langen Schlangen an den Kassen, sah einen neuerlichen Anzugträger, einen neuerlichen Rentner, einen neuerlichen Jungen – und sie ahnte: Das Märchen begann von vorne.

Sie zückte das CS-Gas und warf sich ins Getümmel.

DIE WEIHNACHTSFEIER

(oder: Fast wie in Stenkelfeld 2)

»Und Sie sind absolut sicher?«, fragte ihn der Kommissar mit zusammengekniffenen Augen.

»Ja«, gab Erich Schluder schuldbewusst zurück. Er saß in dem kleinen Verhörraum des Kommissariats, in dem es nach nasser Lederjacke, kaltem Kippenrauch und altem Kaffee roch. Er kam sich vor wie ein Kinder schändender Drogenhändler, der wegen Sodomie und Entführung, Brandstiftung und Steuerhinterziehung angeklagt wurde. Und zwar gleichzeitig.

Dabei hatte er kurz vor dem Ende der Welt nur ein bisschen Rache für die jahrelange Unterdrückung ausüben wollen.

»Dann geben Sie es zu?«, hakte der Polizist nach.

»Ich … sollte drüber nachdenken, was? *Muss* ich es denn zugeben?«

Der Kommissar stieß die Luft aus. »Dann könnte sich das Strafmaß reduzieren.« Er sah auf seine Notizen. »Wir reden über einen Sachschaden von knapp vier Millionen Euro, dazu die Ausfälle der EDV und den Verlust der Kundendaten, mehrere Anzeigen wegen Körperverletzung. Und etwa zehn Kinder-Patenschaften.«

»Kinder-Patenschaften?«, echote Erich und hob ängstlich die Augenbrauen.

Der Kommissar nickte. »Es kam während des Vorfalls zu sexuellen Handlungen, und da Sie schuldig an der … ausgelassen enthemmten Stimmung waren, werden die Damen Sie zum zahlenden Paten machen, bis die Vaterschaften zugeordnet wurden. Es ging ein bisschen drunter und drüber – hahaha, kleines Wortspiel. Und Sie selbst haben wohl auch eine Vaterschaftsklage am Hals.«

Erich Schluder schüttelte den Kopf. »Nee, nee! Die ist über mich hergefallen! Ich zeige die wegen Vergewaltigung an.«

»Ich erinnere mich. Ist auch auf dem Video zu sehen«, kommentierte der Polizist grinsend und zeigte auf den kleinen Monitor in der Wand. »Wollen wir uns noch einmal ansehen, was die Überwachungskameras festgehalten haben? Sie können währenddessen überlegen, ob Sie gestehen.«

Erich schluckte und starrte auf den Bildschirm …

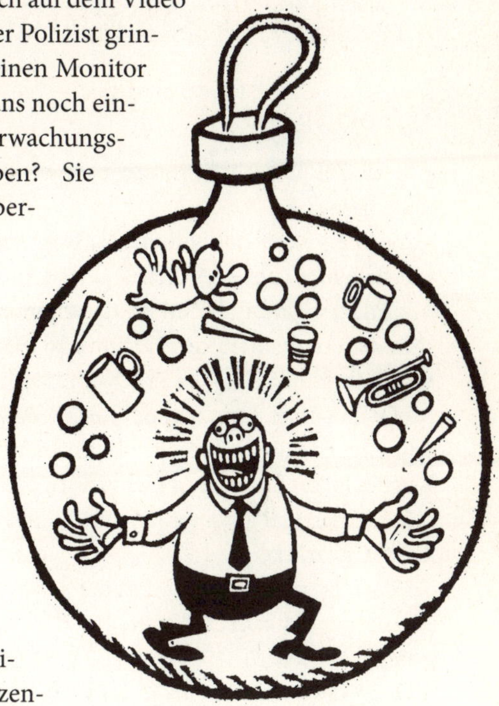

21. DEZEMBER, 20.01 UHR

Im weihnachtlich geschmückten Foyer der *Alles und Jeden Versicherung GmbH & Co. KG* versammeln sich die Mitarbeiter und die Vorstandsvorsitzenden um den großen, acht Meter hohen Weihnachtsbaum und an den langen Tischen.

Leise wird geplaudert, eine Dreier-Trompeten-Combo spielt adventliche Weisen von der Galerie, Servicekräfte reichen Glühwein und heißen Met. Alles wirkt friedlich.

20.07 UHR

Vorstandsvorsitzender Albert Geldmacher betritt das Rednerpult.

Währenddessen schleicht sich Erich Schluder von Pott zu Pott und gibt den Inhalt eines Fläschchens, unbemerkt von den Servicekräften, in den Glühwein und den Met.

Der Ausschank geht weiter.

Vor der Glasfassade setzt heftiger Schneefall ein. Es wird winterweihnachtlich.

20.11 UHR

Albert Geldmacher verkündet einen Rekordgewinn und bittet um allgemeines Anstoßen.

Nach dem ersten Schluck macht er große Augen und schreit: »Ich bin der Versicherungs-Klaus!«, und springt von der Galerie in den Weihnachtsbaum. Beifall ob dieser spontan-tollkühnen Darbietung brandet auf, zahlreiche Damen und Herren laufen zur Galerie und tun es ihm nach.

Die mächtige Tanne erbebt unter den Körpereinschlägen, die bunte Lichterkette flackert stroboskophaft und erzeugt Discofeeling. Kugeln fallen herab, und Herr Lustiger aus der EDV-Abteilung fängt geistesgegenwärtig ein paar und jongliert damit. Spontan wird ihm Geld zugesteckt.

Die Trompeter spielen derweil *I like to move it,* eine erste Conga-Linie formiert sich im Foyer.

20.41 UHR

Aufsichtsratsvorsitzende Ida Ohnemich reißt ausgelassen die Türen auf und lässt den winterlichen Flockenwirbel herein. Der Wind verwuschelt ihre langen blonden Haare, und sie hüpft trotz ihrer 150 Kilogramm Körpergewicht leichtfüßig in ihrem wallend weißen Kleid über die Tische und schreit: »Ich bin das Christkindl! Hascht mich!«

Begeistert nehmen einige Herren die Verfolgung auf, murmeln was von »Nikolaus« und »Rute geben«.

Der Konsum von Glühwein und Met nimmt rasant zu.

20.42 UHR

Vorstandsvorsitzender Geldmacher trägt nur noch Unterhose und eine Nikolausmütze. Mit seinem Smartphone tippt er die Anweisung an die EDV-Notbesetzung, alle strittigen Versicherungsfälle sofort freizugeben und zu bezahlen. »Unterschrift: Ihr lieber Versicherungs-Klausi!«

Unterdessen ist im Foyer eine Schneeballschlacht entbrannt. Die Abteilung Sturmschäden attackiert die Abteilung Wasserschäden mit ganzer Kraft von zehn eilends aufgebauten Ventilatoren plus sackweise Schnee, der mit Windstärke zehn gegen die Feinde geblasen wird. Die Abteilung Unfälle schichtet derweil auf der Galerie einen Schneehaufen auf, um ihn aus dem Hinterhalt als Lawine abgehen zu lassen.

Die Conga-Linie zieht zu einem X-Mas-Remix von Scooters *Hyper Hyper* durch die Schlacht und lässt sich dank Glühwein nicht aufhalten. Lücken durch den massiven Schneeballbeschuss werden sofort mit Freiwilligen aufgefüllt, die Abgeschossenen durch Met wiederbelebt.

21.10 UHR

Der aufgetürmte Schneehaufen der Abteilung Unfälle wird von der Conga-Linie entdeckt und zu einer Sprungschanze zweckentfremdet. Von jetzt an werfen sich die Tänzerinnen und Tänzer mit zusätzlichem Schwung in den Weihnachtsbaum.

Die Tanne erliegt den Einschlägen und neigt sich, zerschmettert schließlich die Fassade. Das Klirren der berstenden Fensterscheiben untermalt tränenrührend das verjazzte *Alle Jahre wieder* der Trompeter-Combo.

Herr Lustiger aus der EDV-Abteilung jongliert jetzt mit zwanzig Kugeln, drei Schneebällen, vier Met- und zwei Glühweinbechern. Er bekommt noch mehr Geld.

21.31 UHR

Albrecht Wucherpfennig, zweiter Vorsitzender der *Alles und Jeden Versicherung GmbH & Co. KG,* beschließt, ein wenig Farbe in die rieselnden weißen Flocken zu bringen, und holt aus dem geheimen Nottresor im Keller der Versicherung packenweise bunte Scheine, um sie von der Galerie zu werfen. Malerisch mischt sich das Grün, Gelb und Violett unter das Weiß.

Begeistert wird das Geschenk aufgenommen, der Wind trägt die violetten Scheine durch die geborstenen Scheiben in die Stadt und lockt noch mehr Partygäste an.

Freudig werden Glühwein und Met von den Neuen angenommen, und das Verhängnis nimmt seinen Lauf.

21.39 UHR

Die Abteilung Wasserschäden wendet den drohenden Untergang in der Schlacht mit einem genialen Schachzug ab: Sie löst den Brandmelder aus.

Die sofort losschlagende Berieselungsanlage verwandelt das Foyer dank der niedrigen Temperaturen in einen herrlich glitzernden Eispalast. Die Abteilung Sturmschäden gibt auf.

Währenddessen fluten die ausgelassenen Gäste den Springbrunnen mit Glühwein und planschen darin, einige Mutige nutzen die Sprungschanze für gekonnte Pirouetten. Der heiße Met wird nun aus Stiefeln getrunken.

Herr Lustiger aus der EDV-Abteilung jongliert jetzt mit zwanzig Kugeln, drei Schneebällen, vier Met- und zwei Glühweinbechern, einem Hundewelpen, einer Trompete und vier Eiszapfen. Spontan beschließt er, fortan nichts anderes mehr in seinem Leben zu machen.

22.01 UHR

Das nimmersatte beleibte Christkindl entdeckt Erich Schluder und wirft sich mit den Worten »Machen wir einen Messias!« auf ihn. Um nicht von der Brünstigen erstickt zu werden, gibt Schluder nach.

Etliche Pärchen und Grüppchen vergnügen sich im Schutz der gefallenen Tanne, die Zweige des mächtigen Weihnachtsbaums erbeben unter der Lendenkraft.

Herr Lustiger aus der EDV-Abteilung jongliert immer noch, aber keiner beachtet ihn mehr.

Unterdessen geht der Vorrat an Glühwein und Met zur Neige, enttäuschte Partygäste tragen aus Frust sämtliche Computer und Einrichtungsgegenstände hinaus und verlassen das Versicherungsgebäude.

22.11 UHR

Die Polizei erscheint mit einer Hundertschaft und lädt die verwirrten Weihnachtsfeieropfer in vorfahrende Busse. Schluder bedankt sich unter Tränen für seine Befreiung vom Christkindl, das nur von zehn Polizisten gebändigt werden kann. Eindeutige Angebote lehnen die Beamten ab.

Nachdem alle Einsatzfahrzeuge abgefahren sind, taucht Vorstandsvorsitzender Albert Geldmacher aus dem Schutz des Tannenbaums auf und schlurft hinaus, nimmt sich noch einen Eiszapfen zum Lutschen für unterwegs mit. Die Mütze bedeckt sein bestes Stück.

Zurück bleibt ein verwüstetes, doch besinnlich anzusehendes Foyer.

»Aber es hieß doch, die Welt geht am 21. unter«, sagte Schluder und seufzte leise. Es war deutlich zu sehen gewesen, dass er die Drogenmischung aus Hasch, weißem Pulver, kristallinen Gebilden und blauen Pillen in Glühwein und Feuerzangenbowle gekippt hatte. »Okay, ich gestehe. Wer konnte denn auch ahnen, dass der

22. Dezember kommt? Die waren sich alle so sicher, die Mayas und die vielen Wissenschaftler.«

»Sehr vernünftig.« Der Kommissar grinste. »Es wird einen Grund haben, warum die Mayas verschwunden sind. Waren wohl doch nicht so schlau. Aber raten Sie mal, was in *neun Monaten* alles kommt. Sparen Sie schon mal für die Patenschaften.«

Erich Schluder dachte an das Christkindl und erschauderte.

Er schwor, dass er sich niemals, niemals, niemals wieder auf Weltuntergangsszenarien verlassen würde. Das Überleben war einfach zu teuer.

STARTHILFE

Rüdiger Paschulke steckte sich ein Stück Schokolade in den Mund und sah aus dem Seitenfenster des gelben Volvo. Graue, fette Wolken zogen sich zusammen. Das würde spannend werden.

In der Autobahnraststätte hatte er sich einen Kaffee und eine Currywurst gegönnt, bevor er sich nun als Gelber Engel des ADAC auf Abruf bereithielt. Heute würde kein ruhiger Tag werden, das wusste er beim Anblick des Himmels.

Immer, immer, immer, sobald es kalt wurde und Schnee zur Erde rieselte, fiel den Leuten ein, dass sie erstens: Winterreifen brauchten, und zweitens: mal nach der Batterie sehen müssten. Nicht *eine* Sekunde vorher.

Er rutschte auf seinem Sitz in die Kuschelposition und sah wehmütig auf die leere Schoko-Packung, schloss langsam die Lider, doch schon kam eine Meldung über sein Bluetooth-Headset herein.

Seufzend öffnete er die Augen wieder.

»Hier ist Yellow Angel One«, meldete sich die Zentrale.

Rüdiger schüttelte den Kopf. »Fritz, lass das. *Yellow Angel* klingt immer nach angepisstem Engel.«

»Dann so was wie *Motor Angels?*«

»Sag einfach: *Zentrale*«, gab Rüdiger zurück. »Und? Was ist es?«

»Was, worüber du dich freust: Motorschaden.«

»Schaden oder *edof?*« *Edof* stand für *extrem doofer Fahrer,* meistens ausgelöst durch fehlendes Kümmern: Ölmangel, Kühlflüssigkeitsmangel, Batteriespannungsmangel, knapp zusammengefasst: Hirnmangel.

»Ein Brummi mit Kinderspielzeug. Da steht was von Reifenschaden und Getriebeprobleme. Tippe auf Überladung und zu heißen Motor.«

Rüdiger kam ins Grübeln. »Ich habe nur das Standardzeug dabei. Abschleppen kann ich den nicht.«

»Fahr mal hin und schau es dir an. Wird ein Neukunde. Der hat noch keinen Vertrag bei uns, sagt die Datenbank.«

»Schickst du mir die Koordinaten ins Navi?« Rüdiger dachte an die Abschlussprämie, legte den ersten Gang ein und startete den Kombi.

Es machte *ping*, und die Route war berechnet. Das GPS sandte ihn einige Kilometer über die Autobahn, dann runter auf die Landstraße und von da auf einen Forstweg.

Rüdiger ärgerte sich. *Doch edof.*

Den Weg hatte der Fahrer sicherlich genutzt, um die Maut zu sparen. Wie oft hatte Rüdiger schon schadenfroh lachend vor Lastwagen gestanden, weil sie an kleinen Brücken oder zu engen Durchgängen oder in Wohngebieten feststeckten.

Vor sich im Dunkeln sah er ein rotes Warnlicht blinken, und er reduzierte die Geschwindigkeit. Immerhin war das Debakel mehr als ordnungsgemäß gesichert.

Dann wurde es etwas abstrus: Zu seiner Rechten tauchte ein Elch mit einer rot blinkenden Nase und Zaumzeug auf, dann noch einer und noch einer – die Leinen liefen zu einem Kutschbock hinauf, auf dem niemand saß. Die Ladefläche dahinter war randvoll mit Geschenken.

Zuerst dachte Rüdiger, es sei ein Aufsteller vom Förster für die Wandernden oder die Reste eines Adventswaldspektakels für Schulkinder, bis das Navi sagte: »Sie haben Ihr Ziel erreicht.«

Aus dem Augenwinkel sah er einen Schatten vor den Wagen springen, und Rüdiger stieg in die Eisen, um eine Kollision zu verhindern.

Zu spät. Es krachte dumpf, und ein dicker Mann in einem roten Bademantel knallte mit dem Gesicht voraus auf die Motorhaube, wo sich die Konturen einstanzten.

Dann gibt es wenigstens keine Diskussionen mit der Versicherung, dachte Rüdiger und stieg sofort aus, um nach dem Bekloppten zu sehen, den er für einen Exhibitionisten hielt. Wer sonst lief in einem roten Bademantel durch den Wald?

Der korpulente Mann stemmte sich aus dem Blech und war offenbar unverwundet. Da bekam Rüdiger ein bisschen Angst.

»Ah, gut, dass Sie kommen«, sagte der Mann zur Begrüßung und schüttelte den weißen Rauschebart auf. »Es eilt.« Er zeigte auf den Schlitten. »Kufen abgebrochen, bei 782 Sachen im Orbit. Heiße Sache.« Dann zeigte er auf den Elch mit der blinkenden Nase. »Und die Beleuchtung ist im Eimer. Das sollte Dauerlicht sein und keine Rentierdisco.«

»Aha«, sagte Rüdiger und betrachtete den Mann. »*Sie* sind der Spielzeuglaster mit Motorschaden.«

»Ja. Schon. Irgendwie«, sagte der Mann. »Emo humpelt ein bisschen.«

»Emo ist was?«

»Das zweite Rentier von vorne. Er ist emotional unausgeglichen. Psychopharmaka helfen aber. Sehen Sie mal nach dem Hufeisen. Vielleicht hat er sich ein Satellitentrümmerteil eingetreten? Wir waren recht hoch unterwegs.«

Rüdiger schnalzte mit der Zunge, sah den leeren einsamen Weg hoch und wieder runter. Niemand zu sehen, kein Kamerateam, das er sich wünschte, um ihn zu erlösen. Da es nicht kam, fragte er: »Sind Sie irgendwo ausgebrochen?«

»Ausgebrochen? Nein, ich nenne es *starten,* denn –«

»Aus der Klapse.« Rüdiger zeigte auf den Schlitten. »Wo stand das Gespann als Deko rum? Kann ja nur ein Kaufhaus gewesen sein.«

Der Mann lachte. »Hohoho! Ich verstehe. Sie denken, ich will Sie reinlegen.«

»Ziemlich«, sagte Rüdiger. »Außerdem kann ich keine Kufen. Nur Reifen.« Er sah zum Elch. »Der hat keine DIN-Fassung und keine

CE-Zulassung. Ich rufe mal einen Kumpel an. Der ist Veterinär.« Rüdiger setzte sich ins Auto, wo das GPS immer noch behauptete: »Sie haben Ihr Ziel erreicht.« Er rief die Zentrale an.

»Hier Yellow Angel One.«

Rüdiger atmete durch. »Hallo, lieber Chef-Piss-Engel. *Das* ist *kein* Lastwagen. *Das* ist ein *Bekloppter,* der einen Dekoschlitten mit echten Tieren …«

»Nee, das ist der Weihnachtsmann«, unterbrach ihn Fritz. »Er hat angerufen und sich über dich beschwert.«

Rüdiger sah durch die Scheibe zum Mann im roten Bademantel, der ein Handy in der Hand hielt und ihm fröhlich zuwinkte. Mit den Lippen formte er lautlos *Hohoho.* »Er hat *was?*«

»Beschwert. Weil du ihm nicht helfen willst, obwohl du ein Gelber Engel bist, und Engel müssten ihm helfen.« Fritz klang, als führte er solche Telefonate auch mit dem Osterhasen, dem Christkind oder der Göttin Sol, wenn die mit dem Sonnenwagen liegen geblieben war. »Mach hinne, Rüdi! Der will VIP-Sondermitglied werden. Versau das nicht.« Fritz legte auf.

»Alles klar«, murmelte Rüdiger und stieg aus, ging zum Heck und öffnete die Klappe, um den Werkzeugkasten und den Wagenheber rauszuholen.

Sie wollten ihn verarschen, aber da machte er nicht mit: Er würde die Dreckskufe mit einem Tacker in den Scheißschlitten ballern und die Nase des Blinkelchs mit einem Bunsenbrenner zum Glühen bringen. Bei dem Emo-Elch würde es ein Arschtritt für die sanfte Seele tun.

Rüdiger stapfte am Weihnachtsmann vorbei, der das Handy einsteckte, bückte sich und begann, den Schlitten aufzubocken, als wäre er ein gewöhnlicher Pkw.

»Sie sind mir jetzt böse«, sagte der Weihnachtsmann. »Weil ich mich beschwert habe.«

Rüdiger beschloss, seinen Job zu machen und den Mann zu ignorieren.

»Es ist wichtig«, erklärte der Weihnachtsmann unaufgefordert. »Die müssen noch alle an die Verteilerstationen geliefert werden. Und da Emo ein bisschen humpelt, sind wir im Verzug.«

»Ahm«, machte Rüdiger und pumpte den Schlitten nach oben, sah zum Kombi, dann zu dessen Dachreling. Die würde als Kufenersatz taugen. Kurzerhand riss er die Vorrichtungen aus dem Wagen und ballerte sie mit dem E-Tacker unter den Schlitten.

»Der *Reifen*schaden ist jetzt behoben«, meldete er und ließ das Gefährt ab, während der Weihnachtsmann die runtergefallenen Päckchen wieder daraufwarf. »Jetzt zum Motor-Elch.«

»Ren. Mehrzahl Rene, aber das wissen die wenigsten.«

»Mir egal.«

»Ich bevorzuge das eurasische Tundra-Ren«, erläuterte der Weihnachtsmann und ging neben Rüdiger her. »Rudolph der Elfmillionste –«

»Der Elfmillionste?«

»Hoher Verschleiß, so auf die Jahre gesehen. Jedenfalls ist er ein Alaska-Karibu, weil deren Nasen am besten leuchten.« Er zeigte auf Emo. »Er gehört zu den Queen-Charlotte-Karibus und ist der Letzte seiner Art. Daher die emotionale Unausgeglichenheit.« Er überlegte. »Oder weil er *hierke* ist. Also, ein kastriertes Männchen.«

Rüdiger versuchte wirklich, nicht hinzuhören, aber der Weihnachtsmann plapperte unaufhörlich, und Rüdigers Aggression stieg mit jeder Silbe aus dem Mund des Bärtigen. »Egal. Ist doch eh der Letzte seiner Art«, gab er zurück und stellte sich vor Rudolph den Elfmillionsten, dessen Nase flackerte und blinkte, als habe sie einen Kurzschluss.

Leise knurrte das Tier.

»Versteht der mich?«, fragte Rüdiger den Weihnachtsmann.

»Seien Sie nicht albern: Er ist ein Ren.«

»Er kann doch sicherlich fliegen?«

Der Weihnachtsmann lehnte sich an Emo und streichelte ihn, woraufhin das Tier in Tränen der Rührung ausbrach. »Das ist was anderes und völlig normal.«

Rüdiger betrachtete den Elch – und roch die Alkoholfahne, die aus dem Maul drang. »Problem erkannt.« Er ging zum Wagen zurück, nahm einen Trichter und den Spiritus raus, den er zum Saubermachen benutzte, und kehrte zu Rudolph zurück.

»Sitz!«

Der Elch setzte sich. Sofort rammte Rüdiger dem Vieh den Trichter in den Hals und goss den Spiritus ein. »Bleib!«, befahl er und ging nochmals zum Kombi, um vorsichtshalber den Scheibenreiniger gleich hinterherzukippen.

Danach zog er den Trichter wieder raus, und Rudolph der Elfmillionste hustete und grinste dabei sehr zufrieden. Mit einem *Bling!* leuchtete die Nase knallrot auf, mit einem *Klack!* flammten die Augen auf wie Leuchtturmscheinwerfer und illuminierten den Weg.

Das Rentier kicherte und hickste leise beim Aufstehen.

»Sagenhaft!«, jubelte der Weihnachtsmann. »So hell hat der noch nie gestrahlt.«

»Tja. Bin eben ein Gelber Engel.« Rüdiger ging auf Emo zu, der aufgehört hatte zu weinen.

Mit psychologischen Problemen kannte er sich bestens aus. Sein Bruder war Arzt, ein Gott in Weiß der Psychiatrie. Da Götter und Engel prima zusammenpassten, ließ sich Rüdiger gelegentlich Stimmungsaufheller mitbringen. Und die Weihnachtsration, die das Essen für alle sehr bekömmlich machen und die Augen auch bei kleinsten Geschenken groß machen würde, befand sich in seiner Tasche.

Wieder »Sitz!«, und der Trichter kam zum Einsatz. Emo erhielt die volle Packung, runtergespült mit einem Schluck aus seinem Flachmann, da Scheibenreiniger und Spiritus leer waren.

Emo seufzte glücklich und hüpfte auf, dann trabte er auf der Stelle, um sich warm zu laufen. Der Schnee flog, die gefrorene Erde erhitzte sich.

»Dachte ich mir. Das Humpeln war psychosomatisch bedingt«, konstatierte Rüdiger.

Der Weihnachtsmann klatschte begeistert in die Hände. »Das ist ja genial!«

Rüdiger zückte den Aufnahmeantrag und den VIP-Sondermitgliedsvordruck, der ihm einen Bonus in Höhe von 30 Euro einbrachte. »Hier und hier und da die Bankverbindung.« Er betrachtete den Schlitten, auf dem sich höchstens fünfzig Päckchen befanden. »Das reicht ja nie für die Welt.«

Der Weihnachtsmann kritzelte und füllte artig aus. »Die sind nur pro forma.«

»Wusste ich es doch: geklautes Gespann aus dem Einkaufszentrum.«

»Nein, nein. Pro forma heißt« – der Weihnachtsmann gab ihm den Antrag zurück –, »dass der Schlitten automatisch ein neues Päckchen generiert, sobald ich eines abgeladen habe. Das ist wie bei Enterprise mit den Replikatoren.« Er klopfte stolz gegen die bunt lackierte Bordwand. »Neuste Wunschtechnologie. Das erlaubt es mir, jeden in seiner atomaren Struktur vorher erfassten oder programmierten Wunschgegenstand zu erzeugen. Die Programmierung geht über Handy und Bluetooth. Ist total einfach. Oder über den eingebauten Wunschscanner da drin.« Er zückte das Handy und schwenkte es herum. »Und erspart die alte Schlepperei.«

»Aha.« Rüdiger klang skeptisch.

»Sie glauben immer noch, Sie würden das träumen, was?« Der Weihnachtsmann legte eine Hand auf ein Geschenk mit blauem Silberpapier und richtete den vermeintlichen Scanner auf Rüdiger. »Los. Wünschen Sie sich was. Aber nicht sagen!«

Rüdiger wünschte sich was und bekam das Geschenk vom dicken Rotmantelmann gereicht. Er staunte nicht schlecht, als er darin einen violetten Hamster in schwarzen Lederstrapsen und mit einer gelben Sonnenbrille sah. Sein Testwunsch war in Erfüllung gegangen.

»Äh?«, kam es aus seinem Mund.

»*Jeden* Wunsch«, sagte der Weihnachtsmann. »Dolles Ding. Für andere Einsätze haben wir den Replikator in Sackform.«

»Darf ich noch mal?«

»Klar. Weil Sie mir geholfen haben.«

Rüdiger wünschte sich etwas, und der Weihnachtsmann überreichte ihm ein langes Päckchen.

»Bitte sehr«, sagte er freundlich und schwang sich auf den Kutschbock. Rudolph der Elfmillionste leuchtete wie ein Flakscheinwerfer in die Nacht, Emo hatte mittlerweile eine metertiefe Furche in den

Boden gelaufen und war nur noch am Geweih zu erkennen. »Ich fliege dann mal los.«

»Nicht so schnell.« Rüdiger hielt sein ausgepacktes Geschenk in der Hand: ein vollautomatisches Schrotgewehr mit zwanzig Schuss Munition im großen Trommelmagazin. »Das ist ein Kutschenüberfall!«

Der Weihnachtsmann lachte gütig – und wurde gleich vom ersten Schuss vom Bock gepustet. Er tauchte nicht mehr auf.

»Was für ein abgefahrener Traum.« Rüdiger jubelte und löste die Leinen der Elche, die sofort in alle Richtungen flüchteten. Lange sah man Rudolph den Elfmillionsten am Himmel, bevor er mit einem Jumbo zusammenkrachte und als Elchstückchen aus der Turbine regnete. Schwedisches Gulasch für die Welt. Nur Emo grub sich trabend weiter nach unten. Früher oder später fand sein Leid in der Magma ein Ende.

Rüdiger zückte sein Handy. »Jau, Peter, ich bin's. Du hast doch noch deine Spedition. Echt, hast du? Wie viele Lastwagen kannst du mir schicken?« Er sah zum Schlitten. »Ich habe beim Restpostenverkauf zugeschlagen und müsste ein paar Päckchen abtransportieren.«

Zwei Jahre später träumte Rüdiger immer noch.

Er besaß nun einen Xmas-Customized-Geschenke-Outletstore, verkaufte die abgefahrensten Präsente, die man sich vorstellen konnte, und wurde Stunde um Stunde reich und reicher. Bald hatte er Bill Gates um mehrere Zahlenkolonnen überholt.

Seinen Job als Pannenhelfer hatte er gekündigt.

Ja, er mochte seinen Traum und wollte niemals, niemals, niemals mehr aufwachen. Schon alleine deswegen, weil er der bessere Weihnachtsmann war.

Das änderte sich an dem Tag, an dem sich ein kleines Mädchen vor dem Scanner umentschied und sich in der letzten Sekunde den Weihnachtsmann wünschte. In echt, wie sie betonte. Und das am 24. Dezember.

Das wurde für Rüdiger verdammt unangenehm.

Denn der Weihnachtsmann hatte ein vollautomatisches Schrotgewehr dabei.

Mit zwanzig Schuss Munition.

Im großen Trommelmagazin.

Und zum ersten Mal hörte man den heiligen Mann »Harrharrharr!« sagen.

Manche Träume nehmen eben ein böses

Ende.

SCHICK ESSEN GEHEN

»Bist du so weit? Wir fahren gleich!«, schallte es die Treppe hinauf durch die geschlossene Zimmertür.

Kerstin hatte keine Lust, und ein ganz deutliches »Scheiße, nein« lag auf ihren Lippen, aber das sagte man nicht zur eigenen Mutter. Und schon gar nicht vor Weihnachten, alleine aus strategischen Gründen.

Sie seufzte und wälzte sich vom Bett, um elegant auf dem Boden zu landen. »Is' gut. Ich ziehe mir rasch was an!«, schrie sie, was mehr nach Beschimpfung klang als Statusmeldung. Sie hätte das Buch gerne zu Ende gelesen. Dreißig Seiten trennten sie vom Finale.

»Mach hin. Die reservieren den Tisch nur eine halbe Stunde!«, dröhnte es mahnend von unten.

Kerstin schnaubte und huschte in ihr kleines Bad.

Der Spiegel zeigte ein hübsches Mädchen: knappe sechzehn, kinnlange schwarze Haare und dunkle Augen. Mit ein bisschen Schminke wurde sie locker für achtzehn gehalten, wenn sie in einen Klub wollte, kam aber ansonsten überall ermäßigt rein, da sie noch nicht volljährig war.

Sie wählte das knielange Kleid in Schwarz und band sich die Haare zum Pferdeschwanz, um wie eine Sechzehnjährige zu wirken.

Beim Verlassen des Bads schnappte sie sich die pinkfarbene Handtasche vom Ständer neben der Tür, schlüpfte in die derben schwarzen Stiefel und gab sich den Look eines halb rebellischen Teenagers, der sexy sein wollte; das weiße Bolerojäckchen gab ihrem Äußeren das erwartet Festliche.

Sie konnte den Fetzen nicht leiden, und nach dem Essen würde sie ihn dank einiger geschickt gesetzter Flecken einfach wegwerfen.

Kerstin ging die Treppe runter, wo ihre Großfamilie bereits vor dem Ausgang aufgebaut wartete.

Oma Edda, leicht nach vorne gebeugt auf ihrem uralten Stock, der sicherlich mal ein Hexenbesen gewesen war; Uropa Alfred mit seinen zehn kaiserlichen Orden am Anzug aus den Zwanzigern, Kerstins vier Geschwister Egon, Smeralda, Richard und Elke, die alle in schicke Kleider und Konfirmationsanzüge gekleidet waren. Nicht zuletzt ihre Erzeuger Erika und Frederik, die nicht weniger schicke Designerklamotten trugen und ungeduldig, vorwurfsvoll zu ihr schauten.

Was für eine festliche Maskerade, dachte Kerstin. Eines einte die so gutbürgerliche Familie Müller: Sie sahen alle blendend und unverschämt gut aus, selbst Uropa und Oma. Gute Gene.

»Du bist zu spät. Jedes Jahr an Weihnachten das Gleiche«, zischte ihre Mutter.

»Es gibt ja auch jedes Jahr das Gleiche«, gab Kerstin gehässig zurück. »Und das, obwohl wir immer das Restaurant wechseln.«

»Wir mögen es halt so«, konterte ihr Vater und zeigte auf die Tür, die er mit der anderen Hand aufriss. »So, edles Fräulein. Fahren wir.«

Kerstin kam sich vor wie bei einem Familienausflug der Flodders, nein, wie die Familie dieser Serie aus den Siebzigern mit Ingrid Steeger: Klimbim-Chaos pur, alle Leutchen extrovertiert, und es ging immer etwas schief oder durcheinander.

Sie quetschte sich neben ihren Bruder Egon in den Mercedes und starrte aus dem Fenster.

»Fuck«, murmelte sie.

»Ja, das dachte ich auch«, sagte er leise, und sein Magen knurrte laut. »Wir essen bei *Chez Pasquale.*«

Kerstins Kopf fuhr herum. »Nee, oder?«

»Doch.«

»Aber … da waren wir doch schon mal.« Kerstin sah nach vorne zu ihrer Mutter, die den Wagen lenkte. »Mama, da waren wir doch schon!«, quengelte sie, als könnte sie noch etwas ausrichten.

»Das war vor drei Jahren, Liebes«, kam es zurück. »Und sie haben kurz nach unserem Besuch renoviert und nun neue Besitzer und damit neues Publikum.«

»Wir wollten wissen«, mischte sich Uropa Alfred ein, »ob sie das Niveau halten konnten.«

»Oh, Maaann.« Kerstin kreuzte die Arme vor der Brust. »Ich will mal am 24. Dezember indisch essen gehen.«

»Oder türkisch. Der Nikolaus war doch Türke«, unterstützte sie Egon halbherzig.

»Du weißt, dass die Oma den Geschmack nicht verträgt, und in den wenigsten indischen Restaurants findet man außerdem noch Inder«, erwiderte die Mutter. »Das verfälscht.«

»Aber die meisten Dönerläden werden von Türken betrieben«, warf Egon ein. »Das wäre original.«

»Ich«, sagte der Uropa und klopfte sich gegen die Brust, dass die Orden klingelten, »gehe sicherlich nicht am 24. Dezember in einen Dönerladen. Ich will Opulenz und Ambiente! Das Auge isst mit. Die Auswahl in Dönerbuden ist zu gering, die Läden sind zu klein, und das Ambiente ist nicht gut. Ich will kein Fußballspiel dudeln haben, wenn ich esse. Nein, nein, nein!«

Die Mutter klopfte ihm beschwichtigend auf den Oberschenkel. »Oppa, beruhig dich. Wir gehen zu *Pasquale.*«

Kerstin sah aus dem Fenster. »Es gibt auch türkische Restaurants«, murmelte sie. »Die Stadt ist voll mit *tollen* Restaurants.«

»Liebes, du weißt, dass wir auf Traditionen beharren, und der 24. Dezember ist eben eine solche Tradition.« Ihre Mutter setzte den Blinker und bog auf den Parkplatz ab. »Da sind wir schon.«

Kerstin erinnerte sich mit Schrecken daran, wie sie nicht nur schick, sondern auch noch in einem Bio-Vegetarier-Laden essen gewesen waren.

»Sogar holländisch könnten wir essen gehen. Sinterklaas und so«, versuchte es Egon noch mal.

»Kennst du ein holländisches Restaurant in unserer Nähe?«, erwiderte die Mutter liebreizend überheblich.

»'ne Frittenbude«, antwortete Egon nach langem Nachdenken. »Die können auch Gouda drüberstreuen. Und«, setzte er überlegen hinzu, »es sind Holländer. Wäre doch mal was anderes.«

»Das wären ja eher Belgier, wenn es um Pommes geht. Und wer soll denn, bitte schön, in einer Frittenbude satt werden?« Kerstin fand den Vorschlag extrem dumm. Andererseits wäre es besser als *Pasquale.*

Sie parkten, stiegen aus und stießen zu den anderen Familienmitgliedern, um dann als großer lärmender Pulk ins Nobelrestaurant einzufallen.

Oma Edda klopfte mit ihrem Stock wie eine Verrückte beim Eintreten gegen die Aufkleberreihe an der Tür, die Dutzende Auszeichnungen für die Qualität des Etablissements verkündete, bis man sie daran hinderte.

Uropa Alfred bestand darauf, als Erster hineinzugehen, weil Orden immer einen guten Eindruck machten. Es folgten die lärmenden Geschwister, die zur Ordnung rufenden Eltern und ganz am Schluss Kerstin.

Ein Blick genügte ihr, um ihre schlimmsten Erwartungen erfüllt zu sehen: versnobte Besucher, die einen zu dünn, die anderen zu fett, aber niemand mit Idealgewicht. Alles Opfer der Wohlstandsgesellschaft. Die einzigen normalen Menschen waren das junge Paar, das seinen Säugling mitgebracht hatte. Das fand Kerstin sympathisch.

Der Kellner eilte sofort herbei, kreiste wie ein Hütehund um die sehr laute Großfamilie und bugsierte sie elegant, doch rasch an den kauenden Gästen vorbei, die sehr darauf bedacht waren, die Neuankömmlinge nicht zu beachten.

Der Sommelier brachte die Weinkarte. Oma Edda bestellte zwei Flaschen des 1923er Château Rothschild, den man tatsächlich auf der Karte hatte. Der Sommelier strahlte angesichts der zu erwartenden Rechnung.

Danach orderte Papa Frederik sündhaft teure Aperitifs für alle, dann bekamen sie die Speisekarten gereicht.

Niemand schlug sie auf.

»Habt ihr euch angesehen, was es an den Nachbartischen so gibt?«, fragte die Mutter in die Runde. Wie jedes Jahr spielten sie das Spiel, sich von den Gästen inspirieren zu lassen.

»Oh, ja!«, jubelte Oma Edda. »Das von Tisch drei, da vorne, das sieht gut aus. Das nehme ich.«

»Ist das nicht ein bisschen zu fett für dich?«, erkundigte sich Frederik besorgt. »Große Portionen, Oma.«

»Das geht schon.« Oma Edda rieb sich über den Bauch. »Den Rest nehme ich mit.«

»Ich wähle das am Tisch mit den drei Damen«, erklärte Richard und leckte sich über die Lippen.

»Ha, der Junge wird erwachsen!« Uropa Alfred schlug mit der Hand auf die Platte, das Besteck hüpfte. »Ich will das von Tisch sieben, dahinten. Ich mag das Fleisch lieber, wenn es schon älter ist. Und das sah reichlich abgehangen aus.«

Nach und nach trafen sie ihre Wahl, der Aperitif wurde gebracht. Aber der Kellner wurde weggeschickt, denn Kerstin hatte noch nicht gewählt.

»Ich will nichts«, sagte sie schmollend.

»Aber Tochter, du *musst* was essen.« Ihre Mutter klang besorgt. »Du magerst ab.«

»Es ist aber nix dabei, was mir zusagt«, beharrte sie trotzig.

»Du hast nicht richtig geschaut«, widersprach ihr Vater.

»Und was ist mit Tisch elf, am großen Fenster neben der Palme?«, schlug Egon vor.

»So was isst du doch normalerweise«, sagte Kerstin und sah auf die Teller des Paares mit Kind, dann über die Leute, als würden die ihr was empfehlen.

Egon zuckte mit den Schultern. »Ach, ich bin nicht so wählerisch.« Er legte die Serviette auf den Tisch. »Ich schaue nochmals nach, ob es was Gutes gibt.« Er stand auf und streifte recht unauffällig um die Tische, ließ die Blicke schweifen und wurde dabei verwundert von den Gästen betrachtet.

Der Oberkellner wurde aufmerksam, fing den Jungen ab und streckte den Arm aus, um ihn zurück zur Familie zu geleiten – da biss Egon ihm in die Hand.

»Der ist super!«, rief Egon kauend, während der Mann schreiend zurückwich. »Boah, nee, scheiße, ist der lecker! Den nehm ich.«

»Och, Mama! Egon hat schon angefangen!«, beschwerte sich Richard und trank seinen Aperitif ex, um sich zu erheben.

»Halt!«, erklang die Anweisung von Vater Frederik wie ein Peitschenschlag. »Du bleibst.«

»Du weißt doch, dass dein Bruder mächtig Hunger hatte.« Die Mutter erhob ihr Glas, und alle am Tisch taten es ihr nach. Im Hintergrund erklang das infernalische Geschrei des Oberkellners, über den Egon gerade herfiel, und die entsetzten Rufe der Gäste. »Also: Schön, dass wir alle da sind. Ehren wir unseren verehrten Jul-Dämon Krampus wie jedes Jahr mit einem festlichen Mahl in seinem Namen. Die Christen mögen ihn zu Knecht Ruprecht verniedlicht haben, aber wir kennen sein wahres Ich.«

»Krampus möge herrschen«, rief die Familie, und auch Kerstin stimmte mit ein. Klirrend stießen die Gläser zusammen.

Familie Müller schlürfte und genoss eilends, bevor sie sich erhob und ein jeder zu dem Tisch trat, den er oder sie erwählt hatte. Die Jagd begann.

Wie von selbst hatten sich die Ausgänge verriegelt, und keines der Fenster ging unter den Tritten oder Stühlen zu Bruch. Handys funktionierten nicht mehr. Die dämonischen Kräfte verhinderten, dass ein Essen vom Teller sprang.

Nur Kerstin blieb sitzen. Die junge Dämonin ließ sich Zeit und sah zu dem jungen Paar mit dem kleinen Kind, das sich unter dem Tisch versteckt hatte.

Schick essen gehen. Neben ihr verschlang Richard gerade eines der jungen Dinger, das Blut spritzte bis zu ihr auf das verhasste weiße Bolerojäckchen. *Und danach sehen wir doch wieder aus wie Sau.*

»'tschuldigung!«, rief er zu ihr herüber.

»Macht nix. Ich werfe es eh weg.« Kerstin winkte ab. *Was gäbe ich für einen guten Inder. Oder einen Mexikaner, mit viel Chili im Fleisch.*

Ihre Mutter kam nach einiger Zeit vorbei und hielt einen Knochen in der Hand. »Das ist ganz de-li-kat hier«, verkündete sie. »Sie konnten ihr Niveau halten.« Sie unterdrückte ein Rülpsen. »Und du?«

»Oh, ich bin schon fertig. War ein bisschen gierig«, log Kerstin. »Aber ich bin positiv überrascht. Und das Kleine, mh!«

»Oh, voilà le Maître!« Ihre Mutter warf den Knochen weg und ging auf den Koch zu, der fassungslos auf der Schwelle zur Küche stand. »Gratulation zu Ihrer Auswahl. Lassen Sie mich mal bei Ihnen abbeißen.«

Kerstin sah zum jungen Pärchen unter dem Tisch und legte einen Finger an die Lippen, zwinkerte und zeigte beim Lächeln ihre Reißzähne. Wenn sie schlau waren und unauffällig blieben, kamen sie davon.

Langsam bekam Kerstin doch Appetit.

Soweit sie wusste, arbeiteten bei *Da Nicolo* nur echte Italiener. Die schmeckten meistens leicht nach Oregano und Chianti. Doch wer musste schon schick essen gehen?

Ich glaube, ich lasse mir was Italienisches liefern.

WUNSCHZETTELERÖRTERUNG

Gemütlich saß Herbert in seinem Ohrensessel neben dem Kamin und las Zeitung. Der Tee dampfte in der Tasse, die nicht auf dem Markt erhältliche Sammlerschallplatte mit *Heinos Weiße Weihnacht* – ein angesichts der Haarfarbe des Sängers ungewollt komischer Titel – spielte vor sich hin.

Es sah bereits Tage vor Heiligabend ganz danach aus, als würde Weihnachten dieses Jahr entspannter werden. Die Geschenke für die Kinder waren alle gekauft, das Menü stand fest und würde von einem Caterer geliefert werden. Einem *Caterer!*

Diesen Luxus leistete sich Herberts fünfköpfige Familie einfach mal, um die Nerven aller Beteiligter in der Küche, sprich seiner Frau Wilma, zu schonen. Keine verkohlten Katastrophen, keine gereizten Sprüche und keine Flucht der Köchin in den Alkohol bereits beim Zubereiten der Vorspeise, sodass sie bei der Bescherung entweder weinselig schlummerte oder vor Rührung heulte oder sehr, sehr schief und laut mitsang.

Ja, es würde alles gut werden.

Heino sang »Übers schneebeglänzte Feld«, und Herbert fragte sich, wer heute noch solche Worte kannte: schneebeglänzt. Die meisten dachten dabei sicherlich an Koks.

Da klingelte es an der Tür.

Herbert erhob sich, legte die Zeitung auf den Sessel und glitt in die Puschen, um durch den Flur zum Eingang zu schlurfen.

Durch das Glas in der Haustür sah er eine große Gestalt davor, die einen roten Mantel trug. *Nicht schon wieder die Wanderzirkus-Kläuse,* dachte er. Da aber auch die örtlichen Vereine gerne mal jemanden in lustiger Aufmachung zum Sammeln aussandten und man es sich keinesfalls mit dem Fußballverein oder den Landfrauen oder gar den Schützen verderben durfte, öffnete Herbert die Tür.

Auf der abgetretenen Kokosfaser-Fußmatte stand der Nikolaus.

Wer sonst?

Kein Mann würde sich als Christkind verkleiden, und falls doch, würde das einige Fragen aufwerfen.

Dieser Klaus sah unter seinem falschen weißen Bart mittelalt aus und verströmte die Aura eines arbeitslosen Akademikers, den man gezwungen hatte, auf Ein-Euro-Basis zu arbeiten. Aber das Lächeln wirkte sehr echt und einnehmend. Weder sah Herbert eine Sammelbüchse noch einen Sack oder Prospekte.

»Heino«, sagte der Weihnachtsmann.

»Bitte?«

»Die Musik. Nicht mein Name.« Der Weihnachtsmann deutete in den Flur hinter Herbert. »Das ist Heino.« Er summte ein bisschen mit.

»Stimmt. Und Sie sind?« Dummerweise dachte Herbert jetzt daran, wie der Mann wohl als Christkind aussehen würde.

»Der Nikolaus. Ich habe leider keinen Nachnamen.«

»Aha.« Herbert überlegte, ob es sich um einen Spaßvogel oder gar einen dilettantischen Räuber handelte, der versuchte, seinen Angriff mit jovialem Gelaber zu tarnen.

Beide sahen sich schweigend an, Heino sang für sie.

»Und?«, fragte Herbert auffordernd.

»Ach ja, Verzeihung.« Der Nikolaus langte in die Tasche seiner roten Jacke und nahm einen zerknitterten Zettel heraus; es schauten noch etliche Blätter heraus, die alle sorgsam glatt gezogen worden waren. »Sie sind der Erziehungsberechtigte von Jonas und Kilian und … das heißt Omelie?«

»Emelie.«

Der Klaus nickte und lachte. »Ich dachte, Sie haben sie vielleicht umbenannt. Na, lieber gefragt als geirrt, nicht wahr?« Er räusperte sich. »Also sind Sie der Erziehungsberechtigte Herbert Lübke?«

»Sicher. Sollte man als ihr Vater –«

»Schön«, unterbrach ihn der Klaus zackig wie ein Arzt in Eile und schwenkte den Wisch. »Wir müssen über *das hier* reden.«

Herbert erkannte mit etwas Mühe, worum es sich bei dem handgeschriebenen Schriftstück handelte. »Wie kommen Sie denn an den Wunschzettel meiner Kinder?«

»Was ist denn das für eine Frage? Ich bin der Nikolaus. Die Kinder schreiben mir ihre Wünsche ans Christkind«, erklärte er tadelnd. »Wir filtern neuerdings.«

»*Was?*«

»Wegen des Jugendschutzgesetzes«, sagte der Klaus. »Wissen Sie, wir bekommen nach dem 24. jedes Jahr die Ohren von den Eltern vollgejammert, dass die Geschenke so sinnlos seien oder zu laut oder zu gewalttätig …«

»Gewaltverherrlichend.«

»Na, manchmal auch *gewalttätig*. Wenn sich Ihr Sohn zum Beispiel einen Nazi mit Baseballschläger gewünscht hätte, fiele das in diese Rubrik: eindeutig gewalttätig.« Der Klaus sah über den Rand seiner Brille hinweg. »Kurzum: Ihre Kinder haben Dinge notiert, die nicht okay sind oder für die wir Ihr schriftliches Einverständnis haben möchten, Herr Herbert. Sonst verweigern wir die Zustellung.«

Herbert beugte sich nach vorne, schnupperte, roch aber keinen Alkohol bei dem Mann. Dann sah er nach rechts und links, doch ein Kamerateam gab es ebenfalls nicht.

»Wir haben schon alles gekauft. Machen Sie sich keine Sorgen.« Er wollte die Tür schließen, um den Spinner abzuwimmeln.

»Aber *wir*« – der Klaus stellte den Stiefel in den Spalt und schob sich wieselgewandt in den Flur – »sind für die Auslieferung zuständig.«

»Äh, nein. Wilma legt die Geschenke unter den Baum.«

»Das *denken* Sie«, erwiderte der Mann und lächelte verschmitzt. »In Wirklichkeit komme ich in der Nacht vor Heiligabend vorbei und lege die anders hin. Jedes Jahr. Die Anordnung ist wichtig: Ich habe einen Päckchen-Feng-Shui-Kursus belegt, damit die Freude besser in die Kinder strömen kann.« Er tippte auf die Liste. »Zurück zum Thema, Herr Lübke. Ich habe keine Zeit zum Plaudern, sondern viel vor. Sie sind nicht der Einzige. Das ist wichtig. Diese Puppe zum Beispiel –«

»Herbert? Wer ist denn da?«, rief Wilma und kam neugierig aus dem Bügelzimmer. »Ah, der heilige Mann. Für wen sammeln Sie? Die Landfrauen?«

»Der sammelt nicht, der sabbelt«, sagte Herbert unwirsch.

»Wenn ich es kurz erklären dürfte«, hakte der Klaus beflissen ein und erklärte es tatsächlich kurz.

»Oh«, machte Wilma betroffen. »Das wusste ich nicht.« Sie sah zu ihrem Mann.

»Liebes, dieser Typ ist ein Spaßvogel. Vermutlich hat er eine Minikamera eingebaut, und wir sind live im Internet.«

»Habe ich nicht«, widersprach der Klaus und öffnete den Mantel. Darunter war er nackt. »Sehen Sie?« Sein Genital hatte er als Tannenzapfen angemalt, das Skrotum rot mit silbernen Sternchen. Schon schloss er den Mantel wieder. Es war so schnell gegangen, dass man glauben konnte, es wäre niemals geschehen, aber die Bilder hatten sich in Herberts Verstand eingebrannt. »Die Puppe ist sexistisch und vermittelt ein falsches Frauenbild«, hob der Klaus an und zeigte auf den Listenpunkt mit Emelies Wunschpuppe aus der Bling Bling Bitch Collection. »Wollen Sie, dass Ihre Tochter sich später mal wie eine billige Nutte anzieht?« Er dachte kurz nach. »Nichts gegen Nutten per se, aber … Na, Sie wissen schon.«

»Nein, will ich nicht«, raunte Wilma entsetzt. »Was haben wir getan?« Sie schlug sich eine Hand vor den Mund. »Und unsere Söhne …?« Sie sah den Nikolaus an.

»Jonas hat sich … den Todesstern von Lego gewünscht«, referierte der Klaus. »Sie wissen, was das bedeutet?«

»Nein«, hauchte Wilma.

»Einen galaktischen Amoklauf.« Er sah auf den Zettel. »Beim Einsatz des ersten Todessterns kamen nach den letzten Berechnungen von *Star-Wars*-Nerds zwei Milliarden Menschen ums Leben, außerdem wurde ein ganzer Planet vernichtet. Ihr Sohn, gnädige Frau, ist ein Killer.«

»Mein Gott!« Wilma sah alarmiert aus. »Der Junge muss zu einem Psychologen!«

»Jonas will den nur bauen, um den Angriff der Rebellen nachzuspielen und das Böse zu besiegen«, wiegelte Herbert ab. »Rechtzeitig, natürlich, um den Planeten zu retten.«

Der Klaus machte ein bedauerndes Gesicht. »Bei der Zerstörung des Todessterns wiederum würde Ihr Sohn 1 205 109 Personen umbringen, darunter 25 800 Stormtrooper, 27 048 Offiziere, 774 576 Mannschaftsdienstgrade und 378 685 Techniker.« Nach einer kurzen Pause fügte er hinzu: »Droiden nicht mitgerechnet.«

»Herbert!« Wilma erbleichte. »Unser Sohn wird ein Amokläufer und Emelie eine Nutte! Oh, Gott! Was haben wir getan!?«

»Und Kilian ein gewissenloses Zockerarschloch«, fügte der Nikolaus mit betroffener Miene hinzu. »Da: Monopoly. Die Banking-Millionär-Version.«

Herbert roch Eierlikör aus der Richtung seiner Frau. Sie hatte offenbar einen Grund gefunden, einen zu heben, was sie zu einem leichten Opfer machte. »Wilma, das …«, setzte er an. »Warum rede ich überhaupt mit Ihnen?«, fuhr er dann den heiligen Mann an. »Raus!«

»Wir reden, weil Sie Ihrem Kilian – und wir reden mal nicht über die lautliche Nähe seines Vornamens zum englischen Wort *to kill* – eine DVD gekauft haben, die ab 18 Jahren freigegeben ist. Gut, es waren jetzt nicht Pornos, aber Zombies und Innereien und Gedärme und Splatter und die Darstellung von –«

»Der Junge ist 16!«, schrie Herbert den Klaus an.

»EBEN«, brüllte der Klaus zurück. »EBEN!«

»Wie redest du mit dem Nikolaus?« Wilma schluchzte. »Er will unsere Kinder retten! Und du?« Sie wandte sich um und eilte davon.

»Liebes, aber ...« Herbert drehte sich ganz, ganz langsam zum Klaus und fühlte sich wie Hulk, den sich Jonas auch gewünscht hatte; wie gut, dass der Typ das nicht auch noch angesprochen hatte. »Sie haben zehn Sekunden, um zu verschwinden, oder ich brenne Ihren Zapfen ab und räume Ihren Sack aus. Den können Sie sich danach als Badekappe überziehen.«

»Kein Wunder, dass Ihre Kinder sich so was wünschen.« Der Klaus machte einen behutsamen Schritt zurück, legte dabei ein zweites Blatt auf den Boden. »Hier ist eine Liste mit Gegenvorschlägen: die Gewerkschafts-Barbie, die Harmonie-Hütte zum Selberbasteln und natürlich das Gesellschaftsspiel Verschenk-o-ly, bei dem die Spieler ihren Reichtum –«

Herbert griff in den Schirmständer und zog den Wanderstock heraus.

Da hetzte Wilma an ihm vorbei, die Arme voller Geschenke, die für die Kinder gedacht gewesen waren. »Hier, nehmen Sie den schrecklichen Krempel mit«, verlangte sie und drückte sie dem Nikolaus gegen die Brust, der sofort zulangte.

»Liebes, das war alles sehr teuer!«, wandte Herbert ein. »*Richtig* teuer.« Er erinnerte sich an die Playstation, die auch noch nicht zur Sprache gekommen war. Und die FSK-18-Spiele.

»Na und?«

»Wir könnten es bei E-Bay –«

»Nee, damit stürzen Sie nur andere Kinderseelen ins Unglück. Ich entsorge den Unrat«, sagte der Klaus gütig und trat rückwärts über die Schwelle aus dem Haus. »Meinen Dank. Beachten Sie die Liste, die Bezugsquellen habe ich notiert. Und ich verspreche: Mit Ihren Kindern nimmt es ein gutes Ende.« Er sah Wilma lange an und griff nach, damit die Geschenke nicht herabfielen; das Papier raschelte zum Abschied. »Nur bei Jonas, da müssten Sie vielleicht einen Profi ranlassen. Sonst wird der Junge noch –«

Herbert schlug die Tür zu und ging stumm ins Wohnzimmer.

Wilma hörte, dass ihr Mann den Schrank zur Bar aufsperrte. Den Schluckgeräuschen nach trank er direkt aus der Flasche.

Heino hörte ruckartig auf zu singen, und mit einem kratzenden Geräusch knallte die Nadel nach kurzer Pause auf eine neue Platte: *Hells Bells* von AC/DC, auch entfernt weihnachtlich dank der Glöckchen.

Wilma sah den Zettel des sehr umsichtigen, besorgten Weihnachtsmanns auf den Dielen, hob ihn auf.

Noch heute würde sie die Gewerkschafts-Barbie bestellen, gar keine Frage, die mit einem Transparent gegen Billiglöhne und mit Klamotten aus fair gehandelter Jute geliefert wurde. Es gab auch ihre Freundin, Streik-Else, und die war mit Dicker-Bauch-Ken verheiratet, der ökologisch lebte und doch zunahm.

Auch die Harmonie-Hütte überzeugte Wilma durch die beruhigende Farbgebung, das Duftset Opium – natürlich drogenfrei – und das kleine Windspiel aus Rindenresten aus deutschen Wäldern.

Und natürlich das Gesellschaftsspiel Verschenk-o-ly, bei dem man nach Afrika spenden konnte, ganz echt mit Überweisungsvordrucken, oder Aktienanteile von Aufbauprojekten in Südamerika zeichnen durfte. Wahnsinn! Möglichkeiten gab es viele, das Spiel zu gewinnen; in einem Erweiterungsset waren Spendenkonten für Syrien und einige Länder enthalten, von denen Wilma noch nie gehört hatte.

All das gab es bei einem Online-Versandhandel. Und das sogar mit 10 Prozent Rabatt!

Schnell nahm Wilma ihr Smartphone und bestellte online; derweil wurde durch den Briefschlitz der übliche Schwall an Prospekten in den Haushalt gegossen.

Wilma sammelte sie auf – und entdeckte ein kleines Visitenkärtchen, das unter dem Flyer von Metzger Huber gelegen hatte, der für seine XXL-Weihnachtsschnitzel warb, auf Wunsch in Glockenform oder als Engel geschnitten.

Sie hob das Kärtchen auf und las: *Gregor Trillitzki, Psychologe, Psychotherapeut und Schauspiel-Coach.*

Was für ein Glücksfall, dass *der* heute Werbung machte! Ausgerechnet jetzt! Ein Gespür hatte der Mann.

Wilma atmete auf: Neue Geschenke waren auf dem Weg, das Weihnachtsessen wurde an Heiligabend geliefert. Es wurde Zeit für einen Eierlikör.

Weihnachten war gerettet.

MUSS NICHTS GROSSES SEIN

»Was wünschst du dir denn dieses Jahr zu Weihnachten?«

Ich hatte mit der Frage gerechnet, immerhin war schon der 1. Dezember. Wollte mir meine Frau das Passende besorgen, müsste sie es so langsam wissen. Aber es hatte Tradition, dass wir dem anderen so spät wie möglich zu verstehen gaben, was dieses Jahr unter den Baum sollte. Das erhöhte den Reiz im weihnachtlichen Trubel.

Ich sah von der Lektüre auf und lächelte über Butter, Toast, Marmelade, Quark und Kaffee hinweg, alles angerichtet auf Meissner Porzellan. »Nervös, mein Herz?«

Sie bleckte die Zähne. »Niemals. Aber je nachdem, was auf deiner Liste steht, könnte es knapp werden.«

»Habe ich dich schon gefragt?«

»Nein.«

Ich nickte nur vielsagend und wollte wieder in die Zeilen versinken. Ein spannendes Buch. Es ging um Forensik und Spuren, die man an Tatorten noch nach Jahren sichtbar machen konnte. Mein Faible für entsprechende TV-Serien hatte mich vor Jahren neugierig gemacht, wo sich Fiktion und Realität unterschieden.

»Aber wenn ich mir was Ausgefallenes wünsche?«, hakte sie lauernd nach.

»Werde ich es organisieren«, erwiderte ich ruhig.

Ich konnte mich auf meine Spürnase verlassen. All die Jahre hatte sie bekommen, was sie wollte: eine Uhr von Cartier, einen Porsche 911 aus dem Jahr 1964, die schönsten Ringe der teuersten Goldschmiede und Juweliere, Fabergé-Eier, sogar zwei Gemälde: Kandinskys *Studie für Improvisation 8,* die für 23 Millionen versteigert worden war, und Rubens' *Massaker der Unschuldigen,* knappe 78 Millionen wert. Kleider, Schuhe, die verschiedensten Smartphones, noch mehr Autos. Alles in allem Millionenwerte. Geld spielte bei uns niemals eine Rolle.

»Weißt du, ich denke an was Besonderes.«

»Mh«, machte ich und ahnte, dass ich in meinem Buch nicht weiterkommen würde.

»Muss nichts Großes sein. Aber eben etwas, was ich noch nicht habe.«

Ich schürzte die Lippen und klappte den Deckel zu, sah mich demonstrativ im Haus um, das vollhing und vollstand mit Kostbarkeiten. Manche unserer Freunde nannten unser Anwesen Ali Babas Schatzhöhle, weil es überbordete. Wir prahlten nicht damit. Es war einfach da, und oftmals im Weg. Unsere Putzfrau fluchte sehr oft.

»Also los«, sagte ich seufzend und sah sie an. Auf ihrem Gesicht zeichnete sich ein vorfreudiges Lächeln ab. »Aber keine Tiere.«

»Nein, keine Tiere.«

»Und keine Kinder!«

»Ja, und keine Kinder.« Sie erhob sich und kam zu mir, setzte sich auf meinen Schoß. »Du weißt, dass ich eine Fluglizenz habe?«

Wusste ich. »Ja.«

»Und dass ich noch einige Flugstunden ableisten muss, damit ich sie behalten kann.«

»Lass mich raten: Du möchtest einen Jet?«

Sie gab mir einen Kuss. »Sehr gut«, lobte sie mich. »Und wie gesagt: Muss nichts Großes sein. Die Farbe ist egal.«

Ich lachte. Das machte es natürlich einfacher. »Zum 24. Dezember, oder darf es auch früher sein?«

»Bitte früher, damit ich die Stunden einhalten kann.«

Ich strich ihr über das lockige, helle Haar. »Dann mache ich mich mal auf den Weg. Halte dich bereit und tue dann ein bisschen, als wärst du überrascht.«

Ich wollte aufstehen, aber sie drückte mich zurück. »Und *dein* Geschenk?«

Zur Antwort gab es einen Kuss, und ich schob sie von mir, stand auf und ging zur Ankleide, um mich anzuziehen. So ein Jet war schon eine Anschaffung, bei der man entsprechend auftreten musste. Danach recherchierte ich ein wenig im Internet, woher man solche Maschinen auf die Schnelle bekam. Jemand musste sie vorrätig haben.

Und nach nicht mal einer Stunde wusste ich, was zu tun war.

Keine zwei Stunden später klingelte ich in meinem allerbesten Anzug bei Winfried Kistner, der als Chef von In Time Travel helfen konnte. Das Unternehmen besaß zehn Maschinen, die sie in die Dienste der Reichen der Welt stellten. Er würde mir sicherlich eine abgeben.

Wie gesagt: Geld spielte niemals eine Rolle.

Die Haushälterin öffnete und blickte mich freundlich an. Ihre Kleidung wirkte etwas verrutscht, als habe sie sich *sehr* schnell angezogen. »Sie wünschen?«

»Ist Herr Kistner da?«, fragte ich höflich. »Das Büro sagte mir, er sei noch nicht vor Ort, und da nahm ich an, er sei zu Hause. Es geht um eine Kooperation zwischen ihm und mir.« Nach einer Pause fügte ich hinzu: »Es ist wirklich dringend.«

Sie zögerte und sah über die Schulter. »Ich bin mir nicht sicher, ob …«

Daraus schloss ich, dass Kistner im Haus war. Also schlug ich die Frau kurzerhand nieder und zerrte sie in den Flur, schob sie hinter einen Vorhang und lauschte.

Aus der Küche drang Geschirrgeklapper, es roch nach Essen.

Schnell ging ich dorthin und entdeckte Winfried Kistner, der im Bademantel Spiegeleier briet.

»Hase, kannst du …«, sagte er und stockte, als er mich sah. Damit war geklärt, welche Pflichten die Haushälterin noch hatte. »Scheiße, wer sind Sie denn?«

»Guten Tag. Mein Name ist Gregor Weißmüller«, stellte ich mich vor. »Ich brauche einen Jet von Ihnen. Als Weihnachtsgeschenk. Können Sie mir direkt einen überschreiben?«

Er blinzelte. »Was?«

Ich zog die Pistole mit dem Schalldämpfer und setzte ihm einen Streifschuss in den rechten Oberschenkel, der ihn zum Aufschreien brachte. 9 mm halfen oft gegen Begriffsstutzigkeit.

Sein Blut strömte aus der Wunde, der weiße Bademantel war ruiniert.

»Ich brauche einen Jet. Als Weihnachtsgeschenk«, wiederholte ich im gleichen freundlichen Tonfall. »Und Sie haben doch welche.«

Kistner nickte stöhnend und hielt sich die Wunde, das Rot quoll zwischen seinen Fingern hervor.

»Ist Ihr Büro oben?«

Wieder ein Nicken.

»Also gehen wir jetzt hoch, und Sie überschreiben mir einen. Oder ich blase Sie weg. Eine Kugel ins Herz, eine in den Kopf.«

»Sie sind verrückt!« Kistner hinkte stöhnend zur Treppe.

»Ich bin mir nicht sicher«, gab ich zurück. »Und wenn, stört es mich gerade nicht weiter. Ach ja, weil Sie mich *nicht* danach fragten«, fügte ich bissig hinzu, »Ihrer Zugehfrau geht es so weit gut.«

Wir gelangten in sein sehr schmuckes Büro, wo ich ihn einen Vertrag aufsetzen ließ, in dem er mir einen Jet überschrieb, natürlich den neusten und in Schwarz. Auf ein Jahr zurückdatiert, mit einer entsprechenden Weiternutzungsklausel für In Time Travel. Meine Frau würde die Farbe mögen, weil Schwarz zu allem passte. Danach bekam ich die Unterlagen ausgehändigt, die mit der Überschreibung einhergingen. Homeoffice war eine tolle Sache.

Sehr zufrieden sah ich auf den Papierstapel. »Schön haben Sie es hier.«

Kistner keuchte und sah auf das blutende Bein. »Ich muss ins Krankenhaus.«

»Nein. Das ist nur eine kleine Fleischwunde. Die heilt von selbst, wenn Sie den Verband gut anlegen.« Ich zeigte auf das Monet-Gemälde, das ich an der Pinselführung erkannte. »Echt?«

»Nein«, gab er zurück, und ich hörte, dass er log. Das würde eine hübsche Dreingabe zum Jet werden. Kunst über den Wolken.

»Bargeld im Haus?« Ich richtete den Lauf auf sein Gesicht. »Ja, klar haben Sie welches hier.«

Kistner biss die Zähne zusammen. »Sie sind ein –«

»Na, na. Es ist doch bald Weihnachten.« Ich legte den Hahn zurück. »Her mit der Kohle. So ein Jet ist teuer.«

Gleich darauf lagen vor mir schicke 150 000 Euro in 500ern, die er aus dem Tresor hinter dem Gemälde genommen hatte. »Besten Dank.« Es gab noch einiges, das ich mitnehmen würde. Ich machte solche Besuche immer mit dem VW Transporter, weil es meistens was zu holen gab. »Jetzt wird sich meine Frau freuen.«

Kistner lachte. »Das ist verrückt. Damit kommen Sie doch …« Er biss sich auf die Lippe.

»Meinen Sie? Oh, bislang klappte es ganz gut. Wissen Sie: Meine Frau und ich schenken uns jedes Jahr etwas, das der andere besorgen muss. Egal wie.« Ich lächelte. »Sie sollten mal sehen, was da alles in den vielen Weihnachtsfesten zusammenkam.« Ich lachte leise, weil er ein entsetztes Gesicht machte. »Aber alles nur gebrauchte Sachen, wie auch Ihr Jet. Wir sind nicht maßlos, wissen Sie. Es muss nicht krachneu sein.« Ich deutete mit dem Lauf durchs Zimmer. »Ich nehme mir noch ein paar Sachen mit. Geschenke kann man immer gebrauchen.«

»Aber … *seit Jahren?*«, fragte er entsetzt.

Ich nickte.

»Sie sind nie aufgeflogen?«

Ich schüttelte den Kopf. »Sie ahnen, warum?« Ich drückte zweimal ab, Herz, Kopf, und Kistner sackte auf seinem Sessel zusammen. Dann erhob ich mich, nahm seinen Aktenkoffer und warf das Geld hinein. »Frohe Weihnachten, Herr Kistner. Vor allem Ihren Erben. Auch wenn einige Dinge fehlen werden. Gerade der Monet. Tolles Bild.«

Ich raffte die besonders schönen und teuren Kleinigkeiten zusammen, lud sie in meinen VW Transporter, schlug die Haushälterin zwischendurch noch mal ohnmächtig und fuhr zurück.

Alle würden glauben, Kistner sei einem Raubüberfall zum Opfer gefallen. An den Jet würde niemand denken. Spuren gab es keine, ich war Profi.

Meine Frau war schier aus dem Häuschen, als ich ihr den Monet brachte und die Urkunde für ihren neuen Jet.

»In Schwarz!«, jubelte sie und schlang ihre Arme um mich, gab mir einen langen Kuss. »Das ist ein wundervolles Geschenk«, hauchte sie verführerisch. »Nun sag mir endlich, was du dir wünschst.«

Ich umfasste ihr Kinn, streichelte es behutsam. »Deine Ohrringe. Ich würde sie gerne einer anderen schenken.«

Blitzschnell überdrehte ich ihr Genick, sodass es knackend brach. Erschlafft sank sie mir in die Arme, die Augen voller Verwunderung.

»Schau mich nicht so an. *Du* hast die Gebraucht-Regeln gemacht«, sagte ich zu ihr. »Aber ich habe ihr von unserer Tradition erzählt, und sie fand sie ganz großartig.«

Ich ließ sie behutsam auf den Boden sinken und entfernte achtsam den Schmuck aus den Ohrlöchern, der immerhin 100 000 Euro gekostet hatte. Nicht mich, natürlich. Die erste Besitzerin war schon alt gewesen, ihr tat ich damals einen Gefallen.

»Schade, dass du von deinem Jet nichts mehr hast, außer der kurzen Freude. Aber darum geht es doch an Weihnachten: Man will Freude schenken.« Ich stand auf und wandte mich zum Eingang, wo Ricarda wartete.

»Hier, Liebes«, sagte ich und hielt die Ohrringe hoch, die im Licht glänzten.

Zu meiner Verwunderung hielt sie *meine* Pistole in der Hand, in der anderen den Koffer mit den 150 000 Euro.

»Danke«, erwiderte sie mit leibreizendem Lächeln. »Und deine Uhr, bitte. Für meinen Freund.«

Hinter ihr erschien ein Hipster, trainiert, leidlich gut gekleidet, der in Richtung meiner Uhr nickte. »Ich mag Cartier«, betonte er.

Ricarda gab ihm einen raschen Kuss und spannte den Schlagbolzen, der Lauf ruckte auf mein Herz.

Was soll ich sagen?

Die beiden hatten die Regeln sofort verstanden.

DIE WEIHNACHTSTOMBOLA

»Bist du so weit?«

Natürlich war Karl-Heinz Schweinske so weit. Aber er hatte keine Lust.

Überhaupt keine.

Aber es gehörte sich so, wenn man Mitglied im TV 2014 Blau-Gelb-Grün-Schwarz-Weiß-Schraffiert war. Alle Sparten des neu gegründeten Turnvereins kamen zur Weihnachtsfeier mit großer Tombola zusammen, und das waren einige.

Der TV 2014 war ein Zusammenschluss aus vielen kleinen Vereinen, die sich die Miete für die Multifunkions-Superduper-Halle nicht mehr leisten konnten. Die Farben aller Vereine waren in den Namen eingeflossen, wobei man das *Schraffiert* nach drei Uhr morgens aufgenommen hatte, um ein Zeichen gegen Intoleranz zu setzen. Das *Schraffiert* stand für Schräges, Abgefahrenes. Nüchtern betrachtet, war es Unsinn, aber nun stand es im Vereinsregister.

Karl-Heinz trat ins Erdgeschoss, gekleidet in seine dunkelblaue Jogginghose und grüne Trainingsjacke, dazu die Sneakers an den Füßen. Auf seinem Rücken stand der Slogan der Truppe: *So klein das Loch, wir treffen es doch.*

Hildegund hingegen hatte sich schick gemacht. »So?«, war alles, was sie sagte.

»Es ist ein Turnverein«, gab er unwirsch zurück. »Schlimm genug, dass *wir* was für die Tombola stiften mussten. Dann kann ich auch hingehen, wie ich will.«

Hildegund schien das anders zu sehen. »Als hätten wir den Wein deiner Mutter irgendwann mal getrunken. Oder ihren Toaster benutzt. Oder die Körperfettwaage. Bei dir würde sie sicher eh nur *Error* anzeigen.« Sie schüttelte den Kopf. »So? Ernsthaft?«

Karl-Heinz zeigte auf die Tür. »Gehen wir.«

Keine halbe Stunde später betraten sie die Halle, in der sich TV 2014 Blau-Gelb-Grün-Schwarz-Weiß-Schraffiert traf.

Die Sparten Badminton, Tontaubenschießen mit Nerf-Gummipfropfen-Waffen, Golf und Marathon waren schon da, die Fußballer sowieso, dazu einige von der Turnerabteilung und die Geräteturner. Die Riege Kickboxen erkannte man an den Tätowierungen an den Armen, am Hals und im Gesicht, und weil sie sich natürlich gleich absonderten. Alles in allem gab es sechzehn verschiedene Sportarten, deren Vertreter sich mal mehr, mal weniger gewogen waren. Die Hallenbelegung führte immer wieder zu Streit.

Die Schweinskes schlenderten durch die Halle, in der es nach Gummimatten, altem Schweiß, Glühwein und Parfüm roch. Ihre Sparte, Indoor-Minigolf, wurde von den meisten belächelt, sogar von den Senioren des Prellballs, liebevoll Prellböcke genannt. Aber Karl-Heinz wusste, dass Indoor-Minigolf eines Tages olympisch werden würde. Ganz sicher. Wie Box-Schach.

Am anderen Ende der Halle stand der große Tisch mit den Preisen, eine Sammlung der Langeweile und des Einerleis, von Mann-und-Frau-Salzstreuern, Stadtansicht-Motivtellern, gehäkelten Topflappen, Weinflaschen für 2 Euro und weniger und Nippesfigürchen. Manche hatten sogar die alten Überraschungseier-Happy-Hippos aus den Schubladen gekramt.

Unterm Strich stand wie jedes Jahr: Alle TV 2014 Blau-Gelb-Grün-Schwarz-Weiß-Schraffierten hatten die besten Scheußlichkeiten vom Dachboden geholt und hofften, dass die Preise an jeweils verhasste Sparten ging.

Und das klappte recht gut.

Letztes Jahr hatte der Kickbox-Chef, den alle *Van Dumme* nannten, ein rosafarbenes Einhorn gewonnen, mit Kamm, um die lange Mähne zu hegen und zu pflegen. Der Fußballanführer bekam einen mintgrünen Strickpulli, der ihm zwei Nummern zu groß war, der einarmige Prellballchef ein Springseil, im Jahr davor einen Lenkdrachen.

Es traf alle irgendwann.

Karl-Heinz erinnerte sich an Losnummer 69. An den Gartenzwerg in Regenbogenfarben und schwarzem Ledersuite, der ein Schild hielt, auf dem stand: *Ich habe nix gegen Schwuchteln.* Das Kerlchen stand im Vorgarten, als Beweis, dass er nichts gegen Homosexuelle hatte. Aber Hildegund hatte zur Abmilderung ein kopulierendes Zwergin-Zwerg-Figürchen danebengestellt.

»Schon gehört?«, rief Ute von Weitem.

»Dich ja«, murmelte Karl-Heinz.

»Dieses Jahr ist der Hauptgewinn keine Waschmaschine«, sprudelte es aus ihr heraus. Ute war eine Mischung aus einem hässlichen Mann und einer hässlichen Frau. Aber ihre Kraftschläge wurden gefürchtet, die Abpraller streckten gerne auch mal Gegner nieder.

»Ein Trockner?«, schlug er ätzend vor und grüßte in die Runde.

»Quatsch. Eine Weltreise für zwei Personen.« Ute sah geheimnistuerisch in die Runde. »Ich weiß es. Im Wert von 20 000 Euro.«

»Damit kommste aber nicht weit«, warf Olaf ein.

Olaf. Der Klugscheißer ihrer Truppe, der nur beim Indoor-Minigolf gewann, wenn er über Bande spielte. So war sein ganzes Leben: nie direkt, immer nur hintenrum. Natürlich trug er Anzug.

»Mir egal. Es ist besser als Porzellanengel.« Karl-Heinz sah zum Tisch.

Und wirklich gab es ein Podest, auf dem etwas Eckiges unter einem Tuch verborgen stand. Darüber schwebte an Draht das Schild *Losnummer 666 Hauptgewinn – gesponsert von Bier Baumann.*

»Ah.« Der neue Sponsor der 1. Mannschaft der Ersten Premiumkreisklassenregionaloberliga National des TV 2014 Blau-Gelb-Grün-Schwarz-Weiß-Schraffiert hatte die Kassen geöffnet und was rausgehauen. »Dann ist klar, wer das gewinnen wird.« Er zeigte zu den Fußballern.

»Echt?« Ute war enttäuscht, ihr schwaches Oberlippenbärtchen hing vor Enttäuschung leicht herab.

»Ehernes Gesetz. Der Hauptgewinn bleibt in der Sparte, die ihn stiftete.« Olaf nippte an seinem Bierchen, natürlich alkoholreduziert.

Fehlt nur noch das Schirmchen, dachte Karl-Heinz.

»Das … das ist unfair«, begehrte Ute auf. »Ich will die Weltreise aber.«

Die drei Lostopfjungen und -mädel schwärmten aus, während sich die Halle füllte. Karl-Heinz winkte einen der Lostopfträger herüber.

»Komma her«, rief er und zückte den Geldbeutel. »Was kostet denn eins?«

»Einen Euro«, antwortete der Junge. »Zehn Stück kosten –«

»Zehn Euro.«

»Nee. Fünf Euro.« Er zeigte auf das Behältnis, das randvoll mit kleinen Papierröhrchen war.

»Was ist denn das für ein Rabatt?« Karl-Heinz legte 25 Euro auf den Tisch. »Fünfzig Stück.«

»Sind halt doppelt so viele Nieten drin. Wie in der Halle. Dann los.« Der Losjunge wartete, bis alles herausgekramt war.

Immerhin eine Gewinnnummer war dabei. »Die 297.«

Der Losjunge zückte sein Smartphone. »Hab die Liste abgespeichert: Puschen, Größe 36. Taubengrau«, las er vor.

»Scheiße.«

»Wie viele sind da drin?«, fragte Ute.

»27.«

»Das sind doch mehr als 27 Lose!«

»Ach so. Nee. Puschenpaare. Sind 27 drin.« Der Junge sah auf die Lose. »Noch knappe 1000.«

»Her damit.« Ute langte in die Geldbörse und holte einen 500er raus, ihr Oberlippenbärtchen sträubte sich entschlossen. Alle starrten sie an, der Losjunge eingeschlossen. »Was?«, sagte sie. »Ich will meine Weltreise.«

Der Junge nahm den Schein und kippte die Lose vor Ute auf den Tisch, die sich als Halde auftürmten. »Bitte sehr.« Grinsend ging er los. »Geil! Ich bin fertig! Die hat alle gekauft«, rief er durch die Halle.

Sämtliche Augen richteten sich auf Ute und ihre Beute.

Es wurde totenstill.

Sicherlich sprach nichts gegen das Vorgehen, doch es machte allen klar, dass die guten Preise durchaus alle vor Schnauzbart-Ute liegen konnten. Der Indoor-Minigolf-Spielerin aus der Loser-Sparte.

Ein lauter Pfiff erklang, und die Fußballer orderten den nächsten Losverkäufer hektisch an ihren Tisch.

Ein noch lauterer Pfiff kam von den Kickboxern, die Hälfte der Abteilung erhob sich bereits, um klarzumachen, wer zuerst an die Reihe kam.

Karl-Heinz beneidete die Losverkäufer nicht. »Viel Spaß beim Aufmachen«, sagte er zu Ute. »Bis du fertig wirst, das dauert.«

»Und vielleicht ist die 666 gar nicht dabei«, setzte Olaf hinzu und nuckelte am Bier. »Aber du könntest 27 Puschen bekommen. Und einen Toaster. Und schlechten Wein. Und …«

Ute bekam sichtlich Panik, die Barthärchen wehten. »Helft mir, die Lose zu sichten. Wer die 666 hat, den nehme ich mit.«

Alle Indoor-Minigolfer warfen sich auf den Stapel, rissen die kleinen Ringe ab und rollten die Papierchen auf, die Nieten wurden achtlos davongeworfen, die Gewinnzahlen landeten auf einem eigenen Stapel.

Währenddessen ging der Verkauf in der Halle weiter. Der Losjunge setzte sich einfach zwischen Kickboxer und Fußballer und wartete, dass die Leute zu ihm kamen.

Das Losmädchen wurde von den Turnerinnen vor den Volleyballerinnen und Badminton-Spielern beschützt, die in ihren Bewegungen plötzlich wie Ninjas wirkten. Aber sie hatten nicht genug Geld, um sämtliche Lose zu kaufen. EC-Karten wurden nicht angenommen, und die wenigsten hatten wie Ute mal eben 500 Euro dabei.

Von rechts warfen sich die Kickboxer auf den Jungen, von links setzten die Fußballer zur Blutgrätsche an.

Rings um den Kleinen prallten Leiber zusammen, wurden Tritte mal mit, mal ohne Technik ausgeteilt, während sie Scheine und Münzen nach dem Jungen warfen und immer wieder in den Lostopf langten. Das Gefecht tobte heftig, und am hässlichsten wütete Bodo Leber, der Torwart, dessen Abschlagskicks in Gesichter und Hoden die Reihen lichteten.

»Ha!«, machte Olaf und hielt die 666 in die Höhe. »Und ich teile bestimmt nicht.«

Die Kämpfe hielten inne.

»Das ist die 999, Trottel.« Karl-Heinz suchte hastig weiter. Dann stand er auf. Ohne seine Frau würde er die Weltreise nicht antreten dürfen, also musste *er* sie gewinnen und durfte nicht weiterhin Ute helfen.

Mutig warf er sich mitten zwischen die Kicker, zerrte den heulenden Jungen am Bein aus dem Getümmel, der sich an den Lostopf klammerte und dem Geldscheine aus Kragen, Taschen, Hosenbund, Nase und Ohren ragten.

»Hier«, sagte Karl-Heinz und drückte ihm einen Fuffi in die Hand. »Hundert Stück.« Aus dem Augenwinkel sah er die Prellböcke auf sich zuspringen und mit Scheinen wedeln. Aber die Lose im Topf waren nicht mal mehr hundert.

»Leute!«, rief jemand am Eingang. Das Feldhockey-Team war aufgetaucht. »Was geht denn hier ab?«

»Losverkauf«, antwortete Karl-Heinz und zeigte auf das Losmädchen. »Das sind die Letzten. Es geht um eine Weltreise.«

»Ihr Schweine! Ihr hättet warten können.« Der Chef der Hockeyleute gab einen Befehl, und sein Team hetzte zu den Hallentoren, hinter denen sich die Ausrüstung verbarg.

»Oh mein Gott«, wisperte Karl-Heinz und zog sich den leeren Loseimer als Schutz über den Kopf. »Jetzt wird es hässlich.«

Gebückt sichtete er seine Lose, und der Junge sagte ihm via Liste auf seinem Smartphone, was er gewonnen hatte: Puschen Größe 36, Landfrauen-Marmelade, Billig-Wein, Billig-Toaster, Honig aus Restbeständen des Imkervereins *SummSumm,* Engelsfigürchen *Heulender Cherubeam,* Elchfigürchen, noch einen Salzstreuer, Klopapier mit lustigen Sprüchen, noch mehr Marmelade, noch billigeren Wein und einen Korkenzieher, obwohl alle Weine Schraubverschlüsse hatten.

»Mist!«, schrie er und sah zu Ute, die immer noch mit Auffalten beschäftigt war.

Am anderen Ende der Halle tobte der grausamste Kampf, der jemals in dieser Halle stattgefunden hatte. Die Hockeyspieler prügelten sich durch die Volleyballer, die mit Bällen zurückschossen, die Kegeltruppe hatte die Kugeln ausgepackt und räumte die Fußballer ab, während die Turnerinnen mit kunstvollen Flickflacks durch die Lücken sprangen, um zum Losmädchen zu gelangen.

»Nichts!«, schrie Hildegund ihm zu. »Sie hat die Reise nicht!«

Von überall schallten Meldungen von Nieten und Puschen und Krimskrams-Gewinnen.

Nun wusste man: Die 666 befand sich in dem Topf, den das süße kleine Kind trug.

Karl-Heinz rückte den Eimer auf seinem Kopf zurecht und spurtete gebückt los, seine Frau warf ihm einen Minigolfschläger zu. Damit konnte er die Hockeyabteilung auf Abstand halten. Er hoffte, dass die Tontaubenschützen nicht auf die Schnelle an ihre Gewehre kamen.

Um ihn herum herrschte Geschrei, Bällchen und Bälle und Kugeln und Kegel flogen an ihm vorbei, Schläger surrten an seinem Kopf vorüber. Mehrmals strauchelte er über Liegende, rutschte in Blut und Schweiß aus, bekam einen Treffer gegen den Eimer, dass die Ohren dröhnten.

Doch das Ziel rückte näher: das Mädchen mit dem Lose-Gral!

Und es verkaufte, verkaufte, verkaufte die Aussicht auf die Glückseligkeit einer Weltreise. Im Wert von 20 000 Euro.

Ein Kickboxer versuchte, Karl-Heinz mit einem Hebel außer Gefecht zu setzen, aber der schmetterte ihm den Eimer gegen die Nase, sodass der Mann ächzend zu Boden ging. Er setzte über einen der Prellböcke hinweg, parierte einen Hockeyschläger mit dem Minigolfstahl und duellierte sich rasch, stach den Mann mit seinem ausziehbaren Putter zu Boden und kniete dann vor dem Mädchen.

Karl-Heinz langte in die Tasche und zog seinen letzten Fünfer.

»Zehn Lose«, hauchte er ehrfürchtig, und die Hüterin des Grals gab ihm die Röllchen.

Dann wurde er zur Seite gestoßen, von seiner eigenen Frau, die ebenfalls noch einen Zehner investierte.

Niedersinkend löste er die Ringe von den Losen, entfaltete sie mit blutigen, schmerzenden Fingern und vergaß die Umgebung, sah zwischen den Nummern und dem Tisch hin und her.

372 – Puschen, Größe 36, 972 – Bienenwachskerzen, 232 – selbst gemachte Kekse der Landfrauen, und dann: 666!

Karl-Heinz seufzte selig.

Und erstarrte, als er nach vorne zum Tisch sah: Der Vorsitzende des TV 2014 Blau-Gelb-Grün-Schwarz-Weiß-Schraffiert fügte noch eine 6 vor die Hauptgewinnnummer!

Ein Aufschrei ging durch die Versammlung, teils voller Hoffnung, teils voller Verzweiflung. Ein ganzer Plastiksack neuer Lose wurde eben hereingebracht. Tausende weiterer Nieten.

Von allen Seiten stürzten sich Kickboxer, Fußballer, Turnerinnen, Prellböcke und sämtliche anderen, die noch in der Lage waren, sich zu bewegen, auf den Losträger, der sofort in einer Menschentraube verschwand. Die Papierröllchen flogen wie Konfetti durch die Gegend.

Karl-Heinz hatte kein Geld mehr.

Mit versteinertem Gesicht schleppte er sich an den Preise-Tisch, nahm die Puschen, die Bienenwachskerzen, die selbst gemachten Kekse der Landfrauen und den ganzen Kram, den er gewonnen hatte. Auch Hildegund sammelte Zeugs zusammen, und alsbald trafen sie die leise weinende Ute, die sich eine Schubkarre organisiert hatte. Ein Federball hatte ihr die Schnurrbarthaare weggerissen. Wenigstens hatte es sich für sie gelohnt.

Schweigend verließen Karl-Heinz und seine Frau die Halle, aus der man lautes Scheppern, Schreien und Dröhnen vernahm. Ihnen kamen die gerüsteten Leute vom Tontaubenschießen entgegen, und sie wirkten sehr entschlossen. Die Nerf-Spielzeugwaffen hatten sie gegen echte getauscht. Den Munitionsgurten nach konnten sie es mit der gesamten Bundeswehr aufnehmen. Und gewinnen.

»Nie wieder Weihnachtsfeiern«, sagte Karl-Heinz und sah unter seinen Gewinnen den Wein seiner Mutter. Den Toaster. Die Körperfettwaage.

»Aber wenigstens haben wir Geschenke für die Familie«, warf Hildegund stumpf ein.

Da brach hinter ihnen die Halle ein. Den geballten Gewalten hatte sie nicht standgehalten.

»Ich wette«, merkte Karl-Heinz an, der sich nicht mal umdrehte, »dieses Arschloch Olaf hat gewonnen.«

Und tatsächlich fanden die Rettungsmannschaften Olaf Wutschen mit dem Los Nummer 6666 in der Hand in den Trümmern, im Schutze einer großen weichen Blaumatte.

Einen Tag darauf wurde bekannt, dass die Brauerei Baumann insolvent war. Die Weltreise fiel aus.

Und noch einen Tag später wurde die Auflösung des TV 2014 Blau-Gelb-Grün-Schwarz-Weiß-Schraffiert bekannt gegeben, um ihn als TV 2014 Blau-Gelb-Grün-Schwarz-Weiß zu gründen. Vorerst ohne Halle.

Die anfängliche Zahl aktiver Mitglieder lag bei fünfzehn, die anderen lagen noch im Krankenhaus. In den Satzungsstatuten wurde ausdrücklich vermerkt, keine Losverkäufe zu veranstalten.

Leider wurde die Sparte Bingo ins Leben gerufen.

DIE WAHRHEIT ÜBER DIE WEISEN WAISEN

Werden wir doch etwas traditioneller.

Ich habe einen altgriechisch-hebräisch-aramäisch-germanischen Text aus dem Jahr 30 nach Christus gefunden, von dem ich nachweisen kann, dass er das Tagebuch von Melchior ist.

Dem Melchior!

Was soll ich sagen: Der Text birgt unglaublichen Sprengstoff.

Denn Melchior hieß gar nicht Melchior. Anfangs.

Werfen wir zuerst einen Blick auf die Weihnachtsgeschichte, Matthäus 2, 1–12:

> *Da Jesus geboren war zu Bethlehem im jüdischen Lande, zur Zeit des Königs Herodes, siehe, da kamen die Weisen vom Morgenland nach Jerusalem und sprachen: Wo ist der neugeborene König der Juden? Wir haben seinen Stern gesehen im Morgenland und sind gekommen, ihn anzubeten.*
>
> *Da das der König Herodes hörte, erschrak er und mit ihm das ganze Jerusalem. Und ließ versammeln alle Hohenpriester und Schriftgelehrten unter dem Volk und erforschte von ihnen, wo Christus sollte geboren werden. Und sie sagten ihm: Zu Bethlehem im jüdischen Lande; denn also steht geschrieben durch den Propheten:*
>
> *Und du Bethlehem im jüdischen Lande bist mitnichten die kleinste unter den Fürsten Judas; denn aus dir soll mir kommen der Herzog, der über mein Volk Israel ein HERR sei.*
>
> *Da berief Herodes die Weisen heimlich und erlernte mit Fleiß von ihnen, wann der Stern erschienen wäre, und wies sie gen Bethlehem und sprach: Ziehet hin und forschet fleißig nach dem*

Kindlein; wenn ihr's findet, so sagt mir's wieder, daß ich auch komme und es anbete.
Als sie nun den König gehört hatten, zogen sie hin. Und siehe, der Stern, den sie im Morgenland gesehen hatten, ging vor ihnen hin, bis daß er kam und stand oben über, da das Kindlein war. Da sie den Stern sahen, wurden sie hoch erfreut und gingen in das Haus und fanden das Kindlein mit Maria, seiner Mutter, und fielen nieder und beteten es an und taten ihre Schätze auf und schenkten ihm Gold, Weihrauch und Myrrhe.
Und Gott befahl ihnen im Traum, daß sie sich nicht sollten wieder zu Herodes lenken; und sie zogen durch einen anderen Weg wieder in ihr Land.

Es wird aufgefallen sein:

- keine drei,
- keine Könige,
- keine Namen,
- kein Stall, sondern ein Haus. Ein *Haus!*

Und jetzt die Ausschnitte aus Melchiors Tagebuch, die in altertümlich-stolpernder Reimform daherkommen.

Es ging nämlich gar nicht um Weise.

Es ging um Waise.

Man vermutet, dass die Melodie des Kinderliedes *Zehn kleine Zappelmänner* auf der Lyra dazu gespielt wurde. Einfach mental gerne mitsingen und schummeln, was die Passform von Reim und Musik angeht. Die konnten es damals halt nicht besser.

Dreizehn Waisen aus dem Morgenland,
die hießen alle König.
Sie hatten sich Picknick mitgebracht,
doch für alle war's zu wenig.

Zwölf Waisen aus dem Morgenland
waren's in den Dünen.
Einer ist verhungert,
erwischt hat es den Hünen.

Elf Waisen aus dem Morgenland,
liefen übers Wasser.
Einer konnt's nicht, Pech gehabt,
er wurde mehr als nasser.

Zehn Waisen aus dem Morgenland,
die hatten keine Eltern.
Verliefen sich bis Frankreich gar,
wo einer wollt' Wais'wein keltern.

Neun Waisen aus dem Morgenland,
die liefen sich blutige Füße.
Sie legten sich zum Ruhen hin,
vergaßen Omar auf der Wiese.

Acht Waisen aus dem Morgenland,
die fanden Gold, Myrrhe, Weihrauch, Schnaps,
Pralinen, Haschisch, Koks, Bier und Frauen
in Ali Babas Höhle.
Zerrissen wurde einer nur
von der Wächtertöle.

Sieben Waisen aus dem Morgenland
stritten sich um Gold, Myrrhe, Weihrauch, Schnaps,
Pralinen, Haschisch, Koks, Bier und Frauen.
Und als sie dann weiterritten,
ward einer umgehauen.

Sechs Waisen aus dem Morgenland
gerieten in einen Sturm.
Vier atmeten wirbelndes Koks ein,
daran sind sie gesturb'n.

Zwei Waisen aus dem Morgenland
verkauften Schnaps, Pralinen, Haschisch,
Bier und Frauen auf dem Basar.
Und plötzlich war er wieder da:
der vergessene Omar.

Drei Waisen aus dem Morgenland
nannten sich Kaspar, Melchior, Balthasar,
weil die Ordnungsmacht nach Dieben suchte
und ihnen auf den Fersen war.

Drei Waisen aus dem Morgenland
sahen 'nen Stern herniedersinken
und eilten flugs gen Bethlehem,
um dem Jesuskind zu winken.

Drei Waisen aus dem Morgenland
versteckten sich im Stall.
Sie sagten zu Jesus: »Vielen Dank auch«,
und ließen ihm Gold, Myrrhe und Weihrauch.

Drei Waisen aus dem Morgenland,
die nannten sich nun weise
und kehrten zurück nach Hause
für eine Riesensause.

UND ES BEGAB SICH ZU EINER ZEIT …

Herbert Lübke hatte nach dem Desaster des letzten Jahres einen Entschluss gefasst: Weihnachten auswärts.

So saßen seine Frau Wilma und die Kinder Jonas, Kilian und Emelie nicht wie sonst unter dem heimischen Dach, sondern in einer angemieteten Hütte auf der Alm, umringt von Schnee, am Rand eines Dorfes, das sich herrlich geschmückt zeigte.

Die Sprösslinge spielten oder lasen in den Zimmern, das Feuer im Kamin in der guten Stube knackte gemütlich. Es gab Punsch.

Zwar sang Heino dieses Jahr *Ihr Kinderlein kommet,* aber Herbert fürchtete sich nicht vor einem ungebetenen Gast wie diesem Pseudo-Psychologen-Weihnachtsmann letztes Jahr, der nackt unter dem Mantel gewesen war, mit angemaltem Weihnachtssack-Skrotum und Tannenzapfen-Dödel, und der über die FSK von Geschenken diskutieren wollte. Wilma hatte ein halbes Jahr und viel Eierlikör gebraucht, das alles zu vergessen.

Herbert sah aus dem Fenster zu den mächtigen Alpen, über denen sich ein Mond erhob und den Schnee malerisch zum Nachtglitzern brachte. Er nippte am Punsch, genoss die Wärme und Ruhe und die Wirkung des Alkohols. Das Essen würde gleich vom Wirt aus dem Ort geliefert werden, damit Mutti keinen Aufwand hatte.

Nach einem weiteren Punsch war die Welt wundervoll. Es klingelte pünktlich an der Tür.

»Kommt mal alle runter«, rief Herbert gut gelaunt und suchte nach dem Geld, um den Metzger für das Catering zu bezahlen. »Es gibt Essen.«

Von oben erklangen vielstimmige Rufe, Füße rumpelten die Stufen hinab.

Er öffnete die Tür – und sah einen Esel vor sich, der ihn sofort anblökte. Herbert zuckte und schrie auf. Der Alkohol.

Auf dem Esel saß eine dicke Frau mit dunklerem Teint in recht moderner Kleidung, ein Mann hielt das Tier an einer Leine.

»Abend, guten«, sagte der Mann mit Akzent. »Danke, dass Sie machen auf.«

»Das sind Maria und Josef!«, rief Emelie sofort und zwängte sich an ihrem Vater vorbei. »Wie cool. Die hast du für uns bestellt.«

»Äh«, machte Herbert. Es war zu spät, einfach die Tür zu schließen.

»Die klingen eher nach Olga und Bolek«, sagte Kilian irritiert.

»Wissen Sie, wir haben kleines Problem mit Wagen«, erklärte der Mann.

»Das ist ein Esel, kein Wagen«, widersprach Herbert. »Tut mir leid, ich bin kein Veteran.«

»Veterinär«, verbesserte die Frau auf dem Esel freundlich.

Herbert fand es eine dumme Idee, den Menschen zu verbessern, von dem man etwas wollte.

»Wagen nicht hier. Stehen gelassen.« Der Unbekannte zeigte auf seine Frau. »Schwanger. Können bleiben die Nacht?«

In Herbert kämpften die Eindrücke gegen den Alkoholschleier.

»Haben verfahren uns«, fuhr der Mann fort. »Drecks-Mercedes. Stecken geblieben in klitzekleine Wehe …«

»Wehen?« Entsetzt sah Herbert auf die Frau.

»Nein, Wehen von Schnee. Nix Wehen von Frau. Gut alles, nix Problem«, wehrte der Mann lachend ab. »Alle im Dorf schon zu, nix haben Zubleibe.«

»Zuhause«, verbesserte Herbert. »Das tut mir leid. Gehen Sie doch zur Polizei. Die haben bestimmt eine warme Zelle für Sie. Da sind Sie auch sicher vor der Pegida.«

Der Mann schaute verwundert. »Wer sagt, dass wir Moslems sind?«

Peinliches Schweigen senkte sich auf den Flur hinab. Emelie streichelte entzückt dem Esel die Nüstern.

»Es ist … wegen dem Esel. Pegida hasst auch Esel«, sagte Herbert lahm. »Weil die oft von Moslems benutzt werden. Und Männer mit Bart, weil die Moslems Bärte tragen. Wie der Alm-Öhi.«

»Heißt es nicht, wegen *des* Esels?«, erkundigte sich die Frau und hielt sich den Bauch.

»Jaja.« Er zog Emelie zurück ins Haus und wollte die Tür schließen.

»Polizei ist unterwegs im Einsatz«, sprach die Frau mit einer Stimme, dass man ihr sofort Almosen geben wollte. »Können Sie uns ein Nachtlager geben?«

Herbert schüttelte den Kopf – und Wilma trat hinzu. Wie in jeder guten Ehe herrschte auch in dieser Gewaltenteilung: Er durfte was sagen, sie entschied.

»Aber sicher«, flötete Wilma eierlikörselig. »Wir werden doch am 24. niemanden von unserer Schwelle weisen.« Sie deutete einladend ins Haus. »Kommen Sie! Das Essen wird bald geliefert.«

Der Mann zog den Esel zur großen Freude der Kinder mit ins Haus.

»Ist sensibles Tier«, sagte er und zerrte das schreiende Tier durch den Flur. »Muss im Warmen sein.«

»Nein!«, protestierte Herbert. »Wir haben doch keine Eselversicherung abgeschlossen! Wenn der was –«

Prompt biss das Tier in ein Trockengesteck, das auf der Kommode stand, und fraß es, während es mit dem Paar ins Wohnzimmer stakste.

Die Kinder umrundeten den Esel staunend, während der Mann seiner Frau beim Absteigen half. »Das ist sehr, sehr nett«, sagte er immer wieder. Sie setzten sich auf die Couch, die Frau legte den Kopf an seine Schulter. »Wir sind Oleg Josef und Olga Maria«, stellte er sich vor.

»Ha!«, machte Jonas. »Also doch!« Er sah die Frau an. »Hatten Sie was mit dem Heiligen Geist? So wie die andere damals?«

»Oleg und Olga.« Kilian kicherte. »Wird das ein Russenjesus?«

»Russen. Sind die nicht paradox?«, fragte Emelie verwundert.

Zuerst hatte Herbert »orthografisch« sagen wollen, doch etwas warnte ihn davor. »Orthodox«, murmelte er. »Der Esel muss raus, bevor er kackt.«

»Geht nicht. Erfriert sonst«, widersprach Oleg.

»Ach, das geht schon«, sagte Wilma. »Der alte Graupelz.«

Es klingelte wieder, und der Esel schrie, dass Herbert fast das Trommelfell flöten gegangen wäre.

»Das sind die Heiligen Drei Könige!«, rief Jonas.

»Niemals. Es gab keinen Stern«, sagte Herbert und ging los, zwängte sich an dem Esel vorbei, der prompt nach ihm biss. Herbert warf ihm einen bösen Blick zu. »Vorsicht, sonst wirst du Salamizutat!«

»Aber wir haben Mercedes. Ist mit Stern«, warf Oleg ein, und alle lachten. Außer Herbert.

»Scheiße, echt«, murmelte er auf dem Weg zur Tür und zapfte sich noch einen Punsch, um seine Stimmung zu retten. »Ich bin doch nicht weggefahren, damit der nächste Horrortrip beginnt.«

Er öffnete und sah zu seiner sehr großen Erleichterung den Metzger vor sich neben einem Berg aus Iso-Boxen.

»'n Abend, Herr Lübke«, grüßte er. »Essen fassen.«

Herbert bezahlte, trug die Boxen nacheinander in die Küche, und schon stürmten die Kinder rein.

Eine Kiste nach der anderen wurde geöffnet, die Inhalte auf Teller verteilt: Rotkraut, Braten, Pommes, Knödel, Gemüse und Putenstücke kamen zum Vorschein. Es duftete außergewöhnlich lecker.

Herbert lief das Wasser im Mund zusammen, und weder der schreiende Esel noch die um die Knödel zankenden Kinder vermochten etwas an seiner inneren Zufriedenheit zu ändern. Noch mehr Punsch, und sie konnten ihn alle am Arsch lecken. Vielleicht würde er sich seinen Dödel auch wie einen Tannenzapfen anmalen. Lust hätte er schon.

»Ich bringe die Teller«, rief er gut gelaunt.

Als er beladen um die Ecke bog und ins Wohnzimmer trat, ließ er vor Schreck das Geschirr fallen: Die Frau hatte die Hose ausgezogen und hechelte auf dem Sofa rum, hielt sich den prallen Bauch, der Mann saß hilflos daneben und hielt ihre Hand.

»Baby kommt«, sagte er fröhlich. »Ist Weihnachtskind!«

»Nicht auf dem Sofa!«

»Oh, Mann! Die Pommes«, beschwerte sich Jonas.

»Da kommt ein Kind raus?« Emelie sah auf das Höschen der Frau. »Ich dachte, das macht der Storch?«

»Es gibt keinen Weihnachtsstorch. Die sind alle in Afrika«, sagte Herbert und bekam einen trockenen Mund.

»Du bist so süß«, sagte Kilian zu seiner Schwester. »Das Baby kommt aus ihrer –«

»Sohn!«, mahnte Herbert. »Es kommt *aus* ihr. Mehr muss Emelie nicht wissen.«

»Aber wo raus denn?«, fragte seine Tochter neugierig, während der Esel anfing, die Knödel und Pommes zu fressen. »Ich weiß doch, dass der Storch nix damit zu tun hat.«

»Das geht alles«, flötete Wilma und leerte die Eierlikörflasche. »Emelie, hol Handtücher. Jungs, heißes Wasser.«

Die Sprösslinge rannten hinaus.

Herbert sperrte die Tür sofort hinter ihnen ab. »Das müssen die nicht sehen. Und ich will das auch nicht sehen!«

Olga legte sich hin und hechelte. »Das Kind kommt, das Kind kommt.«

»Nein, nein, das kommt nicht«, sagte Herbert flehend. »Bitte, lassen Sie es drin. Ich zahle Ihnen hundert Euro, wenn Sie es wieder hochziehen.«

»Herbert, bring heißes Wasser«, befahl Wilma und streifte entschlossen die Ärmel hoch. »Mutti holt das schon raus.«

Herbert flüchtete in die Küche und trank den Punsch aus. *Schon wieder ein Albtraum.*

Da klingelte es.

Vor der Tür stand ein Polizeiwagen.

Gott sei Dank. Herbert torkelte zur Tür, riss sie auf – und starrte auf drei verkleidete Menschen, die ein Weihrauchgefäß schwenkten.

»Wir sind die Heiligen aus dem Morgenland, und sind so gut wie abgebrannt, gebt Geld, gebt Geld, wir schenken es weiter, und wenn alle das tun, wird uns're Welt heiter!«, skandierten sie.

Einer hatte ein Plakat über der Schulter, auf dem *Balthasar, Kaspar und Dings* stand. Alle waren schwarz angemalt und trugen *Gegen-Rassismus*-Buttons an den Mänteln.

Eine Weihrauchwolke hüllte Herbert ein, er musste husten. »Wir geb'n nix.«

»Okay«, sagte der Linke und hielt eine selbst gedrehte, dicke Kippe, deren Rauch sehr gut zum Weihrauchduft passte. Oder war es der gleiche Geruch? »Was anderes: Habt ihr einen Esel gesehen?«

»Was?«

»Der gehört uns«, sagte der in der Mitte.

»Geklaut«, fügte der Rechte hinzu. »Aus unserem Stall. Den haben die Penner offen gelassen, sodass alle –«

»Nee«, sagte Herbert und schwitzte.

»Die Hufspuren da, Alter?«

»Von … meinem Pony«, log er. »Frohe Weihnachten.«

Von drinnen schrie der Esel los, danach heulte ein Neugeborenes.

»Ey, das *ist* unser Esel!« Der Rechte schob Herbert zur Seite. »Du scheiß Eselkidnapper! Machste perverse Sachen mit dem, oder was?«

Herbert bekam den Weihrauchschwenker an den Kopf und gab den Eingang frei. Balthasar, Kaspar und Dings drängten an ihm vorbei und stürmten das Ferienhaus.

Herbert rutschte an der Wand herab und sah nur Zimtsterne, Anisstücke und Orangen vor Augen. Er wollte sich gerade in die Höhe wuchten, um die Spinner rauszuwerfen, als ein dumpfes Rumpeln erklang. Der Boden bebte, die Kommode vibrierte leicht, und die Vase fiel mit einem Klirren zu Boden.

»Okay, Gott, okay, ich habe es ja verstanden!«, rief er. »Das ist –«

Eine Herde Schafe stürmte plötzlich heran, verfolgt von mehreren Männern, die die Tiere zum Anhalten bringen wollten.

Ohne Erfolg.

Die gesamte Horde trampelte blökend durch den Eingang über Herbert hinweg in die Wohnung, er bekam Wolle in den Mund und erstickte schier in Schafgeruch. Wenigstens sprangen die Hirten über ihn hinweg.

»'tschuldigung«, rief einer. »Die sind aus dem Stall ausgebüxt.«

»Ja, nee, ist klar«, sagte Herbert seufzend und erhob sich sehr, sehr müde und betrachtete die ganzen Abdrücke, den Schafsabber und Dreck auf seinem Hemd. *Fuck, der Punsch ist alle.*

Kaum hob er den Kopf, rauschte ein rotfelliger Bulle durch den Eingang, nahm ihn auf die Hörner und schob ihn rücklings durch den Flur ins Wohnzimmer.

»Da ist ja Herbert!«, rief einer der Könige.

»Woher kennen Sie meinen Namen?«, schrie Herbert in Todesangst.

»Ich weiß doch, wie mein Ochse heißt«, gab der König zurück.

»Na, das passt ja«, merkte Wilma an und trank Eierlikör aus einer neuen Flasche.

»Wie toll. Wir haben sie alle wieder«, rief Dings. »Unseren Esel, den Ochsen und die Schafe.«

Herbert rutschte von Herberts Hörnern und betrachtete fassungslos das Wohnzimmer, das sich in ein Schlachtfeld verwandelt hatte.

Inmitten von Schafen, Hirten, dem Ochs und Esel sowie den drei Königen saß die junge Mutter in eine Decke geschlungen und hatte ihr Kind auf dem Arm.

Ihr Mann betrachtete es froh. »Obwohl ich gar keine Kinder bekommen kann«, sagte er glücklich. »Ein Wunder.«

»Oder der Nachbar«, murmelte Herbert.

Seine Kinder hatten sich goldenes Lametta auf die Köpfe gelegt und schwirrten als Engel umher.

»Jetzt haben wir doch die Weihnachtsgeschichte bei uns im Wohnzimmer«, krähte Emelie.

»Und wie heißt es, das Kind?«, wollte Herbert wissen, der sich in sein Schicksal ergeben hatte und zwischen die Schafsköttel auf dem Teppich sank. Davon hatte die Bibel nichts geschrieben.

»Kevin Jesus Maria Putin«, antwortete Olga stolz.

Die Welt würde also eines Tages von Kevin Jesus gerettet werden. Bevor ihm Justin Pilatus den Prozess machte, weil ihn Prince Judas verriet. Anschließend würde er auf einer Kreuzung sterben.

So lief sie, die moderne Zeit.

»Dann auf Kevin Jesus«, sagte Herbert und holte den Schnaps raus. Und nach einer halben Flasche sah er auch den Stern über dem Ferienhaus.

NIKOLAUS WERDEN IST SCHON SCHWER

Karl-Jürgen betrat den Saal mit gemischten Gefühlen.

Als Student den schnellen Euro machen, das ging am besten an Weihnachten. Als Nikolaus. Ans Christkind hatte er auch kurz angedacht, aber mit der goldblonden Lamettaperücke sah er eher aus wie die Schwester von Helene Fischer nach einer verpfuschten Geschlechtsumwandlung.

Blieb also der Einsatz als Nikolaus, und zwar bei der Agentur *Xmas Everywhere,* die mit einem Stundenlohn von 10 Euro lockte. Über eine Plattform konnten Eltern, Firmen und Einrichtungen den Nikolaus buchen. Leute wie Karl-Jürgen.

Aber *Xmas Everywhere* bestand vor dem Einsatz auf den Schulungsabend. Die heiligen Männer mussten gebrieft werden, damit sie einheitlich auftraten. Corporate Weihnachten und so.

Im Schulungssaal roch es nach Glühwein und Zimt, von der Decke hingen überdimensionale aufblasbare Christbaumkugeln und Kerzen, als hätte der Innenausstatter von Hogwarts sich ausgetobt.

Etwa dreißig Männer und Frauen verschiedenen Alters standen herum, hielten sich an Bechern fest und warteten, dass die Schulung auf der Bühne begann. Karl-Jürgen nahm sich vom kostenlosen Glühwein an einer Selbstbedienungsbar und merkte beim ersten Schluck, dass das Gesöff alkoholfrei war. *Na, das kann ja heiter werden.*

Zu den Klängen vom *Walkürenritt* trabte ein juveniler Mann auf das Podest, eine Nikolausmütze keck in den Nacken geschoben und in einen roten Mantel mit weißem Pelzsaum und Kragen gehüllt. »So, hohoho, ihr Lieben! Einen guten Abend. Ich bin Rick, euer Nicki-Instructor«, rief er enthusiastisch. »Gebt mir ein Hohoho!«

Lahm kam ein gemurmeltes *Hohoho* aus der Menge, eine Frau rief *Hihihi.*

Der Instructor zeigte auf die Ruferin. »Ja, witzig, Mädchen«, sagte er und wurde schlagartig ernst: »Raus, *bitch.* Wer das nicht ernst nimmt, kann gehen.«

»Äh«, machte die Frau, und schon war der stramme Türsteher im noch strammer sitzenden Elfenkostüm bei ihr, nahm ihr den Glühwein ab und schob sie raus, um ihr den Becher dann nachzuwerfen.

»Gebt mir ein Hohoho!«, rief Rick.

Dieses Mal schrien alle zurück.

Karl-Jürgen grinste. Das konnte doch lustig werden. *Er wird sicher nach dem* totalen Lebkuchen *fragen.*

»So, willkommen zum Nikolaus-Bootcamp von *Xmas Everywhere*«, sagte Rick. »Ihr hört zu, ich erkläre, danach machen wir einen Test.« Er deutete auf seinen rot-weißen Mantel. »So was bekommt ihr von uns auch. Er ist feuerfest, übersteht Bisse von kleinen und mittelgroßen Hunden, ist kleinkindsabberabweisend und mit dem Hochdruckreiniger abwaschbar, falls ihr durch den Dreck müsst. Oder euch Betrunkene ankotzen. Alles schon da gewesen, bei Weihnachtsfeiern und Kindergeburtstagen.« Er hob die Hand und reckte den Finger. »Aber nicht bei 90 Grad waschen!«

Karl-Jürgen fand die Aufzählung beeindruckend. Gleichzeitig bekam er ein bisschen Angst. *Was sind das für Einsätze, zu denen man geschickt wird? In Kriegsgebiete?*

Rick winkte einen Assistenten hinzu. »Dazu gibt es den Sack. Feuerfest bis 300 Grad, also backofentauglich, falls ihr was garen müsst. Geeignet auch zur Messerabwehr. Am unteren Ende sind kleine Bleigewichte wie in eurer Zipfelmütze« – er hob sie hoch – »und im Bart« – er hob auch den Bart an – »für den Nahkampf. Einmal schwingen, und *bämm.* Wo die Gewichte einschlagen, hält auch das nervigste Balg die Klappe. Klappt auch bei Verkehrskontrollen.«

Alle nickten.

Karl-Jürgen kam das Ganze alles andere als friedfertig vor. Daher hob er die Hand. »Entschuldigung, 'ne Frage. Ziehen wir in den Krieg, müssen wir Geld eintreiben oder so was?«

Rick starrte ihn an. »Wieso?«

»Na, wegen der Ausstattung. Fehlt nur noch ein Schlagstock.«

Rick hob die Rute an, machte eine rasche Handbewegung, und das Ding fuhr metallisch klackend aus. »Teleskopschlagstock. Alles dabei. Der Nikolaus und Knecht Ruprecht waren schon vor *Shades of Grey* echte Checker.« Er sah ihn an, dann lächelte er. »Lass mich raten: Du bist zum ersten Mal dabei.«

»Stimmt.«

»Dann wirst du nach der Saison unsere Ausrüstung zu schätzen wissen. Jedes Jahr gibt es Neuerungen. Und die haben schon manchem hier drin das Leben gerettet.«

Einige Leute im Saal nickten wissend.

»Hey, pst.« Karl-Jürgens Nebenmann krempelte ungefragt sein Hosenbein hoch und zeigte ihm eine Narbe. »Ist vom Weihnachtsfest im Altersheim. Eine alte Lady hat mich gebissen. Wenn die Zähne gehabt hätte, ich sag dir, mein Bein wäre ab. Seitdem: nur noch mit Mantel.«

»Das Buch der Bücher«, rief Rick und hob ein lexikongroßes Werk in die Höhe. »Darin ist ein Tabletcomputer integriert. Abgespeichert sind die Namen der Kunden, sämtliche Weihnachtsgedichte zum Gegenprüfen, die Wünsche und die Verfehlungen. Das macht den Job leichter.« Er pochte gegen den Einband. »Schlagabweisend. Was bedeutet das?«

»Wir können damit zuschlagen«, rief Karl-Jürgens Nebenmann begeistert und entblößte eine lückenhafte Kauleiste.

Karl-Jürgen kam ins Grübeln. Es schien wahrlich gefährlich zu sein, ein Weihnachtsmann zu sein. Nur Spieler von Eishockey, Rugby und American Football hatten mehr Verletzungen, wie die eingeblendete Statistik zeigte.

»Exakt, meine lieben Weihnachtsmänner und -frauen. Es werden gegnerische Nikoläuse auf den Straßen sein, und ich kann euch nur sagen: *Macht. Sie. Fertig!*«

Der Saal jubelte ihm frenetisch zu.

»So will ich das haben«, lobte Rick und zwinkerte in die Runde. »Gut. Was sagen wir, wenn die Kinder ihr Gedicht aufsagen?«

»DAS KANNST DU BESSER!«

»Richtig! Was sagen wir, wenn wir die Wünsche vorlesen?«

»DAS WAR UNVERSCHÄMT!«

»Richtig. Und was noch?«

»KANNSTE VERGESSEN! BESTELL BEI MIR!«

»Genau!« Rick applaudierte, und alle fielen mit ein. »Sehr gut, sehr gut! Denkt dran: Ihr habt die neuen Kataloge dabei. Lasst die Kinder direkt aussuchen und die Alten unterschreiben. Im Altersheim natürlich umgekehrt.«

Karl-Jürgen kam sich vor wie bei einer Versammlung von Scientology und Verkaufsshow-Einpeitscher. Wieder hob er die Hand. »Bekommen wir davon Prozente?«

Schlagartig war es totenstill im Raum.

Rick lächelte wie ein gut gelauntes, irres Rentier auf ihn nieder. »Wie ist dein Name?«

»Steht das nicht im schlauen Buch?«, erwiderte Karl-Jürgen.

Die Versammlung sog laut die Luft ein. Es roch nach Duell, nach Herausforderung.

Rick winkte auffordernd. »Los, komm hoch auf die Bühne, mein Junge.«

Karl-Jürgen ahnte, dass es eine dumme Idee gewesen war, auf sich aufmerksam zu machen. Widerstrebend trat er auf das Podest und sah auf die Leute, die ihm mitleidige Blicke zuwarfen. Anscheinend kannte man das Prozedere.

Rick zog seinen Mantel aus und hielt ihn vor Karl-Jürgen. »Hier. Zieh an.«

»Warum?«

»Damit du weißt, was die Verantwortung bedeutet, einer von uns zu sein.« Rick sah ihm lächelnd zu, wie er in die Garderobe des heiligen Mannes schlüpfte. »Na?«

»Schwerer als gedacht.« Karl-Jürgen ging ein wenig auf und ab. »Schwingt schön.«

»Fühlt es sich gut an?«

»Ja, doch.«

»Und du willst einer von uns sein?«

»Na ja, die Kohle ist in Ordnung.« Er sah Rick in die Augen. »Provision ist eigentlich normal, Nicki-Instructor.«

»Du bist BWLer?«

Karl-Jürgen nickte.

»Dachte ich mir.« Rick zeigte auf ihn und wandte sich an die Menge. »Wie wäre es mit einem Spiel: Wenn unser Neuling den Test besteht, sollt ihr *alle* Provision bekommen. Seid ihr damit einverstanden?«

»JA!«

»Und wenn er verliert?«

»DANN WERFEN WIR IHN DEN RENTIEREN ZUM FRASS VOR!«, schrie der Zahnlose begeistert. »Du machst das!«

»Dann los, Neuling.« Rick verpasste ihm alle Utensilien, Bart, Rute, Mütze, Sack, und machte zwei, drei Schritte weg von Karl-Jürgen, als würde gleich etwas Schreckliches passieren. Dann rief er: »Lasst die Hunde los!«

Hinter der Bühne erklang lautes Jaulen und Heulen, das Trappeln von vielen Schritten, die sich schnell näherten – dann rannte ein Dutzend Kinder auf das Podest und umringte Karl-Jürgen.

»Na, ihr Racker!«, begrüßte er sie und sah schon den strafenden Blick von Rick. »Ich meine: Hohoho, Kinderchen«, setzte er mit verstellter Stimme nach. »Wer will dem Nikolaus – ey, scheiße, lass das!« Karl-Jürgen packte den Jungen im Nacken, der den Sack bereits inspizierte. Dann musste er zwei Mädchen abschütteln, die unter seinen Mantel schauen wollten. »Hört auf jetzt!«, donnerte er. »Ich bin der Nikolaus!« Er hob die Rute, der Schlagstock fuhr aus.

»Nicht der Weihnachtsmann?«, piepste ein Junge mit Brille.

»Äh«, machte Karl-Jürgen. »Der auch.«

»Aber das sind doch zwei Verschiedene«, setzte ein Klugscheißermädchen nach.

»Ich bin der Nikolaus, das ist der Bruder vom Weihnachtsmann. Zwillingsbruder.« Karl-Jürgen scheuchte sie wie eine Herde Schafe zusammen. »Los, aufstellen, ihr schhhh…önen Kinderlein. Und dann höre ich mir eure Gedichte an.«

»Advent, Advent, der Nikki flennt«, krähte ein Gör.

»DAS KANNST DU BESSER!«, schrie Karl-Jürgen das Kind an, wie er es gelernt hatte, und sofort bot es heulend die richtige Version dar.

»Und was möchtest du als Geschenk?«

»Meine Mama wieder. Sie ist tot.«

»DAS WAR UNVERSCHÄMT!«, blökte er unter dem gutmütigen Nicken von Rick. »KANNSTE VERGESSEN! BESTELL BEI MIR!«

Das Kind kreuzte einiges auf dem dargebotenen Katalog an.

»Okay, das reicht. Test eins bestanden«, verkündete Rick und schickte die Kinder weg. »Aber nicht mit Bestnote. Das andere muss klappen. Sonst bist du raus und landest bei den Rentieren.«

Karl-Jürgen schwitzte. Aber es machte auf eine merkwürdige Art auch Spaß. Er fühlte sich mächtig. »Nur zu.«

»Dann: Lasst sie frei!«

Wieder das Getrappel, aber deutlich langsamer. Dazu gesellte sich ein metallisches Quietschen wie von einem klemmenden oder nicht geölten Rad. Aus der Dunkelheit schälten sich wankende Umrisse, die leise murmelten und stöhnten.

Weihnachtszombies, zuckte es Karl-Jürgen durch den Kopf.

Dann sah er die älteren Leute, die sich auf die Bühne mühten, mit Rollator, mit Sauerstoffgerät, mit Krücken und Spazierstöcken. Dazu trugen sie Becher mit dampfendem Eierpunsch. Dann erklangen die vereinzelten, schiefen Töne einer Ziehharmonika, Gebisse klapperten laut und schnell im nicht vorhandenen Takt.

»Oh, nein«, sagte eine Frau mitleidig im Publikum. »Besoffene Rentner im Altersheim. Das Schlimmste von allem.«

Karl-Jürgen wich langsam zurück, bis er gegen den grinsenden Rick stieß. »Hohoho, liebe … Rentnerchen«, krächzte er. »Wer will mir denn ein Gedicht aufsagen?«

»Einst hatt ich einen Kameraden«, hauchte ein Opa und hinkte näher.

»Nein, das ist nicht richtig. Das ist kein Weihnachtsgedicht.« Karl-Jürgen hob die Schlagstockrute. »Zurück! Jeder ein Gedicht, los! Oder … es gibt keine Zimtwaffeln. Und keine Sahne. Und keinen Punsch mehr!«

Sofort blieben sie stehen. Die Punsch-Drohung wirkte.

Artig gaben die älteren Herrschaften ihre Gedichte zum Besten, bis Rick einschritt. »Danke, danke, sehr gut! Wieder gerade so bestanden.«

Die anderen klatschten, die Rentner winkten fröhlich in die Runde und gingen beschwingt und ohne Gebrechen von der Bühne.

»Der letzte Test: Du und die Konkurrenz trefft unterwegs aufeinander.« Rick machte ein Zeichen.

Eine Elfe in einem engen Kostüm wurde auf die Bühne gestoßen, sie hatte einen Korb dabei und sah wütend in die Runde. »Ihr habt mich entführt!«

»*Das* ist der Feind, Karl-Jürgen.« Rick legte ihm die Hand auf den Rücken und schob ihn behutsam nach vorne. »Das sind die Elfen von *WeißeWichtelWeihnacht*. Nur zu.«

»MACH. SIE. FERTIG!«, riefen die anderen und schwenkten die Becher mit dem alkfreien Glühwein. Wetten wurden abgeschlossen, alles Geld landete in einem Nikolaussack.

Karl-Jürgen sah irritiert auf die junge Frau, deren Perücke schief saß und deren angeklebtes Elfenohr abgeknickt war. »Fertigmachen?«

Sie fiel vor ihm auf die Knie und hob flehend eine Hand. »Nein, bitte, Nikolaus! Du bist so groß und stark! Ich bin doch nur eine zierliche Helferin.«

Er wollte ihr flüsternd vorschlagen, dass er so tun konnte, als würde er zuschlagen und sie treffen, und sie könnte sich dann fallen lassen – da zog sie ihren Feenstab mit dem Stern aus dem Körbchen und schmetterte ihn in sein Gemächt.

Karl-Jürgen gab einen hohen, spitzen Laut von sich, dann wurde er ohnmächtig und schlug unter dem »Buuuuh« der Leute auf der Bühne auf.

Irgendwann erwachte er von einem gleichbleibenden, mahlenden Geräusch.

Karl-Jürgen schlug die Augen auf und sah die weiche Schnauze eines Rentiers vor sich, das gerade seine Kleidung fraß.

Er lag nackt im Zoo, im Freigehege, umringt von den großen Tieren, die ihn neugierig beschnüffelten.

Karl-Jürgen erhob sich und sah an sich herab. Mit Edding war auf seinen Bauch geschrieben worden: *Du bist keiner von uns.* Darüber hatte man rosafarbenen Glitter gestäubt. Er hatte das Nikolauswerden sträflich unterschätzt. Ganz offensichtlich hatte er nicht das Zeug dazu.

»Dann halt doch das Christkind«, murmelte er und tätschelte ein Rentier. Mit goldblonder Lamettaperücke und als Schwester von Helene Fischer nach einer verpfuschten Geschlechtsumwandlung. *Atemlos durch die Nacht* passte ja auch gut zu Heiligabend.

Als das Rentier nach Karl-Jürgens angeborenem Nikolaussack und der kältebedingt kleinen Rute schnappte, ahnte er, dass er sich die Geschlechtsumwandlung sparen konnte: Sein hoher, schriller Schrei war glockenhell und engelsgleich.

DIE VERFLUCHTE CHRISTBAUMKUGEL

Hilde und Heinz schlenderten auf dem kleinen Weihnachtsmarkt umher. Heinz hielt sich an verschiedene Fressstände, Hilde an die Bastelarbeiten.

An den Auslagen eines Weihnachtskugel-Anbieters blieb sie wie angewurzelt stehen. »Heinz, schau! Das sind aber schöne Christbaumkugeln.« Sie nahm eine hoch, die schillerte und leuchtete, als wäre sie eine erstarrte Seifenblase. Im Inneren wirbelten die Flocken um das Christkind, das zusammen mit Nikolaus und Krampus durch das Gestöber wanderte. »Die ist ganz leicht!«

»Mh«, machte Heinz und biss in sein Wurstbrötchen. Er hatte Sodbrennen und schlechte Laune. Gebrannte Mandeln, kandierte Früchte, Wurst, Pizza und gegrillte Champignons schienen sich im Magen nicht zu vertragen. Dagegen spielte der Glühwein eine untergeordnete Rolle.

»Wie viel kostet die?«, fragte Hilde den Verkäufer und war bereit, alles zu zahlen, was unter 100 Euro blieb. Ein Kunstwerk sondergleichen.

»Oh, *die*«, sagte der Mann bedauernd, auf dessen dicker Jacke ein Namensschildchen mit *Deko-Jupp* prangte. »Die ist nur zum Anschauen.«

»Ach? Aber kaufen möchte ich sie dennoch.«

»Tut mir leid.« Er nahm Hilde die Kugel ab und legte sie ehrfürchtig zurück auf das schwarze Samtkissen. »Das ist zu Ihrem eigenen Schutz.«

»Wieso?«

»Auf ihr lastet« – er beugte sich vor – »ein Fluch.« Er tippte auf die Halterung. »Die drei Gestalten im Innern waren einst echte Menschen. Wegen der Unheiligen Nacht.«

»Unheilige Nacht? Hat das was mit dem Sänger zu tun? Der ist immer ein bisschen merkwürdig«, gab Hilde ebenso leise zurück. »Unheilig.«

»Nein, nicht der *Unheilig.*« Der Verkäufer sah sie verschwörerisch an. »Die wenigsten wissen, dass an Weihnachten von Mitternacht bis ein Uhr das Böse regiert. Da versuchten die Unheiligen Drei Könige, das Jesuskind in der Krippe zu ermorden.« Er setzte die Kuppe des rechten Zeigefingers theatralisch auf die Kugel. »Aber sie wurden entdeckt und von einem Engel darin gebannt.«

»So ein Unsinn«, murmelte Heinz und hielt sich den Magen. Er aß die Wurst auf, weil sie bezahlt war. Das konnte ihm das Sodbrennen nicht verbieten. »Komm, wir gehen.«

»Ah«, machte Hilde fasziniert. »Die Unheiligen Drei Könige.« Sie zeigte auf die Gestalten. »Das sind sie?«

»Ja. *Das* sind sie.« Deko-Jupp packte neue Ware aus.

»Und Ihnen tun die nichts?« Heinz machte keinen Hehl daraus, dass er die Geschichte für ein Märchen hielt. »Die Kugel?«

Der Händler schüttelte den Kopf. »Nur, wenn man sie zu Hause aufhängt, bringt sie Verderben über Haus und Hof, wie die Unheiligen Drei Könige damals das Verderben über das Jesuskind hatten bringen wollen.« Er zeigte auf den Schmuck. »Ich habe noch andere Dinge, Madame.«

Hilde seufzte und kaufte die überteuerten Strohsterne aus Glitter – aber als der Händler nicht hinschaute, schnappte sie sich die Kugel und steckte sie ein.

Hilde konnte es selbst kaum fassen, dass sie klaute. Sie *klaute!*

Es war wie ein Zwang, ein Ruf, der sie ereilte. Sie musste dieses Wunderwerk haben. Egal wie.

Unsanft schob sie Heinz vorwärts, damit sie weit genug vom Stand wegkamen, bevor der Händler bemerkte, dass die Kugel fehlte.

Der Heimweg blieb ohne Zwischenfälle, abgesehen von Heinz' ständigem Aufstoßen und seinen Blähungen. Es roch nach faulen Mandeln und uralter Bratwurst.

Kaum zu Hause, hängte Hilde die Kugel so am Baum auf, dass man sie sofort sehen musste, sobald man das geschmückte Wohnzimmer betrat.

Sie weidete sich an dem Anblick und hatte das Gefühl, dass nicht nur der Schnee sich bewegte und flirrte, sondern auch die Figürchen darin Laufbewegungen machten.

Alle werden neidisch sein. Sie sah auf die Uhr.

In einer Stunde kamen die Freunde, es wurde der vierte Advent begangen und inoffiziell der Titel der Xmas Deko Queen vergeben an diejenige, welche die schönste Deko von allen hatte. Und Hilde sah sich als Siegerin.

Zu dreizehnt saßen Hilde und ihre Freundinnen samt Gatten bald darauf am langen Tisch, es gab Plätzchen, Rotwein und Schokoladenfondue. »Nehmet und esset alle davon«, hatte Heinz salbungsvoll gesprochen und die Lacher auf seiner Seite gehabt.

Nebenbei bekam die Gastgeberin Punkte auf den Bewertungszetteln.

Es sah gar nicht so gut aus, wie Hilde feststellen musste. Sie lag mit Rosemarie Schluppke gleichauf. Es wurde Zeit, die Kugel mehr in Szene zu setzen.

»Habt ihr schon gesehen?«, fragte sie und deutete auf den Christbaum; dabei richtete sie einen Strahler der Stehlampe auf die Kugel, die daraufhin besonders leuchtete und glänzte.

Einer der reflektierenden Strahlen traf Edelgard ins Auge. Sie erschrak und verschluckte sich am Plätzchen. Röchelnd griff sie nach der Kaffeetasse und warf dabei den Topf mit der heißen Schokolade um.

Der brodelnde Inhalt ergoss sich in Friedrichs Schoß, der brüllend aufsprang, während das Stövchen umfiel und die Tischdecke in Brand setzte.

Edelgard würgte, Friedrich jaulte und klopfte sich im Schritt herum. Dabei rempelte er Clara vom Stuhl, die in Horsts Kuchengabel stürzte und schrie.

Ihr Gebiss löste sich und rutschte ihr in den Rachen, sodass sie mit Edelgard um die Wette röhrte, als wollten sie am Hirsch-Brunftruf-Wettbewerb teilnehmen. Ihre Männer prügelten auf ihre Rücken ein, Erna löschte den Tischdeckenbrand beherzt mit einem Schwall Kaffee. Qualmend vergingen die Flammen.

Dann piepste der Rauchmelder, sodass sich alle die Ohren zuhalten mussten.

»Äh«, machte Heinz, der in Schürze und mit neuen Plätzchen auf der Schwelle zum Wohnzimmer stand.

»Kleiner Zwischenfall.« Hilde lächelte in die Runde und raffte die Tischdecke zusammen, die sich mit Kaffee vollgesogen hatte. »Mach mal den Rauchmelder aus.«

Heinz deaktivierte ihn mit seinem Smartphone.

Endlich waren Keks und Gebiss aus den Luftröhren entfernt, es stellte sich Ruhe ein. Die Schokolade kühlte sich ab, der Gabelstich wurde desinfiziert und verpflastert.

Endlich standen die Damen um die besondere Christbaumkugel, die ihre magische Anziehungskraft gegen allen Unbill ausspielte.

»Na, was sagt ihr dazu?« Hilde fühlte so etwas wie Mutterstolz in sich.

Die Komplimente endeten nicht, die sie dafür einheimste.

»Aber … ist das nicht diese unverkäufliche Kugel?«, fragte Renate. »Die wollte ich auch haben. Aber er sagte, es sei nur Deko, der Jupp.«

»*Mir* hat er sie verkauft.« Hilde lächelte sie nieder. »Für *zwanzig* Euro. Ein Schnäppchen.«

Renate blinzelte. »Das glaube ich dir nicht.«

»Du nennst mich eine Lügnerin?« Hilde legte eine Hand auf die Brust und täuschte Bestürzung vor.

»Ich habe ihm fünfhundert geboten, und er sagte Nein.« Renate nahm ihr Handy aus der Tasche und eine Visitenkarte, gab die Nummer ein.

»Was machst du?«, erkundigte sich Hilde misstrauisch.

»Ihn anrufen. Hab seine Karte mitgenommen.« Renate hielt sich das Smartphone ans Ohr. »Haben wir gleich.«

Alle sahen Hilde strafend und neidisch an.

Sollte sie als Diebin entlarvt werden, verlöre sie den Titel der Xmas Deko Queen. *Das muss ich verhindern.* Hektisch überlegte Hilde – bückte sich und zog am Teppich, auf dem Renate stand, sodass sie ins Stolpern geriet. Dabei verlor sie das Handy und Karte.

»Hoppla, entschuldige. Da war eine Welle, und bevor jemand drüberfällt …«, erklärte Hilde böse lächelnd.

Ihre Heiterkeit erlosch, als Renate kopfüber in den Weihnachtsbaum stürzte und mit ihm zu Boden ging. Die Spitze durchschlug die Scheiben der Verandatüren, und ein kalter Wind fegte herein.

Die Kerzenflammen auf dem Sideboard zuckten und tanzten – und setzten die wehenden Vorhänge in Brand. Da fiel der pendelnde Kronleuchter von der Decke und riss Edelgard samt Gatten zu Boden.

Renate blieb unter dem Baum und tauchte nicht mehr auf.

Das Feuer breitete sich schnell aus, die Verbliebenen flüchteten hustend, begleitet vom Fiepen der anderen Rauchmelder.

Clara rutschte auf dem Brei aus, der mal Plätzchen und Kaffee gewesen war, und fiel gegen Friedrich, der den Türrahmen touchierte und abprallte, um die gesamte Gruppe wie Kegel von den Beinen zu holen.

Über- und durcheinander bildeten sie einen Pulk, der Rauch nahm ihnen die Sicht.

Ich muss sie holen! Hilde robbte zum Weihnachtsbaum.

Dort saß Renate und hielt die Kugel der Unheiligen Drei Könige an sich gepresst, während um sie herum die Flammen loderten. »Mein Schatz«, murmelte sie verzückt.

»Er gehört mir!«

»Du hast ihn gestohlen! Mein Schatz!«, gab Renate mit verzerrter Stimme zurück. »Garstige Hausfrau!«

Hilde nahm das gute Silbertablett und schmetterte es Renate gegen die Stirn. Es machte *deng,* und sie fiel zurück in den Tannenbaum.

Die Kugel hopste davon und rollte zur Veranda hinaus.

Hilde kroch durch die Splitter hinterher und sah, wie die Figuren in der Kugel zu rennen schienen, als würden sie sie antreiben.

»Halt!«, rief sie matt und schaffte es hustend ins Freie, rollte durch den schweren Matschschnee und griff nach der Kugel.

Aber ihre Finger langten in klumpigen Schnee. Der Christbaumschmuck war entkommen.

Deko-Jupp marschierte durch das Trümmerfeld, das einst das Wohnzimmer von Heinz und Hilde gewesen war. Der Einsatz der Feuerwehr hatte den Schaden verschlimmert, der gesamte Freundeskreis war ins Krankenhaus geschafft worden.

Er ging durch alle Zimmer, öffnete die Schränke, nahm den Schmuck an sich und auch die Bargeldreserven, die schlecht versteckt in der Matratze lagerten. Dazu packte er die Digitalkamera, den Laptop und nicht zuletzt den großen Porzellan-Motivteller von Meißen ein. Alles in allem brachte es geschätzte zehntausend Euro.

»War schon mal besser«, murmelte er und wog den Rucksack.

Dann ging er hinaus, folgte den charakteristischen Spuren und fand die Kugel harmlos am Rand des Gartens liegen. Er hob sie auf, rieb den Schmutz ab und küsste sie. »Gut gemacht, ihr Unheiligen Könige.« Er steckte sie in die Tasche und verließ das Grundstück.

Die Sache mit dem Fluch stimmte. Aber er aktivierte sich erst, wenn die Christbaumkugel gestohlen wurde. Das mochte der Schmuck nicht.

Und Deko-Jupp legte es darauf an.

Seit Jahren.

Sobald die Kugel von den gierigen Kunden gemopst wurde, überließ er den Stand seinem Kollegen und machte sich an die Verfolgung, weil er wusste, dass der Abend in einem Chaos enden würde. Anschließend räumte er die Buden der Diebe in aller Ruhe aus. Strafe musste sein.

Wie auch bei Heinz und Hilde.

Ob die Unheiligen Drei Könige darin steckten oder etwas völlig anderes, spielte für Deko-Jupp keine Rolle. Die Geschädigten würden fest an den Fluch glauben und sich selbst die Schuld geben.

Er selbst hatte die Kugel auf einem Flohmarkt gefunden und für zehn Euro gekauft. Die alte Frau hatte sie unbedingt loswerden wollen und irgendwas von Unheil erzählt, das einen jeden Dieb trifft. Vermutlich hatte sie das Ding selbst mal gestohlen.

Kaum war Deko-Jupp zurück am Stand, drapierte er die Kugel auf dem schwarzen Samtkissen und richtete den Strahler auf den wirbelnden Schnee.

Gerade dekorierte er die Strohsterne um, als er eine Frau verzückt sagen hörte: »Oh, die Kugel mit den drei Figürchen ist aber schön. Die muss ich haben! Ganz egal, was sie kostet.«

Mit einem Lächeln wandte er sich um.

Sie trug Pelz und sah reich aus.

Das Lächeln von Deko-Jupp wurde noch breiter.

WEIHNACHTSHORROR IM MÖBELHAUS

Eine Kurznachrichtenkurzgeschichte
(zusammen mit Christoph Marzi)

Niemand hat es mir zugetraut, aber ich bin da. Genau hier. Zwei Tage vor X-Mas. EAKI bei Nacht. #Rock 'n' Roll.

Scheiß auf die Gerüchte. Sind doch nur Märchen. #technomyth15

Student verschwindet in Möbelhaus. Frau mit Kind vermisst. Die Sache mit dem Hund im Bällchenbad. Lach! Alles Quatsch?

Woher kommt dann das Blut?

Kein Problem, hier reinzukommen. #DieHard. :-) Im Schrank versteckt #Scheißdiewandan

Eine ganze Nacht, sollte zu schaffen sein.

Seit zwei Stunden hier. Probiere Betten aus. Nix los.

Lauf herum. #Langeweile

Schreck gekriegt. Wie im Horrorfilm. Was Rotes auf dem Boden. Bei den Bilderrahmen.

#frightnight War nur Erdbeerkuchenrest. Putzt denn hier keiner?

Eine ganze Nacht allein hier drinnen. Ratet mal, wer die Wette verliert? @Birni @Ernie @Ratz

Mein Finger juckt. Hat das was zu bedeuten?

Ein Geraschel in der Dunkelheit. Mäuse? Ratten? #nachtschicht :-)

Pflanzen. Kinderzimmer. Endlich! Zurück in Bettenabteilung. Schlafe 'ne Runde.

Aufgewacht. Finger brennt. ??? Habe damit die Erdbeerkuchenreste angefasst. Macht das Sinn?

Zunge tut weh. Scheiße, hätte nicht am Finger lecken sollen. #VeryBlöd

Stockfinster alles. Zunge brennt. Finger tut weh. Scheiß Erdbeerkuchen.

Erdbeerkuchen? Heb nix auf, was auf' m Boden liegt. Weiß doch jedes Kind. #Vollpfosten

Mir ist nicht gut. Habe Angst. Etwas stimmt nicht.

Habe in eine Schublade gekotzt. #Exorzist Peinlich. Mir ist so übel wie noch nie.

Komischer Ausschlag auf dem Finger. Selfie von Zunge gemacht. Sieht komisch aus.

Fühl mich scheiße. Sollte zum Arzt. #DrHouse

@Birni @Ernie @Ratz Scheiß auf die Wette. Ich hau hier ab.

Ich find nicht raus. Kein Scheiß. Lauf rum und find nicht raus.

Birni, Ernie und Ratz verfolgten fassungslos die Twitter-Posts des Freundes, der die Wette angenommen hatte, die Nacht vor Weihnachten im schwedischen Einrichtungshaus zu verbringen, ohne dass man ihn aufspürte und rausschmiss. Nun schien es Probleme zu geben.

»EAKI hat keinen Erdbeerkuchen«, war das Erste, was Birni, mit echtem Namen Birte Niegels, dazu einfiel.

»Schreib ihm das nicht! Der verliert dann vollends die Nerven«, erwiderte Ratz, als Birte eine Nachricht absetzen wollte. Er hörte im echten Leben auf den Namen Hugo Ratzinger und sah gerade danach aus, als würde er selbst die Fassung verlieren.

»Wie kann man denn was vom Finger lecken, das man am Boden gefunden hat?«, regte sich Ernie auf, der wirklich Ernie hieß. Manchmal waren Eltern grausam. »So ein Köttbullar-Gesicht!«

»Wer würde denn Erdbeerkuchen aus dem EAKI kaufen?«, fragte Birte, mehr verwundert über das Gebäck als über die Probleme ihres Kumpels. »Und dann vor Weihnachten?«

»Die gleichen Leute, die den ganzen anderen Kack von dort nach Hause schleppen«, murmelte Hugo. »Er findet nicht mehr raus? Das Ding besteht doch nur aus Scheiben. Soll er eine einschlagen.«

»Ja, aber er ist im Zentrum gefangen«, sagte Ernie. »Steckt fest, zwischen Kerzen und Aufbewahrungsboxen.«

»Ich denke ja eher, dass es kein Erdbeerkuchen war«, sinnierte Birte vor sich hin. »Aber die haben dort neuerdings Götterspeise. Nee, sie nennen es« – sie dachte nach – »*Wöckel.*«

»Scheiß doch auf das Zeug. Wir müssen ihn da rausbekommen, bevor er durchdreht und auffliegt«, sagte Ernie. »Die Schweden lassen den in ein Arbeitslager einbuchten und Holzdübel bis ans Lebensende schnitzen.«

»Die Schweden haben gar nix zu melden.« Hugo sah gewichtig in die Runde. »Wir müssen da rein und ihn rausholen.«

»Vergiss es«, entgegnete Birte. »Es war seine Idee.« Sie rief die Website des Möbelhauses auf. »Sag ich doch. Kein Erdbeerkuchen im Sortiment.«

»Das ist doch kackegal«, rief Hugo. »Mann, der hat sich vergiftet. Aber mit was?«

»Nicht mit Erdbeerkuchen.« Birte hielt ihr Smartphone triumphierend in die Runde. »Schaut: nicht im Sortiment.«

»Hier! Ich habe einen Lageplan.« Ernie zeigte auf seinem Smartphone, wie der Markt angelegt war. »Wir lotsen ihn raus.«

»Super Idee.« Birte verschwand und kam mit Snacks zurück. Erdbeerküchlein. »Dann los.«

Ein Lageplan. Danke. @Birni @Ernie @Ratz Los geht's. #Weihnachtswunder

Schon wieder in der Bettenabteilung. Fuck! Das funktioniert nicht. Ich laufe im Kreis. Hab das Gefühl, hier ändert sich alles andauernd.

Endlich im Abhollager. Aber da sind keine Kassen.

Ein Wachmann. Sieht mich und rennt schreiend weg. #wassollderscheiß?

Wo sind die Kassen? Müssten da nicht Kassen sein? #Katsching

DA SIND KEINE KASSEN! #Foto

Aussetzer gehabt. War vollkommen weggetreten. Verdammt!

Neben mir liegt der Wachmann auf dem Boden. Wo bin ich?

Badezimmerabteilung. Rotes Zeug auf dem Gesicht des Wachmanns. Er ist tot. Scheißescheißescheiße.

Bin gerannt. So weit weg, wie es geht.

Das Bällchenbad. Keiner da. Ich lege mich hinein. Weiß nicht, warum.

Bin wohl eingeschlafen. Habe geträumt. #nightmare

War ich das mit dem Wachmann? Weiß nicht. Kann sein.

Laufe weiter, irgendwo muss es doch rausgehen. #Ladenkarte #funktioniert nicht #fuckfuckfuck

Hab geheult wie 'ne Tussi. Bin völlig fertig. #VölligePussy

Das bin ich, ehrlich. #selfie

Kein Wunder, dass Wachmann geschrien hat.

Foto ist echt @ihralle #scheißwette.

Lauf jetzt auf allen vieren, geht besser. I-Phone im Mund.

Es riecht nach Erdbeerkuchen, überall. Geruch macht mich rasend.

Renne weiter. Hungrig.

»Was … was macht der da?« Birte starrte auf die Bilder, die zusammen mit den Nachrichten reinkamen.

Sie saßen inzwischen im Wagen vor dem Möbelladen, schauten zu den dunklen Fensterfronten und sahen ihren Kumpel gelegentlich als Schemen zwischen der Weihnachtsdeko hin und her rennen. Die Verbindung über das Smartphone war der einzige Zugang zu ihm.

»Er … stopft sich Bälle aus dem Bällebad in den Mund«, kommentierte Ernie. »Wusste nicht, dass das geht. Wie viele sind das?«

»Acht. Nur rote.« Hugo war beeindruckt. »Wieso platzen dem die Backen nicht? Der sieht aus wie ein EAKI-Hamster.«

»Scheiße! Scheiße, er hat den Wachmann gefressen!«, quiekte Birte.

»Nach den Bällchen?« Ernie nahm sich das Smartphone. »Nee, nur angefressen. Nicht auf.« Er erbleichte. »Was war das für ein rotes Zeug?«

Hugo scrollte durch den Katalog. »Hier. *Ördbör.* Eine Glibberknete. Ist neu. Schmeckt nach Erdbeer, heißt es.«

»Aus was ist die, wenn der Spack so durchknallt? Er hat nur dran gelutscht.« Ernie tippte eine Nachricht. »Ich locke ihn in die Kantine.«

»Wieso?«, sagte Birte. »Er …«

»Ich hole den doch nicht raus, solange er so drauf ist«, fiel ihr Ernie ins Wort. »Der soll sich die Hotdogs reinschaufeln, bis er nicht mehr kann. Dann ist er satt und ungefährlicher.«

Hugo stieß einen Pfiff aus. »Ui. Das wird … übel.« Sie starrten ihn an. »Also, noch übler. Ördbör ist aus reinen Geschmacksverstärkern und künstlichem Erdbeeraroma hergestellt.«

»Also wie alles«, warf Birte ein.

»Nee.« Hugo hielt ihm sein Phone hin. »Das Unternehmen hatte einen kleinen Zwischenfall. Die haben einen der Wachhunde bei der letzten Produktion mitgekocht. Aus Versehen.«

Sie sahen zur Glasscheibe, wo ihr Kumpel auf allen vieren saß und das EAKI-Zeichen anheulte. Dann hob er das Bein und pinkelte gegen die Tür.

»Du willst damit sagen …«, setzte Ernie an.

»Ja. Er ist ein Wördbörwolf, erschaffen von EAKIs dunkelsten Mächten.« Hugo sah düster in die Runde. »Ihr wisst, was das heißt?«

»Mit einem silbernen Köttbullar erschießen?«, hauchte Birte.

»Einem angespitzten Hotdog pfählen?«, schlug Ernie vor.

»Ihr wisst es also nicht.« Hugo machte eine gravitätische Miene. »Das ist scheiße. Ich weiß es nämlich auch nicht.«

»Wir müssen uns echt was einfallen lassen.« Birte kaute an den Nägeln.

Sie starrten auf den Bildschirm und verfolgten, was ihr Kumpel schrieb.

Habe Hunger wie noch nie. #füttermich

Renne im Dunkeln herum, aber kann sehen. Alles. Krasser Scheiß, so was.

Schmerzen, auf einmal, höllisch. #drhouse

Kann ein Bein nicht mehr bewegen. Haut ist ganz rot und riecht nach Erdbeeren.

Sitze in der Wohnzimmerabteilung. Hab wieder geheult. Alles tut weh.

Hunger! Mein Zeh fühlt sich komisch an. #brokenbone

Überall auf meiner Haut ist roter Ausschlag. Riecht nach Erdbeerkuchen.

Vor fünf Minuten habe ich meinen rechten dicken Zeh gegessen. Konnte ihn einfach abreißen. War gar nicht schwer.

Erdbeerkuchen! #scheißwetttttttttteeeeeeeeeeeee

Überall rotes Zeug. Kommt aus mir. Kein Blut, Erdbeerzeugs. #Erdbeerzeugs

Wievielfinger braucht man zum twittern, einen keinen, nase mund kinn …

Einer noch nur noch einer wirklich danach hör ich auf

Birte schluchzte. »Schau, er verwandelt sich in einen Wördbör-Blobb. Scheiße. Das Zeug macht ihn zu denkender Glibberknete aus Erdbeer.«

Ernie starrte auf das Smartphone, das ihnen zeigte, wie sich ihr Freund mit großer Freude selbst aß. Was aus ihm lief, sah exakt wie das Zeug aus, das EAKI verkaufte. »Stellt euch vor, das essen Kinder«, murmelte er. »Die werden zu Blobbs. Auf der ganzen Welt, überall, wo es EAKI gibt.«

»Aus Kindern läuft doch immer was. Das fällt keinem auf«, hielt Hugo dagegen und sichtete den Katalog der Herstellerfirma. »Die nutzen das Zeug übrigens noch bei anderen Produkten, die in

EAKI-Sachen sind. Und … dieses Frühjahr kommt schwedischer Erdbeerkuchen: *Böörö.*«

»Also doch!« Birte sah ihre Freunde entsetzt an. »Alle Menschen, die den kaufen, werden sich verwandeln.«

»Das waren Aliens. Die haben EAKI damit beliefert«, rief Ernie wütend. »Invasion! Das war also der Plan, der hinter allem steckt.«

»Der hat sich schon … wow!«, rief Hugo und drückte das Smartphone mit der Live-Übertragung etwas weiter von sich weg. »Er hat sich aufgelöst. Wir haben nur noch eine Pfütze Kumpel.«

»Was machen wir denn jetzt?« Birte heulte. »Das glaubt uns doch keiner.«

Sie starrten auf die Lache, die verloren im Markt zwischen Lampen und Bilderrahmen auseinanderdriftete, flach und flacher wurde und den halben Gang bedeckte.

Plötzlich erschien ein Mitarbeiter mit Schaufel und einer Vorrichtung, die nach manueller Abfüllanlage aussah. Er schippte den Erdbeerglibber in einen Trichter, aus dem er in kleine Schläuche lief, die wiederum in eine Batterie Plastikbecher führten. Die übrig gebliebenen Kleider warf er in den Abfall.

»Lest ihr, was ich lese?« Birte schniefte und wischte sich die Tränen weg.

Alle lasen es. Die Beschriftung auf den Bechern lautete: *Ördbör Glibberknete.*

»Die verkaufen ihn. Eiskalt«, wisperte Ernie fassungslos.

»Und es breitet sich damit weiter aus«, ergänzte Hugo.

Der Mitarbeiter fand das aktivierte Smartphone des Kumpels, hob es auf und schaltete es mit einem Knurren aus.

»Wir müssen weg«, stammelte Birte. »Die wissen, dass wir da sind.« Sie schniefte und putzte sich die Nase. »Los, weg …« Sie starrte auf das Taschentuch.

»Was?« Ernie tastete nach dem Zündschlüssel. »Was ist?«

Birte zeigte ihnen entsetzt, was aus ihrer Nase gekommen war. Rot. Aufdringlicher Erdbeergeruch verbreitete sich im Auto. »Wir hatten die Hefeschnecken«, wisperte sie. »Die mit Erdbeeraroma.«

Hugo starrte sie an – und kotzte sie mit Erdbeerrot voll.

Ernie wich vor den beiden zurück. »Ich … ich nicht. Die Allergie. Ihr wisst doch.« Er tastete hektisch nach dem Türgriff. »Oh, Gott! Ich muss raus. Bleibt weg!«

»Du hattest doch die Limo«, keuchte Birte, aus deren Ohren Ördbör quoll. »Die Erdbeer-Limo. Mit dem Geschmacksverstärker …«

»Nein!«, schrie Ernie. »Da war doch niemals …« In seinem Mund entstand der Geschmack von Erdbeeren, gurgelnd schäumte die Limo seinen Hals hinauf und spülte ihm die Augen aus dem Kopf.

Kurz darauf brachen die Mitarbeiter den Wagen auf, saugten die vielen Liter Ördbör-Glibber mit einer speziellen Maschine aus.

Am folgenden Tag gab es in der Kantine selbst gemachten Wackelpudding.

Erdbeergeschmack.

Jeder, der etwas davon wollte, musste seine Adresse hinterlassen. Gewinnspiel und so.

Tatsächlich würden sie alle verlieren.

DIE BESTE, BESTE, BESTE WEIHNACHTSPREDIGT

»… und bedenkt dies, wenn ihr gleich Bescherung im Kreis eurer Lieben feiert. Amen.« Pfarrer Jens Wucherpfennig hob den Blick und warf einen Blick ins heimische Wohnzimmer, wo die Testhörer für seine Predigt saßen.

Sein Schwiegervater war eingeschlafen, schon am Anfang, wie er aus den Augenwinkeln bemerkt hatte. Der Hund kaute laut auf dem Knochen rum, was sich so ähnlich anhörte wie Applaus, und von seiner Frau fehlte jede Spur. Sie hatte sich fortgeschlichen, es roch nach Kaffee. Sie brauchte halt Koffein, um wach zu bleiben. Seine erwachsene Tochter Leni tippte auf ihrem Smartphone herum und hatte sich die Ohrstöpsel heimlich reingesteckt, die langen blonden Haare verdeckten die Kabel jedoch nicht.

Nur sein Sohn Alex, vierzehn Jahre und pubertär renitent, machte sich Notizen auf seinem Block. Buchstäblich das Jüngste Gericht.

»Und?«, wollte Jens wissen.

Alex sah ihn mit zusammengekniffenen Augen an. »Apostelgeschichte, Kapitel 20, Vers 9.«

»Was? Das ist doch nicht die Weihnachtsgeschichte …«

»Hab's nachgeschaut. Da steht«, sagte Alex, bereit, seinen Vater mit den eigenen biblischen Waffen zu vernichten: *»Es saß aber ein junger Mann mit Namen Eutychus in einem Fenster und sank in tiefen Schlaf, dieweil Paulus so lange redete, und ward vom Schlaf überwältigt und fiel hinunter vom dritten Söller und ward tot aufgehoben.«* Alex machte eine dramatische Pause. »Tot.«

»Äh«, machte Jens unpastoral. »Das heißt, es war … zu lang?«

»Lang. Ja. Langweilig? Auch.« Alex deutete auf seinen Block. »*Das* ist die schlimmste Predigt seit Langem. Willst du schuld sein, dass Menschen sich totstürzen, weil sie dir zuhören? Ein Massensterben in der Kirche! An Heiligabend!« Alex packte den zur Seite sinkenden Schwiegervater am Arm und verhinderte, dass er vom Stuhl fiel. »Siehst du?«

»Um ihn wär's ja nicht schade«, murmelte Jens und bat den Herrn innerlich um Verzeihung.

»Geschenke, zu viel Essen, der Hass unter den Menschen, Kommerz, Flüchtlinge oder was eben gerade als Thema kocht. Das ist jedes Jahr dasselbe!«

»Ja, aber …«, warf Jens schwach ein, wohl wissend, dass »ja, aber« noch nie ein Argument gewesen war.

»Es geht doch eigentlich um das Kind in der Krippe. Ein Gottessohn, der in einem Stall geboren wird!«, setzte Alex gnadenlos nach. »Papa, überleg mal, im Kern ist das eine der gewaltigsten, eindrucksvollsten, besten Storys der Welt.« Wieder verhinderte Alex, dass der eingeschlafene Schwiegervater vom Stuhl kippte, und hakte ihn mit den Hosenträgern an der Lehne fest. »Lass es mich mal anders sagen: Wenn du ein Sportverein bist, einer, der eher mäßig erfolgreich ist, so vierte Kreisliga mit seiner Mannschaft, und dann kommt einer aus der ersten Liga, und dein Stadion ist einmal im Jahr ausverkauft. Dann musst du doch als Mannschaft alle Register ziehen! Das Match des Jahres! Da darf keiner auf die Uhr schauen oder sogar einschlafen!«

»Es gibt bei mir ja auch kein Bier. Und keine Würstchen«, verteidigte sich Jens schwach.

»Wäre aber vielleicht eine Option. Statt Messwein und trockenen Oblaten.«

Jens war von seinem Sohn beeindruckt. »Vielleicht … willst du die Predigt halten?« Er hatte acht Stunden gebraucht, um die Rede zu schreiben, und es war ein Haufen Langeweile herausgekommen. Er hatte seine Familie in die Flucht geschlagen, geistig oder körperlich. Wie würde es erst auf die Gemeinde wirken?

»Ich? Nä. Deine Schafe, dein Job.«

Jens nickte abwesend.

Jeder erwartete an Heiligabend eine Punktlandung, eine Top-Performance, damit die Leute wiederkamen. Beste Unterhaltung. 500 Leute fasste die Kirche, und sie war genau einmal im Jahr voll. Weder bei Hochzeiten noch bei Beerdigungen war dies gegeben.

In einem Predigt-Ratgeber hieß es: *Achtung vor »Fehlerhaftes Deutsch«*. Prima. Gewarnt wurde vor »Steriler Schreibe«, »Superlativen«, »Schachtelsätzen«, »Sprache Kanaans«, was *altbacken-biblisch* bedeutete, und vor »verwaschenen Kernbotschaften«. Priester sollen laut Ratgeber auch Kleidung, Körperhaltung, Mimik und Blickkontakt beachten.

Jens stellte sich vor, wie die Gemeinde darauf reagieren würde, sollte er sich aus Spaß an Weihnachten als Engel verkleiden, inklusive Goldlocken, Schwingen und Schminke, die einem überdrehten Transvestiten alle Ehre machten. Oder mit falschem Schnurrbart und dicker Hornbrille plus Hasenzähnen. Aufmerksamkeit wäre ihm gewiss.

Die altbackene Bibelsprache könnte man durch Comediansprech ersetzen. Jens sah sich vor dem Altar vorgebeugt hin und her laufen und sagen: »Ey, Stall! Krippe! Kennste, kennste, kennste? Nee, nicht die Magen-Darm-Grippe. Die, wo da so im Stall sind. Liecht 'n Kind drin! 'n Kind! Ey, keen Scheiß!«

Jens verwarf die verzweifelte Idee, als Mario-Barth-Imitat zu predigen. Manche Dinge durften nicht sein. *Oder Tiere?* Niedliche Kätzchen auf den Altar setzen? Kätzchen und Welpen gingen immer.

»Hast du eine Idee?«, fragte er Hilfe suchend seinen Sohn.

»Kaffee?«, rief Krimhild aus der Küche, die offenbar bemerkt hatte, dass die Predigt beendet war.

»Ja, hier!«, rief der Schwiegervater dankbar und riss die Lider auf. »Das war toll, Jens! Wirklich, deine Worte haben mich … entspannt und … wie im Traum … also. Toll!« Irritiert blickte er auf seine verhedderten Hosenträger.

»Du sollst nicht lügen«, konterte Jens.

»Du sollst nicht töten«, erwiderte sein Sohn süffisant. »Schon gar nicht mit deiner Predigt.«

Krimhild kam mit Kaffee ins Wohnzimmer und reichte die gefüllten Becher herum. Tochter Leni schrieb weiter und hörte Musik. *Last Christmas,* von Wham!

»Weißt du, ich finde«, sagte Alex, »du solltest mal was Unerwartetes tun. Was Unerwartetes sagen.«

»Hast du heimlich Theologie studiert?«, fragte Jens.

»Nö. Aber ich musste für die Schule so einen Bibelsender schauen und die Reden analysieren.«

»Da hat er recht«, warf der wiedererweckte Schwiegervater ein. »Sag deinen Schäfchen mal, was du von ihnen hältst. Und was sie von Weihnachten halten sollen.«

»Glückwunsch«, sagte Alex. »Papa, du bist das Oberschaf, nicht der Hirte.«

»Nein.« Jens verstand und zerriss die Rede, an der er acht Stunden geschrieben hatte. »Dieses Jahr wird das anders!«

Jens wankte auf dem Weg zur Kanzel.

Er hatte sich ein bisschen Mut antrinken müssen, aber weswegen gab es den Messwein sonst? Und als ein bisschen Mut nicht ausgereicht hatte, hatte er nachgelegt. Nach seiner Definition gab es jetzt auch Mess-Rum: hoch konzentrierter Glaube von der Tanke, den er rasch gesegnet hatte.

Der Alkohol verstärkte seine Überzeugung, die beste, beste, beste Predigt seines Lebens geschrieben zu haben. Und die Kirche war voll. 500 Leute, die Kleinsten und die Großen, Alt und Jung, sogar Ausgetretene hatten sich eingeschlichen und sich unauffällig neben der Tür positioniert. War ja Weihnachten und er gnädig.

Jens stolperte grazil die Stufen zur Kanzel hinauf, sein MG-Stand des Herrn, von dem er die Worte der Barmherzigkeit abfeuern würde. Und das Geschütz war Fleisch geworden, sein Mund, und siehe, das Magazin in Form von Blättern voll geladen. Jedes Wort ein Treffer in die Herzen der Menschen, damit Weihnachten sie erwischte. Es klang ein bisschen martialisch für die Botschaft der Liebe, aber nun ja.

Die Orgel dröhnte noch einmal, das Lied verklang.

Jens krallte sich an den Seitenwänden der Holzverkleidung fest und ließ seine unscharfen Blicke schweifen. Er hielt es plötzlich für eine gute Idee zu improvisieren. Die Predigt konnte er anschließend abfeuern.

»Hinsetzen, ihr Schafe!«, nuschelte er in feinster Til-Schweiger-

Manier. Die Gemeinde setzte sich. »Genau. Ihr seid meine Schafe! Ihr alle! Und ich bin euer betrunkener Hirte.«

Jemand räusperte sich peinlich berührt.

»Was'n? Ich bin hier auf einer Party, ihr Paarhufer!« Jens zeigte ruckartig auf die Krippe, dargestellt von den Kindergartenkindern. »Jesus hat Geburtstag. Und dem singen wir jetzt ein Ständchen! Soll er hören, da oben: Los, alle: *Wie schön, dass du geboren bist ...*«

Die Kindergartenkinder sangen aus Reflex »Wir hätten dich sonst sehr vermisst« mit, die Eltern mussten nachziehen. Die Orgel dudelte rasch hinterher und brachte alle aus dem Takt.

»So, reicht!«, rief Jens. »Mensch, der Jesus. Der wird 2016 Jahre alt und ist volljährig! Mehrfach. Lukas 15, Zeile 1: *Jesus war ständig umgeben von Zolleinnehmern und anderen Leuten, die als Sünder galten.* Wie hätte sein Geburtstag wohl ausgesehen? So lahm und dröge, wie ihr da rumsitzt? Nix da! Der hätte jetzt mal schöööön ein Fass aufgemacht. Speisung der Zehntausend und Hochzeit von Kanaan und so. Das volle Programm! Und gesoffen hat er, mit ... Zöllnern. Und Nutten. Und Drogendealern und Teufelsanhängern. Garantiert.«

Erstes Gemurmel machte sich breit.

»Schafe! Nicht blöken. Hört dem Hirten zu, ja?« Jens deutete mit beiden Fingern auf sich und wäre beinahe rückwärts von der Kanzel gefallen. »Schön zuhören.« Zwei Ältere stemmten sich von den Stühlen. »Halt! Seniorenschaf Weber und Altbock Pitzki: Wer früher geht, bekommt keinen Segen, verstanden? Und ich schere Sie beide noch dazu! Vor allen Leuten!« Sie setzten sich wieder. »So is' fein!« Jens griente selig durch die Kirche. »Und jetzt sagt mir mal: Was wollt ihr in meiner Kirche?«

Stille.

»Ihr wisst nicht, was ihr in meiner Kirche wollt, taucht aber auf?«

»Segen«, rief jemand und bekam Nicken von der Herde. »Weihnachtssegen.«

»Einen Gottesdienst«, rief ein anderer, und erneut wippten die Köpfe. »Vor der Bescherung. Und abends noch mal. Wie sich das gehört.«

»Was von dem Zeug, das Sie genommen haben, Herr Pfarrer«, kam die dritte Antwort und blieb ohne deutliche Zustimmung.

»Segen und Gottesdienst. Aha«, resümierte Jens. »Warum?«

»Weil Heiligabend ist. Und es sich halt gehört. Hat jemand schon gesagt.«

»Und im restlichen Jahr braucht ihr das alles nicht«, stellte er fest. »Richtig?«

Die Besucher warfen sich gegenseitig Blicke zu. Sie hatten sich in die theologische Falle leiten lassen.

»Aber gehört sich das nicht auch im restlichen Jahr? Ich reiße mir also das ganze Jahr den Arsch für nix auf, um ein bisschen Christentum bei euch zu verbreiten und euch den Frieden des Herrn zu geben. Aber heute, an Heiligabend, da wollt ihr das volle Gedöns.« Jens grinste auf sie herab. »Und wisst ihr was? Verpisst euch.«

Das Gemurmel wurde lauter, empörte Worte hörbar.

Jens sprang auf das Pult der Kanzel und zeigte mit ausgestrecktem Finger auf die Besucher. Es wackelte und knirschte gefährlich unter seinem Gewicht. »Geht nach Hause und beschenkt euch. Ihr braucht meine Absolution nicht, kein Christen-Schischi, weil ihr eh nicht glaubt.«

Jens wankte gefährlich. Entsetzen in den Gesichtern der Schafe. Es mochte daran liegen, dass er keine Unterhose unter dem Talar trug und man in dem Winkel bestimmt genau die zwei Glocken und den Strick sah. »Aber wenn euch was dran liegt, dann kommt morgen wieder, und ich halte meine Predigt. Meine beste, beste, beste Predigt ever, ever, ever! Bringt eure Geschenke mit. Alle. Und die packen wir wieder ein und verschicken sie an Bedürftige. *Das* hätte Jesus gefallen.« Er blickte schwankend auf die Uhr. »Und jetzt raus. Gleich kommen die Nutten und Zuhälter, Stripper und Dealer und Rocker und alle anderen von Lukas 15, Zeile 1 bis 2, und wir feiern Jesus' Geburtstag. Denkt drüber nach, was ich gesagt –«

Jens verlor das Gleichgewicht und fiel rückwärts in die Kanzel, flog die Stufen hinab und verlor das berauschte Bewusstsein.

Als Jens zu sich kam, lag er auf der heimischen Couch und hatte eine Eiswürfelpackung auf der Stirn. Es war dunkel und roch nach Gebäck. Leise erklang von der Straße ein Kinderchor.

Ihm gegenüber im Sessel saß sein Sohn Alex wie ein Psychiater, den Block auf dem rechten Oberschenkel, mit einem breiten Grinsen auf den Lippen. »Das war mal was, Papa.«

»Unerwartet. Irritierend. Herausfordernd. Wie du gesagt hast.« Jens' ganzer Körper schmerzte vom Sturz die Kanzel hinab. Er fühlte sich noch leicht betrunken, aber weniger euphorisch als in der Kirche. *Mess-Rum. Dumme Idee.* »Vorweg: Das war nicht die beste Predigt«, sagte er leise. »Ich habe improvisiert.«

»Haben alle gemerkt.« Alex verlor sein Grinsen nicht. »Übrigens, es gingen noch nie so viele Leute mit nachdenklichen Gesichtern aus der Kirche wie heute. Ich wette, die kommen morgen alle wieder, um die echte Predigt zu hören. Du hast die Schäfchen erreicht. Weiter so.«

Jens war sich nicht sicher. »Meinst du, dass die Zeitung drüber schreibt?«

»Bestimmt. Und die Videos bei YouTube und Facebook haben alle schon Tausende Likes.« Alex stand auf. »Dann schlaf dich mal aus.« Er schob ein Glas mit Schwebeteilchen rüber. »Schmerzmittel. Morgen musst du auf Zack sein.« Seine Schritte lenkten ihn zum Ausgang.

»Wohin gehst du?«

»In die Kirche. Jesus feiern. Mit Koks, Nutten und so. Den Sündern.« Alex zwinkerte ihm zu. »Nur ein Scherz, Papa.« Er verließ das Zimmer.

Als die Haustür zufiel, ahnte Jens, dass sein Sohn wohl doch feiern ging. Mutig streckte er die Hand aus und zog den Tabletcomputer zu sich, um die Videos zu sichten.

Alex hatte nicht gelogen. Hunderttausende fanden ihn gut. Sogar ausländische Medien berichteten über den »besoffenen Hirten«, etliche beschimpften ihn auch. Aber die Mehrheit fand gut, was er im Kern gesagt hatte. Über die wahren christlichen Werte.

Jens sah zu und hörte seine eigenen Worte wie zum ersten Mal.

Nach dem letzten Schluck Rum in der Sakristei hatte er einen Filmriss.

»Das war der Wille des Herrn«, murmelte er und trank das Schmerzmittel, erhob sich ächzend und schlurfte zum Schrank, um sich einen Schnaps einzuschenken. Weih-Wasser. Nein, mehr ein Heiliger Geist.

Dann kam die Szene, wo er auf die Kanzel sprang und der Welt seine schwingenden Hoden und seinen pendelnden Penis zeigte. Und nach dem letzten Überschlag von der Treppe der Kanzel stülpte sich der Talar über seinen Kopf und entblößte sein Gemächt in voller Pracht.

Jens spuckte den Schnaps aus.

Egal, was er morgen predigte, diese Show würde kein Pfarrer überbieten können. Unerwarteter, irritierender, herausfordernder hätte es nicht laufen können. Nicht mal für ihn.

DER AZUBILAUS

Es klingelte an der Tür.

Ilka lief durch den Flur und blickte auf die Uhr. 17 Uhr. Pünktlich kam der im Internet bestellte Weihnachtsmann von *Best Santa,* um die Kinder zu überraschen, ihre Verfehlungen vorzulesen, Gedichte abzufragen und Wunschzettel einzusammeln. Samt einiger Kleinigkeiten.

Vor dem Milchglas zeichnete sich ein Umriss von einem Mann mit einem Sack über der Schulter ab. Sie öffnete – und blickte in das Gesicht eines Asiaten mit angeklebtem Bart.

»Hohoho! Von draußen vom Walde komm ich her«, sagte er freudig. »Ich muss euch kacken –«

»Sagen«, soufflierte eine Stimme aus dem Off.

Ilka lehnte sich leicht nach vorne und entdeckte einen Mann in einem Anorak neben der Tür, der ihr freundlich zunickte. Auf seiner Baseballmütze stand *Best Santa.* »Ist das Ihr Ernst?«

»Nein, das ist Samo«, erwiderte der Mann ruhig. »Ihr bestellter Weihnachtsmann.«

»Äh«, machte Ilka. »Aber …«

»Ist es, weil er anders aussieht, als Sie dachten?«

»Ich … ich …«

»Sind Sie Rassistin?«, setzte der Mann sofort nach. »Wir hätten noch einen in Weiß, mit weißem Kostüm und weißer Kapuze und drei roten K auf der Kutte. Wird aber selten gewählt.« Der Mann streckte ihr die Hand hin.

»Ein Scherz. Röttgen. Von *Best Santa.* Samo haut gelegentlich bei den Wörtern noch daneben, aber das ziehen wir von der Rechnung ab.« Er machte eine beschwichtigende Geste.

»Ein Asiate.« Ilka schüttelte die Hand.

»Vietnamese.« Röttgen zog einen Zettel mit zahlreichen Tabellen aus der Sakkoinnentasche. »Wir machen im Auftrag der Bundesregierung parallel zu unseren Aufträgen eine Erhebung, ob die Kinder und ihre Eltern sich von anderen Aussehen des Weihnachtsmannes irritieren lassen. Sie wissen ja, dass der Original-Nikolaus Türke war. Und in Zeiten von ansteigenden Migrationshintergründen …«

Ilka glaubte mittlerweile an *Versteckte Kamera.* »Hören Sie, ich esse sehr gerne asiatisch und indisch und türkisch und … und ich will einen … deutschen Nikolaus.«

»Mh«, machte Röttgen und notierte etwas. »Blond und blauäugig?«

Wieder eine Falle. Ilka atmete tief durch. »Ich denke, ich werde gerade für ein TV-Format reingelegt.« Sie sah über die Schulter, ob die Kinder etwas mitbekamen. »Wir haben alle gelacht, haha, und jetzt bitte: Versauen Sie mir nicht den Nikolaustag.« Als sie sich zurückdrehte, war Samo verschwunden. Stattdessen stand ein Dunkelhäutiger im Nikolauskostüm auf der Schwelle. »Was …?«

»Sie wollten doch keinen Asiaten. Wir haben ein großes Portfolio«, sprach Röttgen um die Ecke. »Das ist Alfredo.«

»Das ist ein … Farbiger!«

»Meine Hautfarbe ist schwarz«, verbesserte sie Alfredo genervt. »Oder sehe ich aus wie ein Regenbogen? Dunkelhäutig wäre auch okay.«

»Jetzt wünschen Sie sich doch lieber einen Türken, richtig?«, fragte Röttgen.

»Hören Sie.« Ilka trat hinaus auf die kleine Veranda und zog die Tür hinter sich zu. »Es kann sein, dass Sie das ernst meinen und Sie so was wie eine Erhebung machen wollen. Aber ich will das nicht.«

»Manchmal geht es um mehr als das eigene Glück, Frau Möring.« Röttgen bedeutete Alfredo, von der Veranda zu gehen. Der Nikolaus stiefelte die Stufen hinab und verschwand hinter der Hecke.

»Im Jahr 2015 hatten beispielsweise 17,1 Millionen der insgesamt 81,4 Millionen Einwohner in Deutschland einen Migrationshintergrund. Von diesen 17,1 Millionen Personen waren 9,3 Millionen Deutsche und 7,8 Millionen Ausländer«, referierte Röttgen. »Die meisten der 17,1 Millionen Personen mit Migrationshintergrund stammen aus der Türkei, gefolgt von Polen, Russland und Italien. Kasachstan ist mit 5,5 Prozent das einzige wichtige nichteuropäische Herkunftsland. In diesem Zusammenhang ist allerdings zu berücksichtigen, dass für 8,1 Prozent der Personen mit Migrationshintergrund keine Angaben vorliegen. Wir müssen also auf alles vorbereitet sein.«

»Wie Vietnamesen?«

»Zum Beispiel. Oder Menschen mit dunkler Hautfarbe. Die können ja auch Amerikaner oder von sonst welcher Nationalität sein, nicht wahr?«

Ilka überlegte. »Das heißt, Sie schicken gleich noch einen Türken, einen Polen, einen Russen …«

»Na, wir würden mehr die Exoten austesten wollen.«

»Die Exoten?«

»Genau, Frau Möring.«

»Was verstehen Sie unter Exoten? Eskimos?«

»Inuit lautet die Bezeichnung. Eskimos ist nicht korrekt. Wie First Nation statt Indianer in Kanada. Die haben ja nix mit Indien zu tun, nicht wahr?«, sagte Röttgen. »Um auf Ihre Vermutung zurückzukommen: Nein, Inuit nicht. Rein statistisch sind sie in Europa *zu* selten.«

Ilka schüttelte den Kopf. »Mir wäre das nicht so recht.«

»Ihre Kinder haben doch ausländische Mitschüler«, warf er ein. »Die kommen schon damit klar.«

»Eskim… Inuit nicht. Schön. Von welchen Nationalitäten reden wir?«

Röttgen pfiff kurz, und die Nikolausarmee kam angetrabt. »Das ist Abu aus Indien, Conchita aus Brasilien, Lin aus China, François aus Tunesien, Charly, unser Ladyboy aus Thailand, Horst aus Österreich, Ramsi aus Ägypten, Alinta, eine Aborigine aus Australien, und Josef von einer mobilen ethnischen Minderheit.« Winkend standen die Männer und Frauen vor Ilka, alle mit Bart und im rot-weißen Outfit.

»Mobile ethnische Minderheit – was soll das denn sein?«

»Sinti und Roma und alle weiteren Zugehörigen dieser Kategorie. Wir sind noch immer auf der Suche nach einer besseren, politisch korrekten Bezeichnung.« Röttgen sah auf seinen Zettel und zückte den Stift. »Gut, mit wem fangen wir an?«

»Ich soll jetzt einen auswählen?«

»Genau. Und dann alle anderen, inklusive Alfredo und Samo. Die machen gerade Pause, schätze ich. Das sind unsere Azubi-Nikoläuse. Azubiläuse, wenn Sie so wollen.«

Ilka hob beide Arme. »Gut, das reicht. Jetzt kommen gleich die Kameraleute. Wir lachen eine Runde, und dann möchte ich, dass der Unsinn aufhört und ich mit meinen Kindern Nikolaus feiern kann.«

»Aber Abu kann gut Deutsch.«

»Haben Sie nicht zugehört?« Ilka wartete vergebens auf das Kamerateam. »Machen Sie die Erhebung woanders. Und wenn Sie noch einmal klingeln, rufe ich die Polizei.«

Röttgen seufzte. »Immer der gleiche Mist. Keiner ist in der Adventszeit entspannt.« Er bedeutete seinen Leuten, den Rückzug anzutreten. »So wird das mit der Erhebung nie was.«

»Schreiben Sie halt irgendwas drauf«, empfahl Ilka. »Ich nehme … den Inder. Wegen des Feng-Shui!«

»Ist gut, Frau Möring. Wegen Menschen wie Ihnen wird es nie was mit der Völkerverständigung. Die können wir jetzt alle zurückschicken. Die werden umschulen müssen auf so was Albernes wie Fußball-Maskottchen oder Figuren in Disney World. Das haben alleine Sie zu verantworten. Frohes Fest.« Er stieg in den Transporter, der just vor dem Haus hielt. »Bis denn. Und die Rechnung stelle ich nur zu fünfzig Prozent. Plus Anfahrt.« Der Wagen fuhr los.

Ilka atmete laut aus und zog ihr Smartphone aus der Tasche. Sie brauchte hurtig Ersatz, sonst war der Tag im Eimer. Schnell hatte sie einen studentischen Nikolaus ausfindig gemacht, Adam Mutzler, der einen guten Eindruck machte. Per SMS sagte er zu, binnen einer halben Stunde vor Ort zu sein. Die nötigen Infos schickte sie ihm in einer Mail.

Und so schellte es nach 30 Minuten an der Tür. Ilka war beruhigt, einen Umriss durch die Scheibe zu sehen, mit Sack über der Schulter.

»Der Nikolaus!«, krähten Sohn und Tochter und rannten zur Tür.

»Genau!« Ilka öffnete die Tür und lächelte erlöst: groß, adrett, im rot-weißen Outfit und mit einem leichten Hipster-Bart, in dem goldener Glitter flirrte. Das ging in Ordnung.

»Oh, da ist er!« Fröhlich klatschte sie in die Hände und ließ ihn ein. »Also, begrüßt den heiligen Mann.«

Artig sagten sie ein Gedicht auf, und er strich ihnen mit seinen weiß behandschuhten Fingern über die Köpfchen. Die Risse in ihrer Vorweihnachtszeit wurden gekittet.

»So, lieber Nikolaus. Nun verrate uns«, hob Ilka an. »Waren die Kinder immer artig?«

»Nu, des gonn monn so nich sochn. Ihr gleenen Gaulquappen, ihr«, sächselte der heilige Mann. »Donn les'sch eusch mol vor, was mir do zu Öhr'n gegomm'n is, verbibsch?«

Jörg und Doro starrten den heiligen Mann an.

»Mama, was hat er gesagt?«, fragte Doro weinerlich. »Ich verstehe ihn nicht.«

Ilka seufzte.

GOLDWICHTELN

»Das ist so aufregend!« Liliane sah in die Runde ihrer Lieben. Auf dem großen Wohnzimmertisch stand das Paket, verpackt, als käme es von der pittoresken Nordpol-Nikolaus-Wichtelfabrik, mit echtem Blattgoldglitter, Seidenbändern, grünem Samtpapier und Schleifen.

»Das ist es, Liebes. Das ist es.« Hermann tätschelte ihren Handrücken, und sein Goldring mit dem Diamantwappen blitzte.

»Endlich ein Weihnachtswichteln mit unseresgleichen«, stimmte Pedro Erich zu, der aus dem Internat aus Chamonix gekommen war, und öffnete den guten Champagner, viertausend die Flasche. Über sein Poloshirt hatte er sich einen Kaschmirpullover um die Schultern gelegt.

»Ein Hoch auf das RicherNet«, stimmte seine Schwester Annabelle zu, die ausschließlich Designermode an ihrem trainierten Körper duldete. Nichts unter 300 Euro durfte an ihre Haut heran, und das war erst die Unterwäsche.

Die Vanderhorsts waren das exakte Gegenteil von den Geissens, abgesehen von den zahlreichen Millionen auf dem Konto: kultiviert, unauffällig, distinguiert. Und doch war in den letzten Jahren der Wunsch aufgekommen, Weihnachtswichteln wie das normale Volk zu begehen – allerdings mit entsprechendem Budget. Berechenbarer Nervenkitzel.

Da man nicht unbedingt Nachbarn mit passendem Budget hatte, nutzten sie das RicherNet, wo sich Menschen ab hundert Millionen Barvermögen aufwärts tummelten. Dort hatten sie sich in die Datenbank für das Goldwichteln eingetragen, ihre Geschenke im Wert von einer Million eingetragen und in die Zentrale geschickt, damit sie anonym versendet wurden.

Nun hatten die Vanderhorsts ihre Wichtelgeschenke erhalten.

Liliane öffnete das Paket und hob vorsichtig die lockenartigen, millimeterdünnen Teakholzspäne heraus, die einen tollen Duft verbreiteten. Goldener Glitzer und Bio-Strohsterne landeten auf dem Tisch. Das Auspacken allein war bereits ein Erlebnis.

»Und einer nach dem anderen«, schärfte Hermann ihnen ein und erhob sich, als die obere Lage abgetragen war. Er langte in das Paket und fischte das erste Päckchen heraus. Ein blattgoldverziertes Namenskärtchen hing daran. »Das ist für meine einmalige Frau«, sprach er feierlich und reichte es ihr.

Pedro filmte mit seinem Smartphone und streamte das Erlebnis live in die sozialen RicherNet-Kanäle.

Liliane nahm das Päckchen mit beiden Händen und schüttelte es, lachte dabei auf wie ein kleines Mädchen. »Es ist … schwer. Und – huch!« Sie kicherte. Aus dem Innern erklang ein leises Summen. »Es ist ein Wecker! Ich habe den Alarm aktiviert.«

»Christkind-Alarm«, steuerte Annabelle bei. »Das ist bestimmt Cartier!«

»Tag Heuer«, riet Pedro.

»Rolex!«, warf Hermann ein.

Alle starrten gebannt auf die brillantringgezierten Finger ihrer Mutter, die das Papier abschälte und eine schwarze Verpackung freilegte, in der es summte.

»*Siupa Mäckiäto Bäscha*«, las Liliane langsam und zelebrierend die Rückseite vor. »Das Label kenne ich nicht. Oh. Made in Hongkong.«

»Das heißt Super Macchiato Basher, Mama.« Pedro senkte die Kamera, als seine Mutter die Packung drehte, um die Vorderseite zu betrachten. »So ein billiges Ding, um Milch aufzuschäumen.«

»Das ist doch ein schlechter Scherz«, sagte Hermann und bedeutete ihr, die Schachtel zu öffnen. »Darin ist gewiss der Wecker.«

Liliane öffnete.

Kein Wecker, keine Uhr.

Der Super Macchiato Basher war ein Super Macchiato Basher. Er hatte sich eingeschaltet und vibrierte, als hinge sein Leben davon ab.

Erschrocken drückte Liliane die Packung zu, aber das Vibrieren und Rascheln ging weiter. Die Verpackung zitterte über den Tisch und schob die Späne zur Seite.

»Der ist nicht mal aus Gold«, bemerkte Annabelle.

Pedro öffnete sein Geschenk: eine *Rholläx.* Das billige Metall musste von Blinden mit einer Paint-Ball-Waffe lackiert worden sein. Die Zeiger hingen schlaff nach unten, man konnte sie durch rotierende Bewegungen zum Kreiseln bringen.

Das Grauen ging weiter: Annabelle bekam einen Gutschein für einen Textildiscounter zusammen mit einem Rabattheftchen für Billigrestaurants und einem Päckchen Zigaretten. *»Das Dessert«,* las sie von dem gelben, fleckigen Memo-Zettelchen darauf ab. *»Zwinker, zwinker. LOL.«*

Hermann sah sehr frustriert auf einen Tetra Pak Rotwein *Sans Château* und einen Nussknacker, geformt aus zwei Frauenschenkeln, die man zusammendrücken musste. Weihnachten war im Arsch.

»Ich rufe an«, verkündete er kultiviert-erbost und suchte die Hotline des RicherNet heraus, wählte und wartete. »Ja, ganz vorzüglichen Heiligen Abend, gute Frau. Es tut mir leid, Sie zu enervieren, aber ich habe eine Reklamation, die …« Er lauschte. »Ah, Sie wissen schon Bescheid?« Er schaltete auf Lautsprecher, damit seine Familie mithörte.

»Ja, Herr Vanderhorst. Wir haben es eben erst bemerkt. Es gab ein Durcheinander in der Datenbank, in die Sie eingetragen sind.«

»Was bedeutet das?«

»Unsere Tochterfirma *Gesocks schenkt* hat Sie aus Versehen eingebucht.«

»Das bedeutet?«

»Dass wir die für Sie vorgesehenen Wichtelgaben an eine Familie gesendet haben, deren Gesamteinkommen unter dem Minimum liegt. Die Waschulkapuffskis. Deren Paket ist bei Ihnen gelandet.«

»Oh.« Hermann schürzte die Lippen und sah dem Super Macchiato Basher dabei zu, wie er Linien in die Holzspäne malte. »Wie bedauerlich. Ich meine, ich freue mich für die Herrschaften, aber ich denke nicht, dass wir damit rechnen können, dass …«

»Frohe Botschaft, die Waschulkapuffskis sind bereits auf dem Weg zu Ihnen, um einen Austausch vorzunehmen.«

»Auf dem Weg?«

»Ja, Herr Vanderhorst.«

Es läutete an der Tür, in der Melodie von Vivaldis *Sommer*, eingespielt von den Londoner Symphonikern und über die Surround-Anlage abgespielt, als säße man mitten im Konzert.

»Mein Gott!« Liliane zog die Jacke enger um den Körper. »Wir … sind verloren!«

»Aber bitte. Das sind nicht die Wilden, die gekommen sind, um uns aufzufressen«, erwiderte Hermann und bedeutete seinem Sohn, ihn zur Tür zu begleiten. »Danke«, sagte er zur Hotline und legte auf.

Liliane und Annabelle schalteten auf dem TV-Schirm das Überwachungssystem an und warfen einen Blick auf die Waschulkapuffskis. »Das sind … acht!«, entfuhr es Liliane.

»Dazu zwei Hunde. Pitbull, Rottweiler«, fügte ihre Tochter hinzu und deutete nach rechts. »Ist das ein Frettchen?«

»Ja.« Liliane sah sich hastig um. »Die werden alles annagen und zukoten. Schnell!« Sie stopfte alle Päckchen wieder in den Karton, presste die Holzspäne hinterher. »Schnell, nach vorne bringen! Ich will sie nicht hier drin haben!«

»Aber Mama! Es ist Weihnachten! Das Fest der Liebe!«

In das betretene Schweigen summte der Super Macchiato Basher hinein. Nichts brachte ihn zum Schweigen.

Dann erklang das laute Bellen eines großen Hundes, das Trappeln von Pfoten kam dem Wohnzimmer näher. »Ey, du scheiß Töle! Hierher!«, brüllte ein Mann. »Ruprecht! Hierher! Wirst du wohl! Wehe, du beißt jemanden! Die sind alle teuer, hörst du?«

Zu Lilianes Entsetzen spurtete der Pitbull vorneweg, verfolgt von dem Rottweiler. Der wilden Jagd kam ein ganzes Rudel Leute hinterher, in denen Hermann und Pedro mitgeschwemmt wurden wie Treibgut in einem Prekariatstsunami, den Liliane so sehr fürchtete wie Adlige einst die Revolution in Frankreich.

Bevor ihr Herz zweimal geschlagen hatte, war aus dem Wohnzimmer ein Tummelplatz von Menschen, Tieren, Gerüchen und lautstarken Unterhaltungen geworden, Statements zur Einrichtung, die vom Gebrüll des Patriarchen durchbrochen wurde, der »Scheiße, haltet die Fresse« verlangte, gefolgt von: »Ich mach euch gleich den Pilatus«, und einem herzhaften: »Benehmt euch, verfickt noch eins, ey, ihr Spackos!«

Dann trat aus irgendeinem Grund Ruhe ein. Das Auge des Sturms, dachte Liliane. Bevor es wieder losbräche und ihr Haus vernichtete!

»Meine Damen, darf ich vorstellen: die Waschulkapuffskis«, sagte Hermann mit mühsam aufrechterhaltener Contenance.

»Jawollja«, rief der Clanchef, erkennbar an der Lederjacke, den Modeschmuck-Goldkettchen über dem Printshirt mit der verwaschenen Aufschrift: »Bier fo_mte di_sen _unde_schöne_ _örpe_«. Er winkte nach ein paar der Jungen, die das Paket auf den Tisch wuchteten. »*Das* ist *nicht* uns.«

»Aber *das* ist *Ihres*«, erwiderte Liliane hinreißend und schob den Karton wie bei einem Geiselaustausch hinüber. Super Macchiato Basher vibrierte vor Freude ein bisschen mehr. »Frohes Fest. Und schönen Abend in Ihrem Zuhause.«

Der Clanchef nickte, was in ein ablehnendes Kopfschütteln überging. »Ach, was soll das? Sie sind sonst ja so alleine bei der Bescherung. Das machen wir gleich hier. Dann kommt mal Leben in den alten Kasten! Und wir schauen uns gegenseitig zu, wie sich die anderen freuen.« Er öffnete den Deckel und schaufelte die Späne raus. Pitbull und Rottweiler stürzten sich sofort darauf, die kleineren Kinder mischten mit und wurden zu Lilianes Verwunderung nicht zerfetzt.

»Bevor Sie sich gleich zu sehr wundern«, warf Annabelle ein. »Es sind nur vier Geschenke drin.«

»Liegt am Budget«, erklärte eine der jüngeren Waschulkapuffski-Frauen, die offenkundig sehr schwanger war. »Hoffentlich sind es wenigstens gute Sachen.«

Die Vanderhorsts tauschten Blicke.

»Sie sollten wissen«, sagte Hermann verlegen, »es sind … recht geschmacklose Dinge drin. Für Weihnachten zumindest.«

Liliane kam sich plötzlich schlecht vor.

Nicht, weil sie reicher waren, das brachte manches Leben eben mit sich. Aber zu wissen, dass es darin nichts gab außer einem Milchaufschäumer, Kippen, Rabattgutscheine für Billigklamotten und noch billigere Restaurants, eine schlecht kopierte Rolex, Pappkartonwein und einem Frauenschenkel-Nussknacker, das machte sie nicht glücklich. Ausgerechnet sie, die sich bis vor wenigen Sekunden vor den lärmenden Menschen und den Hunden gefürchtet hatte, konnte nicht anders, als zu sagen: »Wissen Sie was? Bleiben Sie doch zum Essen.«

Annabelle hob die Augenbrauen synchron mit Pedro und ihrem Mann, als wären sie Puppen und ihre unsichtbaren Bauchredner hätten sich ein Signal gegeben.

»Oh. Wir wollen keine Umstände machen«, schaltete sich die älteste Frau des Waschulkapuffski-Clans ein und sammelte bereits Hunde und Kinder ein. »An Heiligabend wollen Sie Ihre Ruhe. Das kann ich gut verstehen.« Sie seufzte.

Liliane lächelte sehr breit. »Ach, Unsinn. Wir bestellen Pizza«, hörte sie sich selbst sagen, obgleich ihr Körper mit Kohlehydraten gar nicht umzugehen wusste. »Und den Weinkeller kriegen wir auch leer.«

»Sicher, Liebes«, stimmte Hermann zu und umfasste Annabelles und Pedros Schultern. Lilianes Familie sah erfreut und wie aus einem Weihnachts-Modekatalog aus.

»Das ist … sehr nett!«, rief der Waschulkapuffski-Clanchef und reichte Liliane die Hand. »Ich bin der Jupp. Das sind Kevin, Justin, Chantalle, Vino, Elvira, Großmutter Lydia, Opa Heinz.«

»Freut mich. Freut mich sehr.« Sie klatschte einmal in die Hände. »Dann legen wir mal los und lassen den Geist der Weihnacht in unsere Herzen!«

Und schon wurde der erste Wein geöffnet.

Nach dem zweiten Glas fand Liliane es peinlich, dass sie im RicherNet unterwegs waren.

Nach dem dritten wurde ihr alleine bei dem Gedanken übel, dass sie eine Million in dämliche Geschenke investiert hatten, als sie hörte, wie die Waschulkapuffskis lebten – und irgendwie glücklich waren.

Nach dem vierten Glas nötigte sie den Gästen die echten Geschenke auf und legte noch aus ihrem Haushaltsgeld hunderttausend drauf.

Dafür überließ die Chefin ihr den Super Macchiato Basher. Danach machten sie Tetra-Pak-Stechen mit dem Billigwein, nur aus Spaß.

Irgendwann schlief Liliane sehr betrunken und sehr selig ein. Das war das schönste Weihnachtsfest von allen gewesen. Mit Pizza und Wein.

Im Morgengrauen torkelte der Waschulkapuffski-Clan nach Hause.

»Habe ich nicht gesagt, dass es klappt?«, erkundigte sich Kevin, der in Wahrheit Klaus-Peter hieß. »Die neue Firewall des Servers hielt nicht lange.«

»Du hast recht«, sagte Jupp, dessen echter Name Maximilian lautete. »Du bist gut im Computerhacken. Bestens investiertes Geld.«

Pitbull Hilde und Rottweiler Rossi liefen bei Fuß, die friedlichsten, folgsamsten Hunde der Welt. Die Schwangerschaft von Juliane endete abrupt, indem sie das Kissen unter ihrem Pulli rauszog.

Maximilian boxte Klaus-Peter spielerisch auf den Oberarm. »Und nächstes Jahr wieder.«

Seit vier Jahren waren sie vom Prekariat weit entfernt und ihm zugleich verbunden. Eine Schauspieltruppe, perfekt aufeinander eingestimmt, um das RicherNet zu knacken und die reichen Säcke dazu zu bringen, ihnen möglichst viel freiwillig mitzugeben.

Maximilian und seine Leute spendeten den Großteil und behielten einen kleinen Anteil als Aufwandsentschädigung. Die meisten besuchten reichen Säcke wurden danach zu ehrlichen, besseren Menschen. Auch die Vanderhorsts würden ins Lager der Netten wechseln.

»Geht noch jemand mit, einen Kurzen trinken?«, fragte Maximilian.

Die Truppe lehnte ab. Alle hatten sich Mühe gegeben, den Wein-, Champagner- und Schnapskeller von Hermann zu plündern.

»Okay.« Maximilian verabschiedete sie mit einem Salut, der erwidert wurde.

So machte Weihnachten Spaß. Am meisten wahrscheinlich den Reichen, weil sie ein gutes Gefühl geschenkt bekamen.

DAS ADVENTSMENÜGEDICHT

Haben sich bei Muddi eingeladen,
waren nicht mehr hier seit Jahren.
Fassten also den Entschluss,
dass die Familie essen muss,
und zwar gemeinsam unterm Baum.
Muddi sagt zu, man glaubt es kaum.

Dann begann Muddi mit der Liste,
fragte jeden ab: Was isste?
Tochter Emma war allergisch
gegen Äpfel, Nüsse, Rettisch.
Sohn Alex hasste jedes Fleisch,
außer es war total weich.
Opa Arnulf wollte Gemüse,
doch bei Knoblauch platzt die Düse.
Omma Hertha hasste Zwiebeln,
davon musste sie stets kübeln.
Gatte Arno, der fraß alles,
sehr genügsam, bis auf Schales,
dies verschmäht er mit Verachtung,
kriegt das Kotzen bei Betrachtung.

Muddi schaut auf ihre Liste,
greift in die Rezeptekiste.
Doch vom Salat bis zum Plunder:
Ein Menü wär fast ein Wunder.

Sie erfährt von weit'ren Gästen,
und auch diese will sie mästen.
Aber ihr Gesicht entgleist:
Alles Veganer. Und das heißt,

dass nichts kommt von keinem Tiere,
weder Ei noch Butter noch Niere,
auf den Teller dieser Menschen,
die den Viechern Leben schenken.

Dann die Unverträglichkeiten,
die ihr Kopfschmerzen bereiten.
Eiweiß, Gluten, Histamin,
Glutamat, wo führt das hin?
Hefe, Zucker, Weizenmehl,
Muddi wird schlecht, sie guckt schon scheel.

Dann noch die Veganer am Tisch
die essen ja noch nicht mal Fisch
oder Pute oder Huhn.
Was soll da die Muddi tun?

Sie grübelt, rätselt, kratzt sich am Kopf,
stapelt auf Topf um Topf,
füllt, rührt, schäumt und kocht,
denkt an die Familie und hofft,
dass ein jeder hier wird satt
und am Ende mag kein Blatt.

Mäh, mäh.

Dann wird's Abend und besinnlich,
der Tisch gedeckt, und zwar festlich.
Muddi kommt und trägt auf,
füllt die Tafel im Wettlauf,
Schüssel um Schüssel, Pott um Pott,
teilt sie aus, ganz flink und flott.
Es ist für jeden was dabei.
Nur satt macht's nicht, eieiei.

Es gibt heißes, warmes, kaltes Wasser
für Veganer und Allesfresser.
Die Schmarotzer schau'n betroffen,
leider gänzlich unbesoffen,
auf die Teller heißen Nass'.
Muddi lächelt und hat Spaß.
»Seht, wir entsagen dem Konsum,
das hat doch mit Weihnachten zu tun.
Bescheidenheit, wir gedenken den Armen,
derer wir uns zu selten erbarmen.«
Muddi will noch etwas sagen,
doch der Familie platzt der Kragen.
Schon verlassen sie das Haus,
suchen sich 'nen anderen Schmaus.

Und die Moral von der Geschicht':
Allen recht machst du es nicht.
Kannst das Beste daraus machen,
und über Undankbarkeit lachen.

Oder lad die Säcke nicht mehr ein.

Die Muddi? Ja, die war schlau.
Kaum war die Sippe aus dem Bau,
packt' sie die leckeren Sachen aus,
die den anderen ein Graus,
isst mit Genuss und ganz viel Wein.
So darf Weihnachten immer sein.

DER TANNENBAUM DES TODES, DES VERDERBENS UND DER FINSTERNIS

(oder: Fast wie in Stenkelfeld 3)

23. NOVEMBER, 6 UHR

Heavy-Metal-Freund und Aushilfsfahrer Klaus Kurzlangner besteigt fröhlich summend das Führerhaus der Zugmaschine, einen alten Army-Truck mit Außenlautsprechern. Hinter ihm: der Weihnachtsbaum für den Weihnachtsmarkt. Die Tanne ist geschlagen und soll aus dem Waldstück gebracht werden und einen neuen Rekord aufstellen: 50 Meter hoch, 100 Tonnen schwer. Die Äste sind zusammengebunden, damit sie während des Transports nichts beschädigen. Die Fahrt beginnt. Das Unheil auch.

6.32 UHR

Klaus muss mal. Zu viel Kaffee. Kurzerhand hält er auf der Landstraße an und pinkelt gegen einen Baum, hinter dem der Weihnachtsmann hervortritt. Weil es Klaus peinlich ist, den Nikolaus angepisst zu haben, nimmt er den heiligen Mann mit, der sagt, ihm sei sein Schlitten beim Eintritt in die Atmosphäre verglüht. Überhaupt sei mit dem Ozonloch alles einfacher gewesen.

Klar, kann passieren, sagt Klaus.

Kaum fahren sie los, bietet der Nikolaus ihm eine Zigarette an. Klaus raucht. Und alles wird bunt.

6.35 UHR

Der Kostümierte stellt sich nach dem vierten Zug als Kiffolaus vor, was Klaus zum ersten Lachflash bringt, sodass er vor Begeisterung laut hupt.

Der Schalldruck von 130 illegalen Dezibel aus den zwei Dutzend Presslufttröten fegt Hobbyradlerin Marianne K. und ihre zwanzig Freundinnen vom Rosa Fahrrad e. V. nacheinander aus dem Sattel in den Graben neben der Landstraße. Kiffolaus schreit »Do gugge na, was, ihr Strampelweiwa, hä?« aus dem Fenster und hält seinen Sack raus. Also, den großen.

Wütend ruft Marianne K. per Handy ihren Mann an, der bei der Polizei arbeitet.

6.41 UHR

Durch die Dunstschwaden im Führerhaus übersieht Heavy-Metal-Freund Klaus beim Abbiegen das Vorfahrtsschild, das von der ausschwenkenden Tanne freundlich niedergemäht wird. Ebenso das gegenüberliegende Stoppschild.

Daraufhin ereignen sich im Laufe des Tages ein Dutzend Verkehrsunfälle aufgrund der unklaren Vorfahrtslage, bei denen weder Menschen noch Tiere zu Schaden kommen. Aber 43 Weihnachtsgeschenke, ein Zentner Plätzchen und eine Torte müssen neu gekauft werden.

Marianne K.s Mann ist in die erste Unfallserie verstrickt. Das Anhalten des Weihnachtsbaumtransports verschiebt sich unerwartet.

6.51 UHR

Klaus kommt auf die Idee, Slalom zu fahren, um dem Kiffolaus zu beweisen, dass er es kann. Freihändig. Gesteuert mit reiner Gedankenkraft. Mit 50 Metern und 100 Tonnen Tanne auf der Ladefläche. Dabei rammt er mehrere Seitenbarken und eine nagelneue Brücke, die hinter dem Truck zusammenfällt.

Daraufhin gelangt der 32 000-Liter-Glühweinlaster nicht zum

Nachfüllen zu den Weihnachtsmärkten in der Südwestpfalz, was im Laufe des Abends zu Engpässen, Ausschreitungen und Exzessen blanker Gewalt in etlichen Städten führt. Ausverkaufte Glühweinbuden werden angesteckt, hilflose Händler mit getränkten Zuckerhüten gepfählt und karamellisiert. Aber das ist eine andere Geschichte.

Auf der Autobahn führt der wild kreuzende Tannenbaumtransport von Heavy-Metal-Fan Klaus zu blanker Panik, die übrigen Verkehrsteilnehmer flüchten wie scheue Rehe vor einem betrunkenen Braunbären.

Das Slalomfahren klappt auch nicht mehr ganz so gut.

Klaus zieht noch schnell ein Tütchen durch, um sich zu sammeln. Dann brettert er über den kleinen Rastplatz durch einen Anhänger mit einer Ladung Discozubehör, danach durch Lichterketten, gefolgt von Bockbierkästen und Glühweinflaschen, die als Reserve für die Märkte hätten dienen können. Außerdem zerlegt er den Transporter mit Plüschrentieren und Duftbäumchen der Note Lebkuchen. Der Tannenbaum auf der Ladefläche wirkt nun merkwürdig überschmückt, aber riecht verdammt gut.

6.59 UHR

Klaus fühlt sich gut und bunt und adventlich, und könnte schwören, dass sein Truck von Rentieren gezogen wurde. Er sieht sie zumindest ganz deutlich. Der Kiffolaus singt *Last Christmas* in bester Opernmanier.

Klaus bemerkt das Ausfahrtsschild einen Tick zu spät, Dunstschwaden und so, und gabelt beim neuerlichen Abbiegen mit der Spitze des Tannenbaums einen überraschten Rocker der *Dead Bikers* auf.

Der schwarzlederne Mann macht sich fluchend auf den Weg über den Stamm, um Klaus aufs Maul zu hauen. Seine langen blonden Haare wehen dramatisch im Wind.

Unterwegs trinkt er gefundenen Glühwein.

Und ein Bockbier.

Und noch einen Glühwein.

Und noch ein Bockbier.

Und lässt sich danach Zeit, schimpft aber sehr wüst zum Fahrerhaus.

7.14 UHR

Der Kiffolaus findet, dass es zu leise ist und der zeternde Rocker nervt.

Klaus leitet daher den Song *Turbo Lover* von Heavy-Metal-Legende Judas Priest in die Außenlautsprecher des Trucks und hupt rhythmisch mit. Immer noch mit 130 Dezibel.

Mehrere Scheiben im Umkreis springen, zwei Hörgeräte explodieren, der Herzschrittmacher von Omma Ilse übernimmt den Beat und macht aus der Rentnerin eine formidable Breakdancerin, die seitdem jeden Wettbewerb gewinnt.

Als Klaus an einer roten Ampel anhalten muss, springen begeisterte Jugendliche, angelockt durch die dröhnende Musik, auf den Anhänger und feiern den Heavy-Metal-X-Mas-Rave ganz hart ab. In Windeseile haben sie die Kabel an die Elektrik des Lkw angeschlossen. Der Tannenbaum discolichtert, blinkt und leuchtet wie irre. Und er riecht gut.

7.30 UHR

Der Rocker singt nach zehn Bockbier und zehn Glühwein lauthals mit und ruft seine Kumpels an.

Binnen Minuten ist der Tannenbaum flankiert von den Dead Bikers auf röhrenden Maschinen. Der auftauchende Coca-Cola-Truck wird augenblicklich mit leeren Bier- und Glühweinflaschen von den X-Mas-Ravern beworfen und von den Rockern abgedrängt.

Jemand wirft dem Rocker auf der Ladefläche eine Totenkopfflagge zu, die er begeistert schwenkt. Jetzt dröhnt Manowars *Fighting the World* aus den Boxen, der Kiffolaus headbangt aus dem Fenster und schleudert seinen Sack. Die Legende vom Tannenbaum des Todes, der Zerstörung und der Dunkelheit ist geboren.

7.33 UHR

Der Kiffolaus wirft jetzt X-Mas-Joints mit vollen Händen aus dem Fenster. »Hohohopp jetzt!«, schreit er. »Der heilige Rauch möge euch segnen! Weihrauch für alle! Hört die Engel singen und fürchtet euch nicht!« Untermalt wird die mild-berauschende Gabe vom Song *Let it go* aus dem Disneymusical *Frozen,* allerdings in der Death-Metal-Version. Macht nix, die Kinder singen dennoch mit.

Die Bevölkerung reagiert mit fröhlicher Ausgelassenheit, es raucht und qualmt entlang des Weges. Erste berauschte Vögel fallen vom Himmel. Abgerundet wird die Party durch Bockbier- und Glühweingaben vom blinkenden, strahlenden Truck herab.

Die Rockergang bildet einen Korso, der sich wie ein schwarzer Schweif hinter dem Baum schlängelt. Der Mythos vom Tannenbaum des Todes, der Zerstörung und der Dunkelheit wächst.

12 UHR

Klaus hat den Überblick verloren und raucht mit dem Kiffolaus um die Wette. Mittlerweile schafft er es, ein Tütchen mit einmal Inhalieren wegzuaschen. Rekord!

Klaus dreht Ehrenrunden durch die Stadt, ohne es zu merken, aber er fühlt sich verdammt gut dabei. Inzwischen säumen die feiernden Menschen aus der ganzen Umgebung die Straßen und machen La Ola, sobald der Disco-Metal-Baum vorbeidonnert. *Let it go* wird zur Stadthymne erkoren. In der Death-Metal-Version, natürlich. Die Polizeifahrzeuge kommen nicht nahe genug heran, um den Transport aufzuhalten, zudem regnet es von dort leere Bockbierflaschen. Das Militär wird um Unterstützung gebeten.

Mehr und mehr Rocker schließen sich an, die Totenkopfflagge ist mit einem Bart und einer schwarzen Mütze versehen worden: der *Todeslaus* ist geboren.

Klaus ist glücklich. Und kreativ: Er mäht noch mehr Schilder um und gestaltet die Kunstwerke auf den Kreiseln mithilfe der Stoßstange und des Kühlers des Trucks neu.

12.01 UHR

Mehrere Enterversuche des Fallschirmjägerbataillons aus der Luft werden zurückgeschlagen, die Soldaten erkennen die Gelegenheit und schließen sich dem Feind an. Überlaufgrund: Bockbier.

Mithilfe von neuen Joints wird eine Nebelwolke produziert, welche die Hubschrauber zum Abdrehen zwingt. Die Straßenrandschaulustigen jubeln.

12.11 UHR

Gerade als Straßensperren errichtet werden, wird Klaus endlich von einer als Weihnachtsengel verkleideten, sehr besoffenen Stadtbewohnerin in die richtige Richtung gewiesen. »Dumussdalang, du Schüssellecker! Baumabladenunnso. Hoppdihopp, jetzt!«

Klaus gehorcht natürlich einem Engel und gabelt ihn auf. Geistesgegenwärtig krallt sich der Engel an der Motorhaube fest und fährt mit. Der Heiligenschein verrutscht ein bisschen, aber er leuchtet tapfer.

Im Schritttempo geht es die Fußgängerzone hinauf, im schnellen Wechsel dröhnen Hupen und Heavy-Metal. Der Engel verliert sein Gehör.

Das Dröhnen und Blinken schreckt eine Eichhörnchenfamilie auf, die in den Ästen des Party-Tannenbaumes ihre Heimat hat. Schlecht gelaunt beißen sie die Seile durch, mit denen die Zweige der Tanne zusammengebunden sind.

Schlagartig entfalten sich die gebondagten Äste wie ein aufgespannter Regenschirm, und der Disco-Lichterketten-Duftbäumchen-Schmuck kommt nun richtig zur Geltung. Mehrere Menschen werden geblendet, Augenärzte nennen es später »Dekoblindheit«.

Leider räumen die Äste auch die in der Fußgängerzone aufgestellten Buden um. Zum Baumschmuck gesellen sich Ringe, Würstchenketten, Seifenblasendosen und was sich noch alles in den Ästen verhakt. Ein adventliches Sammelsurium, inklusive diverser Flaggen, überwiegend von Metal-Bands, Pudelmützen und sogar zwei Thermomix. Und Brillen.

Die ausladendsten Zweige schaffen es durch die Panzerglasscheiben der ansässigen Juweliere und sorgen für noch mehr Bling-Bling am Baum.

12.21 UHR

Klaus muss niesen und bremst. Dabei verreißt er das Lenkrad und haut die Zugmaschine abrupt in die Kurve.

Die 100 Tonnen Baum schießen nach vorne, die von den Eichhörnchen angenagten Halteseile reißen, und der Stamm rutscht in den Baumständer mitten auf dem Markt.

Der Schwung reicht fast aus, um den Weihnachtsbaum senkrecht hinzustellen, den Rest besorgen die aus den Ästen herauspurzelnden Raver sowie die zu Hilfe eilenden Rocker. Wie Wichtel und Gnome stellen sie den Baum senkrecht auf, und ganz oben steht der Motorradfahrer, um die Fahne des *Todeslaus* zu schwenken.

Der zufällig anwesende Kinderchor growlt natürlich *Let it go,* und der 32 000-Liter-Glühweinlaster erreicht auf seiner Irrfahrt endlich den Weihnachtsmarkt.

Und dann wird alles gut.

Klaus konnte sich am nächsten Tag an nichts mehr erinnern, und niemand wusste, wo der Kiffolaus abgeblieben war.

Das stärkte die Legende.

Lange schwärmte man vom gelungenen Auftakt der besinnlichen Zeit, sah darin eine gelungene Aktion gegen Kommerz und Ausverkauf.

Klaus musste hundert Sozialstunden leisten und verlor seinen Führerschein, aber das störte ihn nicht. Er betreibt seitdem seine eigene Cannabisplantage.

Der Tannenbaum des Todes, der Zerstörung und der Dunkelheit wird seither heimlich in Stuben der wahren Gläubigen aufgebaut, und alle warten auf das Erscheinen des Todeslaus.

Oder des Kiffolaus.

Wer halt zuerst da ist.

PROTESTANTISCHE ANTI-NIKOLAUS-ECHAUFFIERUNG DES 18. JAHRHUNDERTS

»… so ist doch daher bey den Einfältigen sonderlich im Papstthum der Wahn entstanden, als wenn der heil. Nicolaus, oder wie sie ihn nennen, Pater Nicolaus, mit seinen Knechten durch Dörfer, Flecken und Gassen der Städte laufe, in die Fenster fahre und Geschenke ausschüttele.
Zu bedauern ist, daß es unter den Evangelischen Leute gibt, die ihren Kindern dergleichen weiß machen; und indem sie die Narrentheidung vornehmen wollen, daß sie Geschenke hinlegen, vorgeben: Pater Nicolaus habe es gebracht, hinzusetzen, die Kinder dürften nicht aus der Stube kommen, sonst bliese ihnen Nicolaus die Augen aus.«

Aus: Heinrich Carl-Schütze: Vernunft- und schriftmäßige Abhandlung vom Aberglauben: Nebst einem Anhange Astral-Geist, 1757.

GEPÄCKPROBLEM

Es sah nach einem gemütlichen Tag aus, als Michi Wollbaum den Dienst um sechs Uhr als Sicherheitsangestellter der DB im Frankfurter Hauptbahnhof antrat. Einer Oma half er an der Rolltreppe, danach band er einem Kind den Schuh, weil die schwangere Mutti sich nicht bücken konnte. Alles blieb ruhig.

Bis kurz nach sieben, mitten in der Pendler-Rushhour.

Michi wurde von seinem Kollegen Uwe Müller zum Bahnsteig dreizehn gerufen. Ein Reisender hatte ein herrenloses Gepäckstück gemeldet, und der faule Uwe, wie man ihn nannte, wollte nicht alleine entscheiden müssen, wie vorzugehen sei.

Michi seufzte und machte sich auf den Weg. Die Angelegenheit bedeutete im dümmsten Fall die Sperrung des Hauptbahnhofs. Mal wieder. Gerade im Weihnachtstrubel, gerade am 24. Dezember, das würde einen Mordsärger geben.

Das Gepäckstück stellte sich als Jutesack mit aufgenähten Flicken heraus, zugebunden mit einer goldenen Kordel und mit akkuratem Schleifchen. Ungefähr hüfthoch und zu zwei Dritteln gefüllt. Kein Gepäckanhänger.

»Ist ein Gag. Nikolaus-Prank-Scheiße. Radiosender, YouTube-Kanal-Kack«, sagte der faule Uwe ohne große Sorge oder Begeisterung.

»Nee. Glaube ich nicht«, steuerte der Mann neben ihm bei. »Ich stehe schon seit einer halben Stunde hier, aber es kam keiner. Das fand ich komisch.« Er sah zu Michi. »Schnitzler-Thiel mein Name. Sind Sie das Bombenkommando?«

Er kratzte sich unter der Schirmmütze. »Nö. Aber wir kümmern uns.«

»Habe keine Lust auf Bombendrohungswarnung«, murmelte Uwe. »Zu viel zu schreiben und scheiß Aufwand.«

Michi sah das genauso. Er hob die Hand und wollte die Kordel lösen, um reinzuschauen.

»Ey! Halt! Was machen Sie denn da, Sie unqualifizierter Sicherheitsfuzzi«, schrie Schnitzler-Thiel. »Es kann eine … Sackbombe sein!«

»Was ist eine Sackbombe?« Michi ließ die Finger an der Kordel. »Den *Fuzzi* habe ich mal überhört.«

»Der Typ ist mehr so eine Arschbombe«, murmelte Uwe.

»Sackbombe ist so was wie eine Paketbombe«, sagte Schnitzler-Thiel überzeugt. »Das wollen doch die Terroristen. An Weihnachten. Perfekt, perfide.«

»Ist aber kein Paket«, erwiderte Michi. »Vielleicht haben *Sie* den ja hingestellt und wollen *uns* verarschen.«

»Ich?«, echauffierte sich Schnitzler-Thiel. »Also, das ist doch eine Frechheit!«

Michi zog an der Schnur, doch die Kordel löste sich nicht, der Knoten bewegte sich nicht, und das Schleifchen entschleifte sich nicht.

Uwe schnupperte. »Der Sack riecht nach Zimt und Lebkuchen. Den hat bestimmt so ein Weihnachtsmanndouble stehen lassen. Vermutlich von der Gebäckbude da drüben.«

»Ja, klar. Damit wir denken, der Sack wäre harmlos«, warf Schnitzler-Thiel ein. »Terroristen, ich sage Ihnen das.«

»Drauf geschissen. Ich schaff den jetzt weg. Wir machen doch den Hauptbahnhof nicht wegen dem Quatsch hier dicht.« Uwe packte den Sack, um ihn anzuheben. Er wuchtete, keuchte, bekam ein rotes Gesicht und dicke Augen. Die Adern standen so dick am Hals hervor, dass man sie für aufgeklebte Trinkhalme halten konnte.

Der Sack rührte sich trotz aller Anstrengungen nicht. Uwe aber auch nicht mehr.

»Ich habe es knacken gehört«, hauchte Schnitzler-Thiel und wurde bleich. »Jetzt ist die Bombe scharf!«

»Nein. Das war mein Rücken«, stöhnte Uwe. »Hexenschuss.«

»Nikoschuss«, verbesserte Michi. Und der vergessene Sack stand immer noch auf dem Bahnsteig. Er hob sein Funkgerät. »Zentrale, ich brauche mal einen Rettungswagen. Wir haben hier einen Hexenschuss.« Die Bestätigung kam prompt.

»Und Leistenbruch«, wimmerte Uwe. »Scheiße. So eine Scheiße. Wie kann das Ding so schwer sein?« In einer 90-Grad-Winkelhaltung kippte er nach hinten auf eine Bank und blieb liegen wie ein verendeter Käfer.

»Ich rufe jetzt die Polizei«, verkündete Schnitzler-Thiel. »Sie beiden Sackverweigerer taugen ja nichts.« Er kramte sein Handy raus.

»Brauchen wir nicht.« Michis Ehrgeiz war geweckt. Er ließ die Zentrale eine Durchsage machen, ob jemand den herrenlosen Sack vermisse. Gepäckproblem, wie man es gerne nannte.

Er versuchte, am Jutesack zu rütteln.

Das klappte. Aber weder ließ sich das Behältnis schieben noch anheben oder sonst wie bewegen. Auch die Kordel weigerte sich standhaft.

»Was ist denn das für eine Scheiße?«, murmelte er.

»Achtung, eine wichtige Durchsage: Der Besitzer des Nikolaussacks an Bahnsteig Neundreiviertel« – leises Lachen –, »ich meine, an Bahnsteig dreizehn: Kommen Sie bitte zu Ihrem Sack. Ich wiederhole …«

Bei seinen Versuchen bemerkte Michi nicht, wie sich eine Menschentraube um ihn, Schnitzler-Thiel und den Sack bildete. Natürlich hatte die Durchsage für Aufmerksamkeit gesorgt. Es wurde fotografiert und getuschelt, während der Bahnsteig zunehmend mit Schaulustigen verstopft wurde. Murmelnd wurde gemutmaßt, dass es sich um ein Gewinnspiel handeln könne; andere tippten auf Straßenmagie; wieder andere auf einen Prank.

»So. Die Polizei kommt gleich«, verkündete Schnitzler-Thiel überlegen. »Jetzt hören Sie halt auf, daran herumzuspielen.«

Michi hatte eine eigene Theorie. »Das ist nur irgendein Spaß. Da hat jemand einen Sack über einen Hydranten gezogen und ausgestopft. Sehen Sie?« Er trat dagegen.

Der Inhalt raschelte, das Gewebe verformte sich kurz, kehrte dann jedoch in die alte Form zurück. Aus dem Innern erklang ein lautes Bellen, gefolgt von einem Blöken und Miauen. Dann trötete eine Posaune, eine Puppe sagte »Mama«, und irgendeine Zeichentrickmelodie erklang.

Mit einem kollektiven Ruf wichen die Schaulustigen zurück.

»Eine Bombe ist es nicht«, sagte jemand hinter Michi. »Tach, Kollege.«

Er wandte sich um und sah zwei Polizisten. »Hallo, Jungs.« Sie reichten sich die Hand. »Das ist der Sack.« Er zeigte zuerst auf Schnitzler-Thiel, dann auf die Jute. »Ich kriege den nicht weggehoben.«

»Das. Ist. Eine. BOMBE!«, rief Schnitzler-Thiel, woraufhin ein leiser Schrei über den Bahnsteig hallte.

Einige Schaulustige rannten weg, aber es blieben mehr Menschen, die sehen wollten, was in dem Sack war.

»Eine wichtige Durchsage, und zwar immer noch: Der Besitzer des Nikolaussacks an Bahnsteig dreizehn: Kommen Sie bitte zu Ihrem Sack. Wird echt Zeit jetzt. Teuer ist es eh schon.«

»Super gemacht«, sagte Michi zum aufgeregten Schnitzler-Thiel und erklärte den Polizisten knapp, was er und der faule Uwe schon versucht hatten.

»Aha. An eine Bombe glaube ich auch nicht. Schauen wir mal rein.« Ein Polizist zückte ein Taschenmesser und versuchte, die Kordel zu durchtrennen. Ohne Erfolg. »Eisendraht drin«, lautete seine Vermutung.

»Oh, toll. Ganz prima. Sie sind ja ein Profi. Sie *glauben* nicht, dass es eine Bombe ist.« Schnitzler-Thiel zückte schon wieder sein Handy. »Ich rufe mal die *echte* Polizei.«

Der Beamte brummte missgelaunt und rammte die Klinge in den Sack – das Metall blieb schon mit der Spitze hängen, als träfe es auf schnittsicheres Gewebe. »Hä?« Er stach mehrmals hintereinander zu, und jedes Mal rutschte das Messer ab, bis es sich in das Bein seines Polizeikollegen bohrte, der schreiend zu Boden fiel.

»Na, das wird ja immer besser.« Schnitzler-Thiel telefonierte bereits.

»Sie, Sie und Sie! Helfen Sie mir mal«, wies Michi die kräftigsten Schaulustigen an, während sich der Polizist um seinen Kollegen kümmerte. Gemeinsam packten sie den Sack an den Zipfeln und an der Kordel an. »Auf drei!«

Aber der Sack stand wie festgeschweißt auf dem Boden. Dafür gab es zwei weitere Nikoschüsse und einen vermutlichen Leistenbruch. Michi orderte weitere Krankenwagen.

Mehr und mehr Freiwillige kamen und griffen zu, ohne dass sie das Behältnis bewegen konnten.

»Lieber Nikolaus, eine wichtige Durchsage«, schallte es aus den Lautsprechern. »Nimm mal endlich den Sack aus dem Weg.«

Vor dem Unding bildete sich eine Schlange, und kräftige Leute versuchten sich daran, es wegzuschieben. Einer nach dem anderen stellte keuchend und hechelnd die Bemühungen ein. Mit Nikoschuss und Leistenbruch, als sei dies die angemessene Strafe.

»Platz da! Aus dem Weg! Das Ding fräse ich weg!« Es hupte laut, dann donnerte ein Versorgungswägelchen über den Bahnsteig und krachte gegen den Sack.

Michi hüpfte auf die Seite und verfolgte ungläubig, wie sich das Wägelchen um den Sack schmeichelte und der orange gekleidete Mann durch die berstende Frontscheibe segelte und auf dem faulen Uwe landete, der aufjaulte.

Da flog die Schlinge eines Drahtseils heran und legte sich um den Sack. »Jetzt klappt's!«, rief eine junge Frau fröhlich. »Sollen wir wetten?«

Das Kabel führte zu einer Kupplung. Und diese gehörte zum ausfahrenden ICE, der mit zehntausend PS beschleunigte. »Oh, Kacke!« Er sah das Unheil kommen.

Das Seil straffte sich und schleuderte die umherstehenden Gaffer meterweit durch die Halle, einige flogen gegen den Sack und prallten ab. Andere landeten in den Fressbuden; Sandwiches, Glühwein, Brezeln, das komplette Naturalienangebot zerstreute sich in kleinen Futterwolken in der Halle.

Dann blieb der ICE abrupt stehen, und das Kabel gab ein hässliches Geräusch von sich, als würde man eine Gitarrensaite spannen und spannen und spannen. Die Metallräder drehten durch, Funken flogen umher.

Der Sack aber stand ungerührt auf dem Boden, als langweilte ihn das alles. Leise machte es »Möh« aus seinem Innern, dann »Miau«, gefolgt von Gackern und erneut Zeichentrickmelodien.

Laut krachend riss die Kupplung aus dem ICE-Waggon, gleichzeitig barst das Seil knallend.

»Hier spricht die Polizei. Bitte verlassen Sie den Bahnsteig«, erklang die Durchsage, und schon holperte ein Entschärfungsroboter heran.

Die ferngelenkte Maschine machte sich mit Schneidwerkzeugen und Klammergreifern sofort ans Werk, der Hochdruckstrahler versuchte, sich durch die Jute zu schneiden. Stattdessen spritzte und sprühte das Wasser in alle Richtungen davon und spülte die letzten Verbliebenen von den Beinen wie bei einer Demo, die mit einem Wasserwerfer aufgelöst wurde.

Michi klammerte sich an den Mülleimer, nass von oben bis unten. Der faule Uwe rollte leise stöhnend ins Gleisbett, dann kippte der Roboter durch den Wasserrückschlag um und lag still.

Leise tröpfelte das Wasser vom Nikolaussack hinab. Er hatte ihn nicht mal getränkt.

»Der Nikolaus sucht einen Nachfolger«, sagte ein Mädchen plötzlich neben ihm. Es hatte eine Tüte Kekse in der Hand und knurpste ein Stück nach dem anderen weg.

»Woher weißt du das?«, fragte Michi staunend.

Und da fiel ihm Thor ein. Thor aus den *Avengers,* mit seinem Hammer, den nur er anheben konnte. Er oder jemand, der sich seiner würdig erwies. Wie der Geschenkesack nur vom Weihnachtsmann angehoben werden konnte. Sollte es wirklich so sein?

»Das ist albern«, sagte er.

»Ist aber so.« Sie zeigte auf den Sack. »Wer den anhebt, der wird der neue.«

Michi hatte es schon versucht, er konnte also nicht der nächste heilige Geschenkezustelldienst werden. »Und so lange wird der hier stehen bleiben?«

Das Mädchen nickte. »Der Weihnachtszauber ist nicht zu brechen.«

Plötzlich schob sich neben dem Sack Schnitzler-Thiels nasses Gesicht über die zusammengekordelte Öffnung. »Ungeheuerlich«, keuchte er und wischte sich halb geblendet das Wasser aus den Augen. Er stützte sich auf den Sack, verlor das Gleichgewicht – und fiel mit ihm zusammen um.

»Miau«, »Mäh«, »Muh«, *Pling-Pling,* machte es aus dem Innern. Und ein langer Furz.

Schnitzler-Thiel lag auf dem Bahnsteig, einen Arm um den gekippten Sack gelegt, und lachte ungläubig auf. Dann sprang er auf die Füße und hob das Behältnis an, als wöge es nichts. »Das … das glaube ich jetzt nicht!«

Michi sah ihn an. »Aha.«

»Sie … Sie glauben doch nicht den Unfug, dass ich der Weihnachtsmannnachfolger sein soll?« Schnitzler-Thiel öffnete die Kordel ohne Probleme und spähte hinein. »Das ist ja verrückt«, murmelte er und holte ein Geschenk nach dem anderen heraus, die er an die behutsam herantretenden Menschen verteilte. Aber der Sack wurde nicht leer. Stück für Stück gab Schnitzler-Thiel raus, an die Passagiere, an die Polizisten, an das Mädchen, und sein Lächeln wurde immer fröhlicher und breiter.

Beifall erklang, man ließ den Verteiler hochleben, es wurden Selfies mit ihm geschossen, er bekam Glühwein gebracht, während Schnitzler-Thiel unermüdlich Präsente ausgab. Die anrückende Polizei regelte nun die Menschenströme.

Michi saß auf der Bank und lächelte. Das war ein echtes Wunder. Er selbst hatte einen kleinen Goldbarren geschenkt bekommen, wie er sich schon immer gewünscht hatte. Gut und gerne 10 000 Euro wert.

»So«, rief er und stand auf. »Das reicht für heute. Es haben ja alle was bekommen. Das war richtig gut.« Er sah zu Schnitzler-Thiel und lächelte freundlich. »Sie sind festgenommen. Darf ich? DB-Sicherheit. Schon vergessen?«

»Was?«

»Wegen Eingriff in den Bahnverkehr, Zerstörung eines ICE, dann die ganzen Einsatzkosten, die Ihr Sack –«

»Das ist nicht mein Sack!«

»Na ja. Sie können ihn anheben, Sie können ihn öffnen, Sie verteilen Geschenke daraus. Leugnen ist zwecklos.« Michi nahm den Kabelbinder aus der Hosenseitentasche und band die Hand des Mannes an die Sackkordel. »Hätten Sie doch gleich sagen können. Dann das ganze Theater hier. Schauen Sie mal, wie das aussieht.«

»Nein! Nein, ich bin nicht der Weihnachtsmann!«

»Bist du wohl«, riefen die Beschenkten und spendeten ihm aufmunternden Applaus.

Michi führte Schnitzler-Thiel ab und brachte ihn ins Dienstzimmer der DB-Sicherheit.

Bei einer Überprüfung des Mannes stellte sich heraus, dass er per Haftbefehl wegen diverser Verkehrsdelikte gesucht wurde, da er sich geweigert hatte, die verhängten Bußgelder zu zahlen. Hinzu kamen die Schadenersatzforderungen der Deutschen Bahn. Das Gericht verurteilte ihn später zu mehreren Jahren Haft.

Noch am Abend des Weihnachtswunders wurde ein dicker, alter Mann in einem Nikolauskostüm aus einer Toilettenkabine, in die er sich selbst versehentlich geschlossen hatte, von Reinigungskräften befreit. Tagelang lief er über den Bahnhof und suchte seinen Sack. Nachdem er mehrere Hausverweise kassiert hatte, die er jedoch ignorierte, wurde er in eine geschlossene Psychiatrie eingewiesen. Akute Nikolausomanie.

In der Nähe des Bahnhofs entdeckte eine Streife außerdem einen Rentierschlitten. Die Tiere wurden in den Frankfurter Zoo gebracht, bis auf das mit der leuchtend roten Nase, das wegen schlimmen Schnupfens eingeschläfert werden musste; der Schlitten wird seitdem als Deko auf dem Weihnachtsmarkt eingesetzt.

Und so kam es, dass sich der Nikolaus mehrere Jahre lang nicht blicken ließ und sein Sack in der Asservatenkammer der Polizei Frankfurt verschwand, wo ihn keiner mehr hinausbewegen konnte.

Kinder auf der ganzen Welt wunderten sich und waren sehr betrübt, verfielen Boy Bands und dem Alkohol sowie einer Droge namens Crystal Klaus. Eine ganze Generation ging an diese Tragödie verloren.

Und sollten Sie jemals einen herrenlosen, geflickten Jutesack mit goldener Kordel irgendwo herumstehen sehen: Sie wissen jetzt ja, was alles passieren kann. Gepäckproblem? Finger weg. Der Nikolaus ist nur mal kurz pinkeln.

DÜSSELDORF IST ÜBERALL

Renata Kupferding blickte feierlich in die Klasse ihrer Berufsschule. Sie hatte soeben die Weihnachtsgeschichte vorgelesen, während Silvia die vierte Kerze auf dem Adventskranz entzündet hatte.

Auch wenn es der letzte Tag vor den Ferien war und die jungen Männer und Frauen gedanklich schon im Urlaub waren, mochte Renata Kupferding es, ihnen etwas Besinnliches mit auf den Weg zu geben. Zumal es diesmal ihre letzte Stunde mit der Klasse war. Ihr Antrag auf Vorruhestand aufgrund psychischer Belastung war durch, medizinisch war die Dringlichkeit belegt – dank der guten Beziehung zu Horst, dem Facharzt. Dass sich in ihrer Klasse verschiedene Kulturen befanden, machte es für sie anstrengender. Als Lehrerin für Deutsch, Religion / Ethik und Sozialkunde fühlte sie sich verpflichtet, sämtliche Religionen an der Berufsschule des neuen Jahrgangs zu vereinen.

In Zeiten von Smartphones, Apps und sonstiger Technik konnte ein wenig alter Zauber der Kindheit nicht schaden. Der Kranz, die Kerzen, der versprühte Tannenduft machten das Adventliche perfekt.

Renate legte die Bibel zur Seite und klatschte einmal in die Hände. »Dann wünsche ich euch allen …«

Der Arm von Serge hob sich langsam.

»Du hast eine Frage? Oder willst du uns allen frohe Weihnachten wünschen?« Renata wusste, dass er russisch-orthodox war, zumindest getauft. »Ist es wegen des Kalenders? Ihr rechnet ja noch nach dem –«

»Nee, Frau Kupferding«, fiel er ihr lässig ins Wort. »Ist was anderes.«

»Aha. Und?«

»Wegen Jesus.«

»Was willst du wissen?«

»Sagen Sie mal, Frau Kupferding. Hab ich das richtig verstanden, dass Josef nicht der Vater von Jesus ist?«

Sofort dröhnte Lachen durch den Klassensaal, Papierkügelchen flogen in seine Richtung.

»Ja, Serge. Das solltest du aber schon längere Zeit wissen. Er ist der Sohn Gottes.«

Serge nickte. »Dà, dà. Aber mir wurde das eben erst so richtig bewusst.« Er zeigte mit dem Finger nach oben. »Hat der Kollege eigentlich jemals Alimente gezahlt?«

Stille im Klassensaal.

Serge lehnte sich zurück. »Ich mein: Düsseldorfer Tabelle. Die regelt das.«

»Düsseldorf gab es damals noch nicht, du Spack!«, blökte Bettina.

»Dann eben … die Jerusalemer Tabelle«, pöbelte er zurück und sah zu Ezekiel, der sich selbst als politisch korrekter Quotenjude bezeichnete. »Los. Sach ma. Ihr hattet doch bestimmt was geregelt?«

»Das … das war damals römisch«, gab Ezekiel verdattert zurück und sah Hilfe suchend zu Renata. »Es wäre also die römische Tabelle, oder, Frau Kupferding?«

Renata blinzelte. Ihre psychische Überlastung wurde schlagartig real. »Serge, ich glaube nicht, dass Gott Alimente an –«

»Aber das ist unfair!«, schaltete sich Silvia ein. »Ich meine, der macht die Maria dick, der Josef muss so tun, als wäre es sein Kind, und dann gibt's nicht mal ewiges Leben oder so was wie … eine Wunderlampe, die alle Wünsche erfüllt. Hätt er doch locker bauen können. Gott ist doch allmächtig.«

»Hallo? Was soll da rauskommen, wenn sie das Ding rubbelt? Der Heilige Geist?« Ahmed regte sich auf. »Die Wunderlampe gehört in meinen Kulturkreis, okay? Denk dir was anderes aus. Holzkreuz oder so. An der Hostie lecken. Was weiß ich.«

»Maria wurde durch die Empfängnis heilig«, wagte Renata einen beschwichtigenden Vorstoß. »Das ist doch ein schöner Lohn.«

»Aber das macht doch ihr Leben nicht besser«, widersprach Silvia. »Oh, ich bin heilig, oh, ich bin arm, oh, aber ich bin heilig, und mein Gatte ist ein arbeitsloser Zimmermann! Ganz toll.« Sie schnaufte. »Und dann der ganze Ärger mit Jesus. Das ging ja schon in der Jugend los, die ganze Klugscheißerei und dann der Aufruhr und der Prozess!« Sie redete sich in Rage. »Gott hat ja nicht mal was gemacht, als sie Jesus genagelt haben.«

»Ans Kreuz genagelt«, sagte Renata.

»Seien wir mal ehrlich: Richtig heilig und abgefahren und echt göttlich wäre es doch gewesen, wenn Josef den Jesus geboren hätte«, warf Timmy ein. »Ey, schwangere Frau, oh, voll neu. Aber schwangerer *Zimmermann*, das wäre doch was gewesen. Hätte nur Gott hinbekommen.«

»Oder ein Dämon«, warf Moritz ein. »Dann hätten sie Josef verbrannt.«

»Aber wenn Josef die Maria nicht genommen hätte, als schwangere Jungfrau«, sinnierte Silvia, »was wäre dann passiert?« Sie sah zu Ezekiel. »Hättet ihr die dann gesteinigt? Mit dem Gottessohn zusammen?«

»Äh«, machte Ezekiel überfordert. »Das Rechtliche von vor 2000 Jahren entzieht sich meiner Kenntnis.«

Serge wischte auf dem Smartphone herum, checkte das Rechtliche. »Also, ich nehme mal an, dass Gott ziemlich reich ist. Das wird dann Ermessenssache, und damit …« Er sah sich um. »Weiß jemand, was man da ansetzen kann? Ich meine, dem gehört das ganze Universum. Reicher als Gates und so.«

»Ich fände es nur richtig, wenn Gott rückwirkend Kohle abdrückt«, warf Bettina ein. »Den Nachfahren von Maria und Jesus. Die gibt's doch bestimmt. Hat Dan Brown geschrieben. Der muss es doch wissen. Voll recherchiert.«

»Stimmt! Gott hätte ja die Ausbildung von seinem Sohn zahlen müssen«, rief Serge. »Was nimmt man da? Zimmermann? König der Welt? Wie teuer ist so eine Ausbildung zum König?«

»König der Juden«, warf Ahmad ein. »Bei uns war er nur Prophet.«

Serge nickte. »Okay, das kommt noch obendrauf: König der Juden *und* Prophet.«

»Mh. Ist Messias jetzt noch eine Zusatzqualifikation?«, fragte Ezekiel nachdenklich.

Renata merkte, dass es auszuufern drohte. »Die Bibel hat ja nicht alles aufgezeichnet. Vielleicht übergab Gott wirklich Reichtümer im Geheimen? Er hat die Drei Heiligen Könige geschickt, die hatten Reichtümer dabei«, erklärte sie. »Außerdem konnte Jesus Wunder vollbringen. Das ist doch ein schöner Ausgleich zu …«

»Eine angeborene Fertigkeit«, fiel ihr Moritz ins Wort. »Ganz klar: Superheld. Aber ohne Ausbildung.«

»Jesus ein Superheld?« Silvia lachte ihn aus. »Was soll das denn sein: Fische und Brot unendlich teilen können und Wasser in Wein verwandeln?«

»Oh, als Rettungstyp für Schiffbrüchige! Übers Wasser gehen und so«, sagte Bettina. »Klappt sogar im schlimmsten Sturm! Den kann man aus dem Hubschrauber abwerfen. Echt gut.«

»Na ja, das mit Brot, Fischen und Wein ist ein Geschäftsmodell. Damit kann man viel Geld verdienen«, warf Ahmed ein. »Mein Cousin hat eine Fischhandlung. Der ist echt reich.«

»Wohl Superheld! Wie Frankenstein, ohne Strom: Er konnte Zombies machen«, sagte Moritz. »Lazarus. Der erste christliche Zombie.« Er kreuzte die Arme vor der Brust. »The Walking Zombiechrist. The holy undead! Bämm!«

Renata wunderte sich, wie schnell die Frage eskaliert war. Ihre psychische Überlastung war plötzlich nicht mehr simuliert. »Halt, halt!«

Serge überlegte weiter. »Können die Nachfahren von Jesus Gott eigentlich wegen unterlassener Hilfeleistung verklagen?«

»Na klar!«, pflichtete Silvia bei. »Das kommt noch auf die Alimente obendrauf! Sitzt da rum, sieht seinem Sohn beim Sterben zu und macht nichts.«

»Halt, jetzt, verdammt!«, rief Renata. Ihre Nerven bröckelten dahin. »Jesus hatte keine Nachfahren.«

»Wissen Sie das? Vielleicht steht das auch nicht in der Bibel?«, merkte Serge an.

»Dan Brown wüsste das«, warf Bettina ein.

»Es gibt keinen Gott«, sagte Atheistin Nora locker. »Jesus war ein Hochstapler, auf den die Welt reinfiel. Wie auf Trump.«

»Ihr Atheisten! Ihr seid echt das Letzte! Haltet euch mal schön raus, was? Ihr klatscht doch, wenn wir« – Ahmed zog einen Kreis um Silvia, Ezekiel und sich – »uns mal wieder gegenseitig aus religiösen Gründen wegbomben und so.«

»Ja, und? Wir führen Kriege nur für wichtige Sachen: Land, Reichtum, Wasser. So was eben«, gab Nora zurück. »Wir brauchen keine peinlichen Ausreden. Aber ihr sagt dann immer: Gott hat es gewollt.«

»Wir auch nicht«, sagte Ranjid fröhlich.

Den Inder hatte Renata fast vergessen. Wenigstens konnte er nichts zu Jesus sagen. Sie fuhr mit den Fingernägeln über die Tafel, und das Quietschen brachte alle zum Verstummen. Noch ein Tröpfchen mehr Input, und ihr Verstand würde schmelzen wie Butter in einem Pyrolyseofen.

»Schluss jetzt«, befahl sie. »Danke für deinen Denkanstoß, Serge. Ich werde das beim Papst und den evangelischen Gremien, beim Zentralrat der Juden und Muslime vorstellen.«

»Danke.« Serge klappte das Smartphone zurück in die Hülle. »Finde ich gut.«

Renata sammelte sich einige Sekunden. »Dann …«

»Jesus war gar nicht Jesus.« Alle wandten sich Ranjid zu, der mit einem klugen Lächeln auf seinem Platz saß. »Wollte ich nur sagen. Er ist ausgetauscht worden. Von den Drei Königen.«

Renatas Verstand schmolz, sie fühlte es unter den Haarwurzeln. »Wie kommst du darauf?«

»Altes Familiengeheimnis.« Er legte die perfekten welligen Haare zurecht. »Wir arbeiteten als Hirten dort.«

»Alter, du bist Inder!«, rief Serge.

»Ja, und? In der Bibel steht nur *Hirte,* nichts von Nationalität«, konterte Ranjid. »Wir Inder waren Wanderarbeiter. Völkerwanderungsarbeiter.«

Wirklich jeder im Raum starrte ihn an.

»Ranjid, das werde ich jetzt bereuen, aber: Was ist mit dem eigentlichen Jesus geschehen?« Renata wünschte sich Alkohol. Ihr Denken verklumpte zu einem hässlichen Ball aus Buchstaben und Zahlen, der in ihrem Schädel herumrollte.

»Die Könige waren Kinderhändler, und sie haben sich Jesus geschnappt, weil er so niedlich aussah. Leider konnte es meine Familie nicht verhindern, aber wir schworen, es keinem zu erzählen, damit die Legende weiterlebt. Wir hatten Mitleid mit der aufkommenden jungen Religion.« Ranjid nickte freundlich in die Runde. »Der echte Jesus begleitete die Könige durch die Welt, hat ein Restaurant für Hummus aufgemacht und starb mit 99 Jahren. Hatte aber viele Nachkommen. Ich bin sicher, der bekam Alimente von Gott. Soweit ich weiß, gehörte das Rezept für Hummus dazu.«

»Und wer war der Austausch-Jesus?« Serge grinste. »Ein Schwarzer?«

»Nein, das wäre ja aufgefallen. Bei den Eltern. Auch wenn bei Gott als Vater ja alles möglich gewesen wäre«, gab Ranjid zurück. »Nein, wir haben Maria und Josef einen von uns geliehen. Wir hatten genug Kinder. Dafür bekamen wir die Myrrhe, das Gold und den Weihrauch. War okay.«

Wieder senkte sich Schweigen über den Raum.

»Ranjid, ich weiß nicht, was ich darauf sagen soll«, sprach Renata, und aus ihrer Kehle stieg ein einsames, irres Kichern. »Das ist zu verrückt. Ihr seid alle verrückt.«

Ranjid erhob sich und verbeugte sich artig. »So verrückt, wie Wasser in Wein zu wandeln und Tote lebendig zu machen. Und vielleicht habe ich geflunkert, und Jesus war in Wirklichkeit ein Avatar von unseren Göttern. Hinduismus ist älter.« Er winkte in die Runde. »Namaste.« Und weg war er.

»Tja«, machte Serge. »Kann auch stimmen. Oder, Frau Kupferding?«

Renata saß auf dem Pult. Ihr Denken hatte sich aufgehängt wie eine abgestürzte Festplatte.

»Frau Kupferding?«

Still und leise löste sich die Klasse auf, bis nur noch Renata und Silvia übrig waren.

»Ich mach dann mal die Kerzen aus, Frau Kupferding«, sagte die Schülerin und pustete über die Flämmchen, die sofort erloschen. »Nehmen Sie es sich nicht zu Herzen. Sie haben sich Mühe gegeben.« Sie sprühte noch ein bisschen Tannenduft. *Pft-pft,* machte es. »War voll weihnachtlich.« Im Hinausgehen klopfte sie der Lehrerin auf die Schulter. »Tolle Show.«

Renata Kupferding dachte nichts.

»Voll weihnachtlich«, flüsterte sie und lachte hysterisch auf. Sie zog eine Plastiktüte aus der Schublade und sprühte den Tannenduft hinein, dann inhalierte sie. »Voll weihnachtlich«, wiederholte sie kichernd unaufhörlich.

Bis ihre Kollegen sie nachmittags benebelt rücklings auf dem Pult fanden. Die Dose war leer, Renata hatte alles weggesnifft und rief die ganze Zeit: »Hui, Alimente! Hui, die Inder!«

Erst im neuen Jahr sollte Renata Kupferding ihre vollen geistigen Kräfte zurückerhalten. Und sie schwor sich: Nie wieder Weihnachten mit Schülern.

Später fand sie heraus: Ihre Klasse hatte es vorbereitet. Die ganze Diskussion.

Sie nannten das heimlich aufgenommene Video dazu *Düsseldorf ist überall,* und es hatte auf YouTube tonnenweise Likes und Aufrufe. Vor allem »Hui, Alimente! Hui, die Inder!« kam gut an, eine Kinderschutzorganisation nutzte den Ausschnitt, um gegen Drogen mobilzumachen.

Renata Kupferding wanderte nach Indien aus. Und suchte nach Jesus. Dem echten Jesus, wie sie jedem sagte, dann machte sie immer *pft-pft.*

HAUSAUFGABE: ADVENTSKALENDER

»Darf ich dir das vorlesen, Mama?« Ilka, elf Jahre und sehr schlau, weshalb sie manche als altklug bezeichneten, stand mit dem aufgeschlagenen Sachkundeheft vor ihrer Mutter Ursula. »Ist mein Aufsatz.«

»Über?«

»Den Adventskalender.«

»Oh, wie toll.« In dem Moment fiel Ursula auf, dass sie sich niemals Gedanken darüber gemacht hatte, woher diese Tradition eigentlich stammte. Ihr Interesse daran musste sie nicht einmal vortäuschen wie bei den Aufsätzen zuvor über die Honigbiene, die Beutelratte und die Geschichte des Fahrrads. »Lass mal hören, Schlaubischlumpfine.«

Ilka räusperte sich. »Der Adventskalender gehört seit dem 19. Jahrhundert zum christlichen Brauchtum und geht vom 1. bis zum 24. Dezember. Meistens. Adventskalender sollen die Wartezeit bis zum Weihnachtsfest verkürzen und die Vorfreude steigern.«

»Ach? Erst seit dem 19. Jahrhundert.«

»Jetzt warte halt, Mama.« Ilka holte wieder tief Luft. »Die eigentlichen Ursprünge lassen sich bis ins 19. Jahrhundert zurückverfolgen; der erste selbst gebastelte Adventskalender stammt vermutlich aus dem Jahr 1851. Die ersten Formen kamen aus dem protestantischen Umfeld …«

Ursula hörte schon nicht mehr hin. Sie sah zu ihrem Adventskalender, dem streng limitierten Keks-Schokalender von Lumbatz, und sie hatte die Nummer 1. Seit Jahren kaufte sie den Lumbatz-Kalender, und dieses Jahr waren es besonders schöne Täfelchen: niedliche Kätzchen im Weihnachtsdeko-Look. Der Kalender fühlte sich deutlich schwerer an als ein halbes Kilogramm wie in den Jahren zuvor. Viel schwerer. Das musste am Jubiläumsjahr liegen.

Er war noch eingepackt, morgen konnte sie das erste Türchen öffnen. Von der Nummer 1. Vierundzwanzigmal süße Sünde zu je 20 Gramm. Doch vielleicht ließ sie ihn auch eingeschweißt, das gute Stück.

Aus dem Augenwinkel sah sie das rhythmische Blinken der Warnlampe. Die Alarmanlage hatte den Außenbereich scharf geschaltet. In letzter Zeit war in der Nachbarschaft viel eingebrochen worden.

»… die Wand oder Tür gemalten Kreidestrichen, bei der die Kinder täglich einen Strich wegwischen durften«, referierte Ilka. »In katholischen Haushalten wurden hingegen Strohhalme in eine Krippe gelegt, für jeden Tag einer, bis zum Heiligen Abend. Weitere Formen des Adventskalenders waren die Weihnachtsuhr oder eine Adventskerze, die jeden Tag bis zur nächsten Markierung abgebrannt wurde. Diese Variante war besonders während der Zeit des Nationalsozialismus als Ersatz des gebräuchlichen Adventskalenders verbreitet.«

»Ja, die Nazis. Schön, schön«, murmelte Ursula abwesend.

»Die haben bestimmt Nazinacht gefeiert! Oder Heilnacht«, blökte Sohn Elias unvermittelt in den Vortrag, während er in seiner Fußballmontur zur Tür hereinkam. Der Jugendliche war in seiner Pubertät extrem empfänglich für dumme Witze mit Penis, Pimmel, Nazis und Fürzen. »Frohe Nazinacht, mein Föhrer. Gesegnetes Heilnachten«, imitierte er prompt die Führersprechweise. »Oh! Schon Wintersonnenwende? Da pflücke ich mir doch ein leckeres Hakenkreuz vom Ast. Mit Nazipanfüllung und weißer Schokolade aus den Kolonien.«

»Mann, Elias«, sagte Ilka genervt.

»Und? Habe ich rrrecht?«

»Leider ja.« Sie blätterte vor. »Es gab bei den Nazis den Kalender Vorweihnachten. Mit Märchen, nationalsozialistischen Weihnachtsliedern, Backanleitungen für sogenanntes Sinngebäck, Bastelanleitungen für hölzernen Weihnachtsbaumschmuck in Form von Runen und Sonnenrädern, Klausenbäumen aus Kartoffeln sowie Weihnachtsgärtlein, die die Krippen unter dem Weihnachtsbaum ersetzen sollten.«

Ursula musste grinsen. Es klang so albern, was sich die Hitler-Gang ausgedacht hatte.

Elias hingegen bekam sich nicht mehr ein vor Lachen. »Alter! Und dann singen sie: *Morgen kommt der Naziklaus* und *Ihr Nazilein kommet* und *Am Nazibaume die Runen brennen* und *Adolf durch den Dornwald ging* …«

»Geh zum Training«, sagte Ilka schlecht gelaunt.

»Ja, mache ich.« Er sah auf die Statusmeldung der Alarmanlage. »Ey, hoffentlich kommen die nicht zu uns.«

»Die Nazis?«, fragte Ilka genervt.

»Die auch. Nein, die scheiß Einbrecherbande. Die haben schon die Buden von Jonas und Philipp ausgeräumt.« Er trabte hinaus. »Bis nachher.«

Ilka räusperte sich und fuhr mit ihrem Vortrag fort. »1903 brachte der Münchner Verleger Gerhard Lang einen gedruckten Kalender mit dem Titel *Im Lande des Christkinds* auf den Markt. Er bestand aus einem Bogen mit 24 Bildern zum Ausschneiden und einem Bogen mit 24 Feldern zum Aufkleben. Jeden Tag in der Adventszeit durften die Kinder ein Bild ausschneiden und in ein Feld kleben.«

Es klingelte.

Ursula war ein wenig erleichtert, dem Vortrag entkommen zu können. »Lies nur weiter«, ermunterte sie die Tochter. »Ich höre dich auch an der Tür.« Das war gelogen, aber egal.

Als sie öffnete, stand ein Mitarbeiter des örtlichen Supermarktes vor der Tür, unschwer an Kittel und Aufnäher zu erkennen. »Hallo, Frau Fleck.«

»Ja?«

Der junge Mann lächelte sie an. »Der Chef schickt mich. Sie haben doch den Lumbatz-Kalender gekauft.«

»Hab ich.«

Er reichte einen Flyer der Firma an sie. »Tut mir sehr leid, Frau Fleck. Produktmängel, hat Lumbatz gemeldet. Kam heute rein. Ich soll ihn abholen. Die werden alle vernichtet.«

»Aha.« Ursula sah durch die Tür zu ihrem Exemplar. »Wie schade.«

»... nach 1920 verbreiteten sich schließlich Kalender, deren Fensterchen man öffnen konnte. Hinter jedem Fensterchen war auf einer zweiten, angeklebten Papier- oder Pappschicht ein Bild zu sehen«, las Ilka unermüdlich weiter.

»Ach, wissen Sie: Nein. Ich behalte den.«

»Aber den können Sie nicht essen.« Der junge Mitarbeiter kramte einen Zettel raus. Und einen 500-Euro-Schein. »Das ist die Quittung, die Sie bitte unterschreiben. Lumbatz will sich entschuldigen.«

»500 Euro? Wow.« Ursula sah wieder zu ihrem Kalender. Sie hatte 50 Euro bezahlt. Gute Gewinnspanne.

»... Die heute am meisten verbreitete Gestalt des konventionellen Adventskalenders geht vermutlich auf einen evangelischen Pfarrer zurück. Er wandelte die Idee von Lang ab und versteckte hinter 24 Türchen Bilder mit Gestalten aus biblischen Geschichten«, leierte Ilka aus dem Wohnzimmer.

»Nein«, sagte Ursula.

»Ist das Ihr Ernst?« Der junge Mann schüttelte den Kopf und wedelte mit dem violetten Schein. »500 Euro.«

»Ich weiß. Aber wenn das eine Rückrufaktion von Lumbatz ist, und ich habe die Nummer 1, ist das Ding in zehn Jahren das Hundertfache wert.« Sofort wusste Ursula, dass es ein Fehler gewesen war, das auszusprechen. Die Gier erwachte in den Augen des Angestellten. »Also, nee, das glaube ich jetzt nicht, aber«, schob sie hinterher. »Das ist nur ein Andenken für mich. Ehrlich.«

»Ah. Okay.« Der junge Mann sah an ihr vorbei zum Kalender. »Wenn Sie das so wollen.«

»... flächendeckend beliebt wurde der Adventskalender ab den

Fünfzigerjahren, als er zum Massenartikel und dementsprechend preisgünstig angeboten wurde.«

Ursula schob sich ins Blickfeld des Angestellten. »Danke. Ich behalte ihn.« Schnell drückte sie die Tür zu und kehrte ins Wohnzimmer zurück.

»Der erste mit Schokolade gefüllte Adventskalender wurde 1958 in den Handel gebracht.« Ilka sah hoch. »Gut, Mama?«

Ursula blickte zu ihrem Lumbatz-Kalender. Nummer 1. Rückrufaktion. Einmalig, nein, *eins*malig.

»Sehr gut, Schatz.« Dann schaute sie auf die Alarmanlage und das Videodisplay daneben. Es zeigte den Einkaufsmarktmitarbeiter, der hektisch telefonierte. Ihr Misstrauen wuchs ins Unermessliche. »Sehr, sehr gut.«

Gleich morgen würde sie den unbezahlbar wertvollen Kalender ins Schließfach schaffen.

Eine Stunde später klingelte es wieder.

Ursula stand von der Couch auf und ging zur Tür.

Auf dem kleinen Bildschirm der Gegensprechanlage sah sie einen Mann mit einem fertig geschmückten Tannenbaum, der auf eine Liste schaute.

Langsam und neugierig öffnete sie. »Ja?«

»Familie Fleck, richtig?« Der Mann lächelte werbebreit. »Sie haben gewonnen!« Er schüttelte das mannshohe Bäumchen, der Schmuck klirrte und klimperte. »Einen nagelneuen, fertig geschmückten Weihnachtsbaum von MyLittleLandhaus im Wert von 4000 Euro!« Als er sah, dass Ursula stutzte, hielt er ihr die Liste hin. »Das Gewinnspiel. Im Supermarkt, Frau Fleck.«

Sie erinnerte sich. Wie jedes Jahr hatte sie zwei Dutzend Teilnahmekarten ausgefüllt und in den Vorführwagen geballert. Noch nie hatte sie gewonnen. Bis heute. Der Lumbatz-Kalender schien der Auftakt einer Glückssträhne zu sein.

»Oh, wie toll.« Sie öffnete die Tür und ließ den Mann herein. »Stellen Sie ihn bitte ins Wohnzimmer, Herr …?«

»Tanneboom.« Er grinste. »Kein Scheiß. Ich heiße wirklich so.«

Dann schob er den Gewinn durch den Eingang. »Nochmals herzlichen Glückwunsch.«

Ursula quetschte sich an ihm vorbei und gab Anweisungen, schickte Ilka, einen Christbaumständer zu holen, als es wieder läutete.

Dieses Mal stand eine Frau mit einem eingerollten Teppich vor der Tür. Und einer Liste.

»Noch ein Gewinn?«

»Das ist echt Ihr Glückstag«, befand Tanneboom und stocherte das untere Baumende in den Halter.

Ursula eilte zur Tür. »Ja?«, fragte sie im Öffnen.

»Frau Ursula Fleck?«

»Ja.«

Die Frau streckte die Hand aus. »Faserli mein Name. Sie haben einen Teppich der Marke Superflausch gewonnen, im Wert von 1000 Euro. Wo darf ich ihn hinstellen und ausrollen?« Sie hob ihr Smartphone. »Wir sind live, Frau Fleck. Machen wir immer bei Preisübergaben. Steht in den AGB.«

Ursula bekam einen Schreck: Damit sah das halbe Internet, dass sie den limitierten und zurückgerufenen Lumbatz-Kalender Nummer 1 hatte. »Danke, das … ist toll!« Sie deutete den Flur entlang. Von dort sah man ihren eigentlichen Schatz nicht. »Da, bitte.«

Frau Faserli hüpfte filmend in die Wohnung. »Danke!«

Ursula wollte die Tür schließen, als sie das Kamerateam sah, das sich gerade die Auffahrt hinaufbewegte. Der nächste Gewinn.

Aus der Wohnung ertönte derweil das Klimpern und Rasseln des Weihnachtsbaumaufstellers und das leise Knistern und Flauschen, mit dem der Teppich ausgelegt wurde.

»Frau Fleck«, rief der Moderator schon von Weitem. »Sie haben uns gesehen!«

»Ja.« Sie grinste. »Und? Was habe ich gewonnen?«

Das Kamerateam hatte sie erreicht. »Rumpel mein Name, und bitte keine Witze«, stellte sich der Mann vor. »Wir sind von Check1-2-3-24MarktGuruScout, und Sie haben soeben den nigelnagelneuen MiniMini SmartySmart gewonnen. Im Wert von 10 000 Euro! Was sagen Sie?«

»Na, was soll ich sagen: Wo ist das Auto?« Ursula lachte laut. »So ein Glück!«

»Ja, Sie haben recht, Frau Fleck, und hier« – Rumpel zeigte zur Straße – »ist Ihr Wagen!«

Vorgefahren wurde der MiniMini SmartySmart von einer Riege Stripper, die wild tanzend ausstiegen und sofort lasziv auf der Haube herumrutschten. Sie hatten Rentiergeweihe auf dem Kopf und die Nasen rot bemalt. Es quietschte jedes Mal, wenn sie mit freiem Oberkörper über den Wagen rutschten. Sie hatte ein bisschen Angst, dass die vor Kälte steifen Brustwarzen der Männer Kratzer in den Lack machten oder der eine mit dem Brustwarzenpiercing sich an den Scheibenwischern verklemmte und was beschädigte.

»Kommen Sie, Frau Fleck. Wir fahren eine Runde Probe.« Der Moderator hakte sich bei ihr ein und entführte sie mit sanfter Gewalt zu den zappelnden Strippern.

»Oh, das geht nicht. Ich habe noch …«, protestierte Ursula, wurde aber von den goldenen Zapfen abgelenkt, welche die knackigen Tänzer im Schritt hatten und die sie wild schleuderten.

In dem Moment geschah vieles gleichzeitig.

Ilka schrie hoch und hell.

Die Alarmanlage jaulte los.

Glas zersprang mit lautem Klirren.

Der Stripper blieb mit dem Piercing am Scheibenwischer hängen und fluchte sehr, sehr laut.

»Der Lumbatz!« Ursula machte sich von Moderator Rumpel los und spurtete ins Haus. Das Reporterteam blieb ihr auf den Fersen und filmte, was sich vor ihrer aller Augen abspielte.

Die große Wohnzimmerscheibe gab es nicht mehr. Drei Maskierte standen im Garten, einer hielt noch das Nothämmerchen, mit dem er das Glas vernichtet hatte.

»Öh«, machte er verwundert.

Ilka lag unter dem umgekippten Weihnachtsbaum von MyLittleLandhaus im Wert von 4000 Euro, während Tanneboom die Hände nach dem Lumbatz ausstreckte.

»Halt! Das ist meiner!«, rief Ursula. Solange das Kind schrie, war es am Leben.

Da stand Faserli plötzlich vor ihr und wickelte den Teppich geschickt um Ursula, sodass sie nicht weiterkam. Unvermittelt schlang sich das Mikrokabel um ihre Füße, und Ursula stürzte, umhüllt von Superflausch, aufs Parkett, um festzustellen, dass Superflausch weniger flausch und noch weniger super war.

Sie arbeiten zusammen!, dachte sie entsetzt. Der verdammte Angestellte aus dem Supermarkt hatte ihr das eingebrockt.

»Finger weg von meinem Lumbatz!«, kreischte sie und kroch wie die Raupe Nimmersatt zu Tanneboom, der sich den Schokalender schnappte.

Aber die Maskierten warfen sich auf ihn, und ein wildes Gerangel setzte ein, in das sich auch Faserli warf und wie eine Furie um sich biss.

Die Frau mit der Mikroangel drosch ins Gewühl, immer dorthin, wo der Scheinwerfer leuchtete, während der Moderator versuchte, sich den Lumbatz zu krallen, sobald er im Leiberdurcheinander kurz zu sehen war. Dazu heulte die Alarmanlage im Rhythmus eines Scootersongs: *Düpp, Düpp, Düpp, Dibedüppdüppdüpp!*

»Ihr feigen Räuber!« Ursula wälzte sich unter die Alarmanlage, schwang die Füße aufwärts zu einer Kerze und knallte den Absatz auf den Panikknopf. »Ihr landet alle im Kittchen!«

Aber der Panikknopf veränderte lediglich den Sound der Alarmanlage, die jetzt nach *Maja hi, maja ha, maja ho, maja haha* klang.

Da hüpften die Stripper herein, bis auf den Piercing-Typen, dessen Geschrei von draußen hereintönte; offenbar hing er immer noch fest. Sie warfen sich kopfüber ins Gekeile, das sich wie eine große Wolke einmal quer durchs Wohnzimmer rollte und über den Weihnachtsbaum zog. Prompt waren alle Teilnehmerinnen und Teilnehmer pittoresk geschmückt, als wären sie bei einem Fetischwettbewerb.

Ursula hatte sich endlich vom Superflausch befreit und das Kabel um ihre Füße abgewickelt. Damit fing sie zunächst Ilka wie mit einem Lasso aus dem Durcheinander und peitschte auf das Knäuel ein, bis Schmerzensschreie erklangen. Dann schleuderte sie den Superflausch ins Getümmel und sprang obendrauf. »Niemand nimmt mir meinen Lumbatz!«

Mit gezückten Waffen kamen zwei Streifenpolizisten herein, die erst mal ein Dutzend Warnschüsse in die Luft ballerten, sodass Ursula wie alle anderen halb taub wurde. Putz, Teile der Decke, zerfetzte Leuchterreste hagelten auf die Versammelten nieder, und weißer Staub legte sich wie Frost auf die Häupter.

Das Gerangel um den Kalender endete, alle rissen die Arme nach oben, auch Ursula. Selbst die Tanne stellte sich von selbst auf, die außer dem Stern nichts mehr trug.

»Was ist denn hier los?« Der Polizist zielte über die Meute.

»Alle verhaften!« Ursula sah den Lumbatz in der Hand eines Maskierten und nahm ihn mit einem raschen Griff an sich. »Die wollten mir den Kalender stehlen!«

»Den Kalender?« Der Polizist gab seinem Kollegen mit einem Kopfnicken zu verstehen, dass er die Verdächtigen fesseln sollte. Mit Kabelbinder wurden Hände auf Rücken gebunden.

»Nicht irgendeinen.« Stolz erzählte Ursula von ihrem Lumbatz Nummer 1, limitiert und zurückgerufen. »Und die wussten, wie teuer der später mal sein würde«, endete sie.

»Verstehe.« Der Polizist hatte ihre Schilderung mitgeschrieben, dann ließ er die Verdächtigen langsam hinausgehen. Zu Ursulas Entsetzen nahm er den Lumbatz an sich. »Kommen Sie in einer Stunde auf die Wache. Bis dahin habe ich den Bericht fertig. Die Spurensicherung ist auch bald da, Frau Fleck.«

»Und mein Lumbatz?«

»Beweismaterial.«

»Hahaha, Sie wollen den behalten. Den Trick kenne ich doch.«

Der Polizist hob die Augenbrauen und stellte eine Quittung aus. »Ich tue mal so, als hätte ich das nicht gehört, Frau Fleck.« Er reichte den Zettel rüber. »Damit haben Sie die Bestätigung und Anspruch auf einen gleichwertigen Ersatz, sollte der Lumbatz verschwinden.« Er reichte ihr seine Visitenkarte. »Jetzt gehen Sie bitte aus dem

Wohnzimmer und warten Sie auf die Kollegen von der Spurensicherung.«

»Ist gut.« Ursula wäre am liebsten mit auf die Wache gefahren, aber jemand musste bleiben und aufpassen und sich um Ilka kümmern.

»Bis nachher, Frau Fleck. In einer Stunde. Nicht vergessen.«

»Bestimmt nicht.«

Herr Kräftle von der Lumbatz AG stand am Seitenausgang der Polizeiwache und zahlte den Strippern, Herrn Tanneboom, Frau Faserli und dem Kamerateam je 2000 Euro aus, dem Stripper mit dem verlorenen Brustwarzenpiercing gab er einen Fuffi mehr, auch die Polizisten bekamen 2000 Euro.

Dann setzte er sich in den Transporter, mit dem er gekommen war und in dem sich eine mobile Röntgeneinheit befand, wie sie beim Zoll zum Einsatz kam. »Geschafft«, murmelte er zufrieden.

Vor einer Stunde war Ursula Fleck in der Polizeiwache erschienen. Dort hatte sie ihn anstandslos zurückerhalten, den Lumbatz Nummer 1, eingeschweißt und ungeöffnet, entgegen ihrer schlimmsten Vermutung. Und mit dem gleichen Gewicht. Erleichtert, dass niemand versucht hatte, ihren Schatz auszutauschen, hatte sie den Bericht unterschrieben.

Währenddessen hatten die Stripper, Herr Tanneboom, Frau Faserli und das Kamerateam eine Ermahnung erhalten und waren freigelassen worden. Eine Anzeige würde nicht erfolgen, Ursula Fleck hatte sich nach den empfehlenden Worten der Polizeibeamten mit den Geschenken zufriedengegeben, auch wenn der Baum von MyLittleLandhaus einiges an Glanz eingebüßt hatte.

In Haft hingegen blieben die drei Einbrecher, welche die Scheibe eingeschlagen hatten. Sie gehörten nicht zu dem Theater, das die Lumbatz AG eingefädelt hatte, um an den Kalender zu kommen. Gut für die beiden Streifenbeamten. Sie hatten echte Erfolge vorzuweisen.

Kräftle tätigte den lang ersehnten Anruf. »Frau Pfungst, hier Kräftle. Alles in Ordnung. Der Kalender beinhaltete Schokolade. Ich habe ihn zweimal durchleuchtet. Somit haben wir alle.«

»Sehr gut, sehr gut, Kräftle. Wenn das rausgekommen wäre«, sagte sie und stöhnte erleichtert. »Keine Schwängel drin?«

»Nein, Frau Pfungst.«

»Keine Kondome, Dildos, Analspielzeuge, Vibratoren und auch nicht der MegaRüttler4000 mit garantierter Orgasmusgarantie für sie?«

»Nur übergroße Schokoladentäfelchen in Katzenform.« Kräftle grinste. Das Fiasko war abgewendet.

Die Lumbatz AG ließ ihre Kalender dezentral zusammenstellen – wie auch der Erotikversand *Fickedei.* Betrunkene Aushilfen hatten ein bisschen was durcheinandergebracht, was zur Folge hatte, dass anstatt leckerer Katzenschokolade die wildesten Spielzeuge und Zubehörsachen für Fetischsex von Fickedei in die Lumbatz-Kalender gewandert waren.

Kräftle hatte für die Lumbatz AG alle fraglichen Kisten zurückgeholt. »Beinahe wären uns echte Einbrecher in die Quere gekommen. Aber ich wusste, dass einer von meinen Plänen aufgehen würde.«

»Gute Arbeit, Kräftle.« Pfungst ließ einen Sektkorken knallen. »Sie haben alle?«

»Ja.«

»Können wir die Liste nochmals abgleichen?«

»Sicher.« Kräftle las die Nummern vor, und Pfungst bestätigte anfangs angespannt, später erleichtert und bei der letzten Nummer euphorisch die Gegenliste.

»Gut. Dann Abflug.« Pfungst legte auf.

Kräftle lehnte sich zurück und betrachtete das transportable Röntgengerät. »Was für ein Aufwand, damit kein Verdacht aufkommt.«

AGs reagierten sensibel auf solche Vorfälle und Skandale, dank Aktienverkäufen und Kurseinbrüchen. Das war verhindert worden. Ursula Fleck würde nie erfahren, was wirklich hinter dem Durcheinander um ihre Nummer 1 gesteckt hatte. Bis zu ihrem Lebensende würde sie annehmen, dass man sie hatte bestehlen wollen. Wegen der vermeintlichen Einmaligkeit.

Er wollte gerade los, als eine E-Mail hereinkam. Von der Lumbatz-Presseabteilung. Eine Reihe von Bildern. Kommentarlos. Aus zehn Altersheimen und zwanzig Kindergärten. Anscheinend war einiges aus der delikaten Fracht übersehen worden. Und die ungeduldigen Kleinen und Alten hatten bereits einen Blick hineingeworfen.

»Scheiße. Die Palette Schokalender für den guten Zweck!«, rief Kräftle. Sie ging jedes Jahr an Bedürftige und wurde aus den regulären Ausliefersystemen an den Handel ausgebucht.

Die Bilder waren irgendwas zwischen lustig und verstörend und irritierend, denn die Kinder waren sehr wohl in der Lage, die Dinge anders einzusetzen, als sie vom Hersteller gedacht waren: in LEGO-Bauten, in der Weihnachtskrippe, beim Malen, beim Handwerken. Besonders lustig waren die Gesichter der Erzieherinnen und Erzieher im Hintergrund.

Kräftle schlug sich eine Hand vor den Mund. Er hatte nicht gewusst, was man alles mit dem MegaRüttler4000 außerhalb des menschlichen Körpers machen konnte. Es sah befremdlich aus, wie sich eine alte Dame ihre Milch damit aufschäumte. Latte mal anders.

Und dann rauschten die Nachrichten mit Links zu den sozialen Netzwerken herein, wo Bilder und Filmchen des handfesten Skandals zu sehen waren. Kräftle hörte den Kurs von Lumbatz im freien Fall in den Keller rauschen.

Sein Handy zeigte ihm einen eingehenden Anruf an. Pfungst.

Kräftle ignorierte ihn. Stattdessen öffnete er den Kalender Nummer 1 und biss einem niedlichen Kätzchen den Kopf ab. Ihm war danach.

JA, IST DENN HEUT SCHON WEIHNACHTEN?

Melanie folgte der unverfehlbaren Spur aus dünnen, bunten Aluminiumfolien, die über den Boden aus der Küche ins Kinderzimmer führte. Obwohl sich darin ihr neunjähriger Sohn Torben und seine zwei Freunde Nils und Sebastian befanden, war es verdächtig still.

Der Aufdruck auf den zerknüllten Folien zeigte zerknautschte Rentiere, den verkrumpelten Nikolaus, das deformierte Christkind, zerdrückte Tannenbäume, kurz alles, was man in einem Adventskalender fand.

Doch der Inhalt hatte sich verflüchtigt. Am 1. Dezember.

Melanie sah in das Kinderzimmer, in dem die drei Jungen gerade die letzten Schokostückchen in den Mund stopften, die Wangen dick wie die von Hamstern.

»Das bringt euch jetzt auch nichts mehr«, lautete ihr vernichtender Kommentar. Mit dem rechten Fuß bugsierte sie ein paar Folien in den Raum, die wie zu schwere Schneeflocken auf den Häuptern der Täter landeten. »Was sollte das, ihr Räuber?«

»Die haben im Fernsehen gesagt, dass die Schokolade schlecht ist«, begann Nils.

»Und dass man die lieber probieren soll«, ergänzte Sebastian.

»Haben wir gemacht, Mama«, schloss Torben und hob den Daumen. »Ist okay gewesen. Können wir noch mal kaufen.«

Da hatte Melanie eine famose Idee. Sie kreuzte die Arme unter der Brust und sah die kauenden, schlingenden Jungen einen nach dem anderen an. Ihre Mundwinkel wanderten nach unten. »Ich habe euch echt gerne. Das tut mir leid.«

»Was denn, Mama?«

»Dass ihr jetzt dem Fluch zum Opfer fallt.« Sie zeigte über die Gesichter der Jungen. »Alle.«

»Was? Hey, Frau Müllersen! Was denn für ein Fluch?«, wollte Nils beunruhigt wissen und wischte sich die Alufolie vom Haar.

»Mama veräppelt uns nur«, sagte Torben.

»Nee, tue ich nicht.« Melanie seufzte. Die perfekte Gelegenheit.

»Davon habe ich noch nie gehört. Ein Weihnachtsfluch.« Sebastian wischte sich Schokoflecken aus den Mundwinkeln.

»Nur wenn Opa nicht schnell genug seinen Punsch bekommt. Dann flucht er«, sagte Nils.

Sebastian schaute verunsichert drein. »Das denken Sie sich doch nur aus, Frau Müllersen.«

Melanie sah sie mitleidig an. »Ach, ihr wart sooo nett.« Sie tat so, als unterdrückte sie ein Weinen, und hielt sich die Hand vor das Gesicht, damit die Kinder das Lachen nicht sahen. »Hätte ich euch die Geschichte doch früher erzählt.« Sie lächelte Torben wehmütig an. »Wir werden dich nie vergessen, mein Sohn. Versprochen.«

Die drei Jungen wechselten rasche Blicke, Nervosität breitete sich aus. Bis Nils das Unvermeidliche fragte: »Was denn für eine Geschichte?«

Melanie lehnte sich an den Rahmen und tat noch immer so, als ringe sie mit der Fassung. »Die Geschichte von den Kindern, die ihren Adventskalender zu früh leer aßen …«

… Vor nicht allzu langer Zeit waren Thomas, Lily, Oliver und Mandy allein zu Hause und veranstalteten eine Pyjama-Party.

Da wurde Oliver langweilig, und er sagte: »Ich wette, dass sich keiner von euch traut, mir dabei zu helfen, den Adventskalender im Wohnzimmer leer zu essen. Komplett. Weil ihr alle Feiglinge seid.«

Thomas, Lily und Mandy schauten sich an. Es klang verlockend, war aber nicht rechtens.

»Mama hat den auf einem Weihnachtsmarkt gekauft. Der ist für Oma«, warf Lily ein. »Das ist doch was ganz Besonderes!«

»Was ist denn das für eine bescheuerte Mutprobe?«, sagte Thomas.

»Es ist *mehr* als eine Mutprobe. Wenn man den Adventskalender noch am ersten Tag leer isst, bekommt man alle Geschenke, die man sich wünscht«, erklärte Oliver überlegen und senkte seine Stimme dramatisch. »Aber man darf nicht einen Krümel übrig lassen.«

»So ein Quatsch«, murmelte Thomas.

Doch Lily und Mandy wünschten sich sogleich die größten, schönsten Dinge, nur um herauszufinden, ob es stimmte.

»Und wie erklären wir, dass der Kalender leer ist?« Thomas gab nicht auf.

»Dann waren eben Einbrecher da und haben ihn gestohlen«, erwiderte Oliver leichthin. »Oder euer Hund hat alles gefressen. Es wird uns schon was einfallen.« Er sah die Mädchen mit festem Blick an. »Denkt an die Geschenke!«

So geschah es, dass die vier die Türchen öffneten und verbotenerweise alles in die Münder stopften, was sie darin fanden: Schokolade, Nüsse, Mandarinen, noch mehr Schokolade und Kekse.

Aber sosehr sie sich mühten, es schien kein Ende zu nehmen.

Die trockenen Plätzchen blieben im Hals stecken, die Schokolade wurde immer härter, die Nüsse schmeckten ranzig, die Mandarinen faulig. Mandy, Lily und Thomas wollten aufgeben, weil es ihnen seltsam vorkam. Es ging nicht mit rechten Dingen zu.

»Nein, nicht aufhören«, rief Oliver entsetzt. »Wir schaffen es!«

»Dann bekomme ich eben nicht mein Geschenk«, sagte Mandy und spuckte den Keksklumpen aus. »Ich kann nicht mehr.«

»Aber dann erscheint das Adventsmonstrum und frisst uns!«

Oliver heulte und würgte das Mandarinenstück hinab. »Entweder man isst den Kalender leer, oder der Krampus fegt herein.«

»Du Idiot!«, schrie ihn Lily an und schlug ihm auf die Nase, sodass sie blutete. »Davon hast du nichts gesagt!«

»*Ihr* wolltet doch die Geschenke unbedingt.« Oliver riss das nächste Türchen auf und fand einen Marzipanklumpen, der gefühlt ein Kilogramm in seiner Hand wog. »Esst! Los, esst, oder wir sterben!«

Wie die Mäuse fielen die vier Kinder über die Fächer her. Doch es wollte keinem mehr gelingen, auch nur ein Fitzelchen hinunterzuschlingen. Sogar die 24 blieb unangetastet.

»Noch ein Plätzchen, und ich kotze«, ächzte Thomas.

»Noch ein Stück Marzipan, und ich falle ins Koma«, jammerte Mandy.

»Noch einen –«, setzte Oliver an, da hörten sie das Heulen vor dem Haus.

»Das … das ist der Krampus«, wisperte Lily mit großen Augen. Sie rutschte näher zu ihren Freunden. »Er kommt, um uns zu holen!«

Thomas stand auf und nahm Oliver am Arm, riss ihn in die Höhe und stieß ihn durch das offene Verandafenster hinaus in den verschneiten Garten. »Krampus! Höre mich! Der da hat den Vorschlag gemacht und uns nicht gesagt, was es damit auf sich hat. Nimm ihn, aber verschone uns.«

»Bist du verrückt?« Oliver stand schlotternd im Pyjama im Weiß und starrte in die dunklen Tannen hinter dem Haus. Sie rauschten und wogten und bogen sich und hielten die Finsternis fest, während hoch am Himmel der volle Mond stand. »Du kannst mich doch nicht dem Monster zum Fraß vorwerfen!«

»Du bist selbst schuld.« Thomas zitterte vor Angst und Kälte. »Krampus, hast du gehört? Wir wurden von diesem Kerl betrogen!«

Das Dröhnen dunkler Kuhglocken erklang aus der Dunkelheit, begleitet von einem höhnischen Lachen und einem Schnauben wie von einem riesigen wütenden Stier. »So habt ihr es gewagt: Geschenke oder Fluch!« Rumpelnd und krachend bogen sich die mächtigen

Stämme, um dem Krampus Platz zu machen. Drei Meter ragte seine Silhouette empor, die gedrehten Bockshörner schwangen sich tödlichen Gabeln gleich in die Höhe. Feurig wie Kohlen brannten seine Augen im hässlichen Schädel. »Versagt habt ihr und seid beim Fluch gelandet, ihr törichten Wichte!«

Oliver wollte zurück ins Haus, aber Thomas schlug ihm die Tür vor der Nase zu. »Bitte«, quiekte er und trommelte mit den Fäustchen gegen die Scheiben. Aber das Glas hielt. »Ich will nicht –«

Ein dunkler Schatten fiel über ihn. Im nächsten Moment wurde Oliver davongerissen, während sich die Tür prasselnd und platschend mit seinem sprühenden Blut färbte.

Mandy und Lily schrien vor Entsetzen, Thomas wankte zurück, die Blicke auf die Scheibe gerichtet.

Ein Reißen und Krachen erklang von draußen, während der Krampus Oliver verschlang und die süße Füllung genoss. Sie hörten das genießende »Mhhh …« der dämonischen Kreatur.

Danach wurde es totenstill. Nicht einen Mucks hörten die drei Freunde mehr.

»Er hat dir geglaubt«, flüsterte Lily. »Er hat dir geglaubt, dass Oliver uns anstiftete.«

Mandy weinte vor Erleichterung.

»Ihr Kinderlein«, tönte es unvermittelt laut und hohl durch den Kamin wie aus den tiefsten Schlünden der Hölle. »Ich behalte euch im Auge. Jedes Jahr in der Weihnachtszeit sitze ich im Verborgenen und beobachte euch. Noch *eine* Verfehlung, noch *eine* Sache, die meinen Ärger hervorruft, und ich komm und hole euch!«

Mit lautem Splittern und Krachen flog die Tür zum Garten auf, und der Wind fegte den losen Schnee herein. Eine grausige Gestalt mit Fratzengesicht und Klauenhänden, mit Zottelfell und blutigen Reißzähnen starrte aus rot leuchtenden Augen zu ihnen herein.

Mandy, Lily und Thomas kreischten auf und klammerten sich aneinander.

»Nicht *eine* Verfehlung, nicht *eine* Gemeinheit wird mir entgehen«, brüllte der Krampus und stampfte mit seinem Ziegenfuß auf. Er streckte eine Hand aus, und in den triefenden Fingern hielt er den abgerissenen Kopf von Oliver, aus dessen Stumpf Blut troff. »Vergesst niemals, was ich vermag, Kinderlein.«

Der Krampus wandte sich ab und ging auf den schwarzen Wald zu.

Der Boden dröhnte unter seinen langsamen, stampfenden Schritten, und Olivers abgerissener Schädel zog eine Spur aus roten Pünktchen im Schnee hinter sich her.

Kurz bevor das Wesen zwischen den Tannen verschwand, aß er den Kopf des Jungen, wie andere einen Apfel verspeisten, und lachte grausam. Dann verschmolz er mit der Dunkelheit …

Im Kinderzimmer herrschte betroffenes Schweigen.

Zufrieden mit der Wirkung, sah Melanie zu Nils, Sebastian und Torben. »Bis heute sind es sehr folgsame nette Menschen, und sie haben sich in sozialen Berufen engagiert. Denn sie fürchten sich vor dem Krampus. Und das alles nur« – sie pustete, und leere Alufolien wirbelten um die Jungen –, »weil sie den Adventskalender unbedingt früher leer essen wollten.«

Nils schluckte und lief weiß an. Er stand kurz davor, sich zu übergeben.

»Aber Frau Müllersen, wir haben doch alles gegessen. Wir bekommen doch jetzt unsere Geschenke«, hakte Sebastian sofort ein. »Der Krampus kann mich mal.«

Melanie streckte den rechten Arm aus und öffnete die Hand. Darin lag ein verpacktes Schokoladenlamm. »Das habt ihr übersehen. Und jetzt ist es zu spät.«

Im gleichen Moment erklangen wie aus weiter Ferne dunkle Kuhglocken, gefolgt von teuflischem, tiefem Lachen und Gekreische, als wäre eine Horde Dämonen gelandet.

»Oh, scheiße«, flüsterte Torben. »Mama, das wussten wir nicht!«

Sie warf ihm das eingepackte Schokolamm zu. »Ich empfehle euch, nett und folgsam zu sein, Freunde. Sonst wird es das letzte Weihnachten. Und ich würde euch sehr vermissen.« Schnell drehte sich Melanie um, damit sie in sich hineinlachen konnte, das Beben ihrer Schultern sollten sie ruhig als Weinen verstehen.

Als sie sich wegbewegte, blieb es still im Zimmer.

Sie kam am Wohnzimmer vorbei, wo ihr Mann Rudi gerade einen folkloristischen Bericht über den Perchtenlauf im Alpenraum schaute, bei dem die Läufer in Scheusalverkleidung und mit Glocken behängt umhersprangen. »Ich mach Abendessen. Irgendwelche Wünsche?«

»Nein. Schnittchen reichen.« Er warf ihr einen Blick zu und lächelte, dann widmete er sich wieder dem Bericht. »Haben die Jungs den ganzen Kalender vernichtet?«

»Haben sie.«

»Hast du sie ausgeschimpft?«

»Ich habe ihnen die Geschichte erzählt.«

»Die vom Krampus?« Rudi lachte.

»Ja. Und die Kinder ein bisschen reingelegt. Sie hatten den Kalender leer gegessen, aber ich habe sie im Glauben gelassen, sie hätten ein Stück vergessen. Du hättest ihre Gesichter sehen sollen!« Sie lachte leise. »Das war fies. Aber gut.«

Melanie verschwand in der Küche.

»Mann, die ist einfach zu gruselig.« Rudi schaltete den Fernseher leise. »Als du mir die zum ersten Mal erzählt hast, ist mir anders geworden.« Rudi überlegte. »Wie war das: Die hat dir deine Oma erzählt, als du versucht hast, den Kalender zu plündern, richtig?«

Das Dröhnen und Scheppern der Glocken wurde wieder lauter.

Rudi drückte auf der Fernbedienung herum, aber das Gekreisch der Perchtenläufer schwoll an, mischte sich mit den Schreien der Besucher des Umzugs, die von den Maskierten zum Spaß mit leichten Schlägen bedacht wurden.

»Scheißding.« Er schaltete den Fernseher ab – doch die seltsamen Laute blieben.

Sie kamen aus der Küche.

»Melanie!« Rudi sprang von der Couch auf und rannte in den angrenzenden Raum.

Von seiner Frau fehlte jede Spur. Das Fenster war eingedrückt, als habe sich ein Monstrum einen Weg hereingebahnt. Lange Kratzspuren an der Decke sprachen für immense Hörner, und die Küche selbst war voller Blut. Die Spritzer hafteten an den Wänden, auf dem Herd, auf der Arbeitsplatte, einfach überall.

In der roten Lache auf dem Boden fand er einige Haarsträhnen, die zu seiner Frau gehörten. Da ahnte Rudi, woher das grobe Fell am gesplitterten Glas der Fenster stammte.

Eine Gemeinheit zu viel.

DIE UNGLAUBLICHEN ABENTEUER VON ADVENT-MAN

KAPITEL 1: WIE ES BEGANN

Oberbürgermeister Frederik Ackerli stand umringt von den städtischen Würdenträgerinnen und -trägern, hatte wie die anderen einen Becher Glühwein in der Hand und freute sich zusammen mit Hunderten Besuchern auf die Eröffnung des Weihnachtsmarktes. Gut, vielleicht war es schon sein vierter oder fünfter Becher.

Alles war, wie es sein sollte. Vor dem Rathaus standen die Buden in bestem Weihnachts-Bling-Bling, ein majestätischer Baum mit Kugeln und Kerzen und Lampen erhob sich viele Meter hoch neben der Videoleinwand, die Adventsmucke kam aus der Konserve. Die Pressemeute wartete auf die salbenden Worte, bevor der Kinderchor auf die Bühne durfte und der Nikolaus Weckmänner verteilen würde.

»Kann es losgehen?«, fragte Frederik seinen technischen Einsatzleiter Müllberger. Er fühlte sich beschwingt genug.

»Ja, Herr Oberbürgermeister.« Müllberger reichte ihm einen Tabletcomputer. »Da ist der Ablauf drin.« Er sah seinen Chef an. »Sie wissen doch noch alles?«

Licht, Ton, Steuerung der riesigen Adventskalendertüren an den Rathausfenstern und deren LED-Sinnsprüche, die Special Effects und, und, und. *Deutschlands modernster traditioneller Weihnachtsmarkt,* so hatte er selbst dafür geworben. Frederik schaute auf das Display mit gefühlt einer Million bunten Auslösern, Dreh- und Schiebereglern.

Er wusste noch alles. Also, noch fast alles.

Mindestens 40 Prozent. Eher weniger.

Mehr an und aus.

Den Rest sollte die Programmierung machen. Hoffte er.

»Klar.« Als Frederik auf die Bühne ging, brandete Applaus auf. Ihm war kalt, in seinem Kopf drehte es sich ein bisschen, und eigentlich wollte er noch einen Glühwein.

»Mitbürgerinnenen, liebe Kinders«, sprach er ins Mikrofon. »Wir haben alle lange gewartet. Nun spare ich mir eine lange Ansprache und eröffne unseren modernsten traditionellen Weihnachtsmarkt! Zählen wir runter: Zehn, neun, acht …«

Die Menge nahm den Countdown auf, aber Frederik drückte schon bei »fünf« mit großer Geste auf *Go.*

Ein lautes »Oooooh« schallte über den Platz – aber sonst geschah nichts. Nicht ein Türchen klappte auf, kein Spezialeffekt wurde sichtbar.

Aber Frederik Ackerli war Profi. »… und *null!*«, behauptete er und betätigte nochmals *Go.*

Nichts.

»Und … *Doppelnull!*« Frederik tippte wie ein Irrer auf *Go* ein.

»Chef, nur einmal!«, zischelte Müllberger.

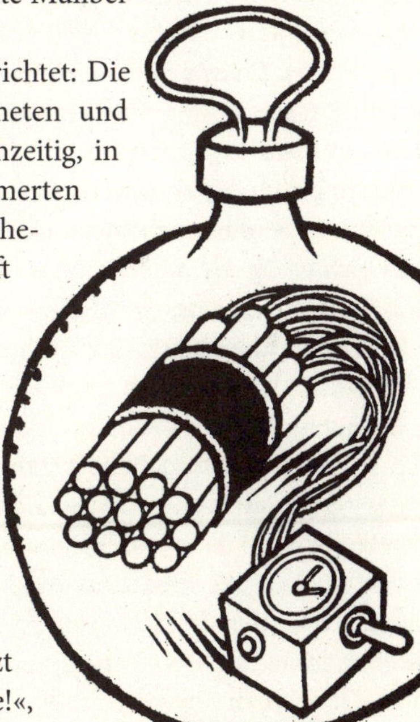

Doch das Unheil war angerichtet: Die 24 Türchen am Rathaus öffneten und schlossen sich plötzlich gleichzeitig, in rasend wirrem Wechsel, hämmerten auf und zu, sodass die Läden herausfielen und durch die Luft segelten. Die ausgebrochenen Stücke surrten wie Geschosse über den Markt, die Leute zogen die Köpfe ein.

»Halt! Halt, verdammte Scheiße!«, rief Frederik, und das Mikrofon übertrug seine Flucherei feierlich über den Platz.

Die Besucher machten jetzt mehr »Aaahhh!« und »Neee!«,

andere lachten sich über den Oberbürgermeister schief, der auf dem Tablet wischte und schob und tippte.

»Chef, Chef, nicht wischen. Das ist kein Weihnachtstinder.« Müllberger kam an Frederiks Seite. »Du meine Güte. Was haben Sie denn alles …?«

Überall zwischen den Buden begannen die aufblasbaren Engel und Nikoläuse zu tanzen. Der Weihnachtsbaum erstrahlte mit Milliarden Lux in gleißendem Weiß, sodass sich die Menschen geblendet abwenden mussten.

Die Musik wechselte aus unerfindlichem Grund zu Klassik: *Dies Irae,* düster und bedrohlich, während die Engel und Nikoläuse sich aufpumpten, als wären sie der Marshmallowmann oder die fetten Geschwister des Michelinmännchens.

»Was zum Teufel ist das für eine Kacktechnik?«, schallte Frederiks wütende Stimme über die Musik.

Von einer Sekunde auf die nächste wurde es still. Jedes Lichtchen, jeder Ton aus den Boxen erstarb. Verwundertes Gemurmel der Besucher kam auf.

»Scheiß Digitalisierung«, fluchte Frederik.

Plötzlich flammte die LED-Wand auf, und ein düsterer Weihnachtsmann wurde sichtbar.

»Ich möchte ein Spiel spielen«, sagte er mit krächzender Stimme.

»Oh, nein.« Müllberger starrte wie die Besucher auf die helle Leinwand. »Das ist Jigsaw. Wie aus dem Horrorfilm.«

»Nein, eher Nikosaw.« Frederik sah auf das Tablet, und auch da war der Horrorklaus mit einem widerlichen Lachen zu sehen. »Wer hat das programmiert? Wen muss ich dafür entlassen?«

»Ich bin Sandy Claws. Und auf dem Markt sind Sprengsätze versteckt. Vierundzwanzig Stück. Wenn ihr meinen Anweisungen folgt und das Spiel gewinnt, sind alle Zünder deaktiviert.« Die Zahlen leuchteten in den Fenstern des Rathauses auf. »Dann könnt ihr eurer Wege gehen und Weihnachten feiern. Sobald jemand flieht, gehen die übrigen Bomben hoch.«

Müllberger nahm ihm den Computer weg. »Das ist kein Programm. Das ist live.«

Sandy Claws schaute dämonisch drein. »Bereit für eure erste Aufgabe?« Er deutete nach rechts. »Ich will, dass ihr dem Oberbürgermeister den Kopf abschlagt.« Nach zwei Sekunden Pause lachte er. »Nein, ein Scherz.« Im ersten der 24 LED-Weihnachtskalenderfenster leuchtete die Anweisung auf. »Ich will, dass ihr so viele Crêpes macht, dass es auf dem ganzen Markt keinen Teig mehr gibt. *Los!*«

Frederik sah über die vor Angst gelähmte Stille. »Aber wenn wir nicht –«

»Ticktack«, erwiderte Sandy Claws. »Crêpes, los! Oder« – er pausierte theatralisch – »booom!«

»An die Arbeit«, rief Frederik und machte eine scheuchende Handbewegung. »Und Sie, Herr Sandy Claws: Was für ein kranker Typ sind Sie?«

»Ich bin der etwas andere Nikolaus«, erwiderte der Mann von der riesigen LED-Wand. »Meine Rute ist für die bösen Kinder eben … explosiv.« Er lachte dröhnend über seinen eigenen Witz. »Und wenn ihr –«

»Robert! Tust du wieder im Internet surfen?«, kam es aus dem Hintergrund. »Jibbt gleich Essen. Lecker Frikadellschen.«

Sandy Claws schaute verlegen zur Seite. »Mama, ich bin live. Da kannst du nitt einfach –«

»Wie live?«

»Na, live. Mama, ich komm gleich.«

Der Weihnachtsmarkt starrte auf die Leinwand, auf der sich ein Drama anbahnte.

»Machste widda Dummheiten, Jung?«

Sandy Claws verdrehte die Augen, und plötzlich wurde Panik in seinem geschminkten Gesicht erkennbar, als eine ältere Dame mit rosafarbenen Lockenwicklern und mintgrünem Bademantel ins Bild schlurfte. »Nee, nee! Mama, geh widda –«

»Jung, watt haste jemacht?« Mutter Sandy Claws sah genau in die Kamera. »Tust du widda die Leute ärjern, wa?«

Sandy versuchte, seine Mutter aus dem Bild zu schieben, aber sie blieb verwurzelt wie eine Nordmanntanne stehen. »Nee, Mama. Die haben dit verdient. Das sind die Ärsche aus München. Die brauchen die Abreibung.«

»Jung, hamm wa nitt besproche, dass du das nitt machst?«, maßregelte sie ihn. »Die Bayern sinn doch och nur Menschen.«

»Entschuldigung! Hallo?«, hakte Frederik ein. »*Das* hier ist *nicht* München.«

»Jaja«, sagte Sandy. »Los, Crêpes!«

Die Mutter wandte sich halb nach rechts und sah auf einen Monitor. »Jung, das ist nitt München. Schau dir de Häusjen an. Der Mann hat rescht.«

»Was?« Sandy Claws nahm ein Tablet und wischte ebenso hektisch wie Frederik vorher. »Aber …«

»Die ersten Crêpes sind fertig«, rief jemand vom Stand rüber. »Was machen wir damit?«

»Jung, haste den falschen Markt jehackt?«

»Ja, Mama«, befand Sandy kleinlaut. »Ich glaube, ja.«

»Dann sach Entschuldijung zu den armen Leuten und ab dafür. Sonst verbrennen die Frikadellschen, nitt wahr?« Sie winkte fröhlich in die Kamera. »Jeht es Ihnen jut?«

»Na ja, Ihr Sohn hat ein bisschen was kaputt gemacht«, sagte Frederik vorsichtig.

»Jung?« Sie wandte sich zu Sandy um. »Watt hasse jemacht?«

»Och, Mama«, quengelte er. »Ich dachte, das wären die doofen Bayern.«

»Du lässt dir von dem netten Herrn die Kontonummer jeben und bezahlst das. Hamm wa uns fastanden?«

»Ja, Mama.« Mit verkniffenem Mund notierte er sich die Bankdaten, die ihm Müllberger nannte.

»Die Crêpes?«, rief jemand vom Stand.

»Können Sie selbst essen.« Sandy riss sich den angeklebten Bart ab. Er war wütend und frustriert.

»Was hatten Sie denn in München vor?«, erkundigte sich Frederik. »Das klingt, als hätten Sie einen Plan gehabt.«

»Und was ist mit den Bomben?«, fragte Müllberger besorgt.

»Gibt keine Bomben. Das wäre so eine Charity-Erpressung geworden. Crêpes backen und an Obdachlose verteilen. Glühwein an die Altenheime ausfahren. So was eben.« Sandy Claws tippte auf dem Pad herum. »Guerilla-Aktion gegen die Kommerzialisierung von Weihnachten.«

»Ah«, machte Frederik und sah zu dem Stapel flacher Teigkuchen.

»Ja, dann noch einen schönen Markt. Ich muss den in München jetzt hochnehmen. Aber nix verraten!« Sandy grüßte in die Kamera. »Überweisung kommt. Die Crêpes gehen auf mich. Und nix für ungut.«

Die Leinwand erlosch, und von einer Sekunde auf die nächste lief der Weihnachtsmarkt, wie ein Weihnachtsmarkt laufen sollte.

Frederik hielt plötzlich einen Glühwein in der Hand, den er dringend benötigte. »Also, versuchen wir es noch mal«, rief er über das Mikrofon und drückte auf den grünen Button auf dem Display.

Ganz beseitigt war der Computervirus noch nicht, denn es flammten alle 23 verbliebenen Aufgaben in den LED-Fenstern des Rathauses auf.

Es mochte am Glühwein liegen oder an der Erleichterung oder den mahnenden Worten des Nikosaws, aber Frederik hatte eine fantastische, grandiose, selbstlose Idee!

Er pochte gegen das Mikro. »Liebe Besucherinnen und Kinders. Was halten Sie davon, wenn wir die dreiundzwanzig Aufgaben freiwillig angehen? Um Weihnachten zu einem echten Weihnachten zu machen?«

Tosender Applaus brandete über den Platz, die Menschen ließen den Oberbürgermeister hochleben und forderten für ihn das Amt auf Lebenszeit.

Wildfremde fielen sich in die Arme, man wünschte sich eine besinnliche Adventszeit, Kinder aller Religionen verabredeten sich zum Spielen, und es wurde gespendet bis zum Abwinken. Palästinenser und Israelis schworen Frieden, die Russen gaben die Krim zurück und bekamen dafür Weißrussland, Trump dankte ab, und Obama kehrte zurück, nach einer Verfassungsänderung, und es herrschte Friede auf Erden und den Menschen ein Wohlgefallen.

Zumindest in Frederiks Gedanken.

Stattdessen herrschte betretenes Schweigen auf dem Markt.

»Hey! Was ist jetzt mit den Crêpes?«, tönte es vom Stand.

»Chef. Einfach eröffnen und weg«, soufflierte Müllberger.

Frederik hob die Hand wie zum päpstlichen Segen. »Hiermit eröffne ich den Weihnachtsmarkt. Und jetzt: Lasst die Kinder los.« Dann trat er vom Podest zurück, während es einen einzelnen Mitleidsapplaus gab.

Und da schwor sich Frederik Ackerli, dass *er* nächstes Jahr so etwas wie Nikosaw sein würde.

Der Rächer des Festes, der Verteidiger des echten Weihnachten, der Antikommerz in Person.

Natürlich brauchte er dafür einen passenden Namen.

Engel-Boy? Das klang nach käuflicher Liebe.

Christkindl-Defender? Viel zu nett und niedlich.

Adventskranz-Fighter? Dabei müsste er zu sehr auf die Kerzen und offenes Feuer achten.

Beauftragter für Dekommerzialisierung des christlichen Feiertags anlässlich von Jesu Geburt? Zu sperrig.

Besinnlichkeits-Bringer? Könnte auch ein Drogenverkäufer sein.

Kalender-Soldier? Zu militaristisch.

Dann hatte er ihn gefunden.

»Ich komme wieder«, raunte er düster. »Denn ich bin: Advent-Man. Und ich weise euch den rechten Pfad. Friede den Krippen, Krieg den Hütten.«

Zufrieden taumelte Frederik dem nächsten Glühwein entgegen.

Und so war die Legende von Advent-Man geboren.

Der Mann. Der Mythos. Die Legende.

Die weiteren Abenteuer von Advent-Man und seinen tapferen Helfern Kerzen-Kurt, Bommel-Brigitte, Tannennadel-Norbert und Punsch-Pauline …

Bald.

Vielleicht.

Nach dem nächsten Glühwein.

DAS MÄRCHEN VON DEN VIER HASEN

Einst lebten vier Hasengeschwister, zwei Brüder und zwei Schwestern.

Sie waren mächtige Wesen, voller Zauber und Wunder, mit glänzenden Fellen und Freundlichkeit auf den Mienen. Sie wurden von den Menschen verehrt als Bringer von Fruchtbarkeit und Fülle. Damit das ganze Jahr über Fruchtbarkeit und Fülle herrsche, teilten die vier sich auf. Jeder und jede bekam seine eigene Zeit: Frühling, Sommer, Herbst und Winter.

Und so kamen glückliche Zeiten über die Menschen, derweil die Geschwister ihren Herrscherstab über die Jahreszeiten weiterreichten. An ihren Feiertagen gewährten sie Männern, Frauen und Kindern einen besonderen Wunsch.

Eines Tages jedoch wollte die Häsin des Frühlings nicht mehr teilen. Sie hielt sich für die Beliebteste der Geschwister, weil sich die Menschen an den bunten Blumen und am frischen Grün nach den langen Wintermonaten so sehr erfreuten. Das taten sie weder bei Hitze noch Laub noch Schnee. Daher behielt sie den Stab für sich und ließ ihre Geschwister wissen: »Ich liebe euch alle drei, doch ich bin die Beste von uns. Fortan regiere ich allein.«

Ihre Brüder und ihre Schwester wunderten sich gar sehr und begehrten auf. Sie wussten, dass auch sie ihre Anhänger hatten, die ihrer Wunder harrten. Und so setzten sie der Verräterin eine Frist. Sollte sie diese verstreichen lassen, begänne ein Krieg.

Aber die Frühlingshäsin verteidigte ihre Macht mit ganzer Kraft. Sie brachte die Menschen dazu, an der Sommersonnenwende ordentlich zu trinken und tüchtig zu essen. In ihrem Rausch ergriffen die Ausgelassenen den Sommerhasen und töteten ihn, nahmen ihn aus und rösteten ihn über den Flammen des Feuers.

Das war das Ende der Sommerwunder.

An Samhain schlich die Frühlingshäsin im Geheimen zu den Geistern und Dämonen und Seelen der Toten. Sie schwärmte ihnen vom wundervollen Geschmack ihrer Schwester vor. Und so stürzten sich die Schreckgespenster und Verstorbenen auf die ahnungslose Herbsthäsin und rissen sie in kleine Fetzen, um sie zu verschlingen.

Das war das Ende der Herbstwunder.

Danach ging die Frühlingshäsin verkleidet zu Krampus, zum Christkind, zu Knecht Ruprecht und zu Nikolaus, die im Winter ein karges Dasein in einer elenden Hütte fristeten. Sie sehnten sich nach Macht, vereint in neuer und alter Religion. Zu ihnen sprach sie: »Ihr werdet die Mächtigsten des Winters sein, wenn es sonst keinen mehr gibt, der Wunder vollbringt. Wie den Winterhasen.«

Und so zogen Krampus und Christkind und Ruprecht und Nikolaus los, mit Keulen und Knüppeln, und sie fanden den überraschten Winterhasen.

Er wusste sogleich, dass sein letztes Stündlein geschlagen hatte. »Oh, ihr wollt an meine Stelle treten? Nun, so wisset, ich bin der König des Schnees und bringe den Menschen Geschenke. Wollt ihr das tun?«

»Aus ganzem Herzen«, antwortete das Christkind.

»Mit ganzen Kräften«, rief der Nikolaus.

»Und die Bösen bestraft ihr?«, vergewisserte sich der Winterhase listig.

»Das tun wir«, fügten Ruprecht und Krampus hinzu und hoben die Knüppel.

Der Winterhase deutete auf das Christkind und den Nikolaus. »Fangt mit ihnen an. Sie haben eine Tracht Prügel verdient, denn sie aßen alle Kekse auf, die ich für euch buk.«

Und noch bevor der Nikolaus und das Christkind etwas erwidern konnten, warfen sich Ruprecht und Krampus auf sie. Die Knüppel und Keulen flogen, das Blut spritzte, und ein Heulen und Jammern begann.

Der Winterhase hoppelte eilends davon und machte sich auf, seine Schwester wegen ihres vielfachen Verrats zum Kampf zu stellen.

Da packte ihn eine Kinderhand im Nacken und hob ihn hoch. »Seht, wen ich habe«, rief das Mädchen glücklich und knuddelte den Winterhasen ganz doll arg. »Essen für alle!«

Und schon brach sie dem Winterhasen das Genick, zog ihm das Fell über die Ohren und briet ihn mit der ganzen Familie am großen, flackernden Wintersonnenwendfeuer. Ja, die Frühlingshäsin hatte vorgesorgt.

Das war das Ende der Winterwunder.

Fortan verteilten der Nikolaus und das Christkind die Geschenke zur Weihnachtszeit an die Menschen, der Krampus und der Knecht Ruprecht halfen ihnen bei den Strafen.

Jetzt kennt ihr die Wahrheit hinter den niedlichen süßen Äuglein und dem goldigen Gehoppel und dem putzigen Mümmeln. Die niederträchtige Frühlingshäsin regiert bis heute und bringt Ostereier und Schokolade und viele andere Süßigkeiten, und die Menschen mögen sie dafür. Aber ihre Geschwister sind längst verspeist und vergessen.

DER NIKKÖNIG

[aka Satan Claus]

Wer reiset so spät mit Sack und Pack?
Es ist Satan Claus mit seinem Sack;
Er hat den Beutel wohl in dem Arm,
Er fasst ihn sicher, er hält ihn warm.

Mein Sohn, worauf bist du so erpicht? –
Siehst, Vater, du den Satan Claus nicht?
Den Satan Claus mit Sack und drei Bein'? –
Mein Sohn, nein, das kann nicht sein. –

Du lieber Claus, komm, komm zu mir!
Gar schöne Gedichte sag ich dir;
Manch bunte Bilder sind an der Wand,
Ich zeichnete dich mit ruhiger Hand.

Mein Vater, mein Vater, und hörest du nicht,
Dass Satan Claus mir gar nichts verspricht? –
Sei ruhig, bleibe ruhig, mein Kind;
In dürren Ästen säuselt der Wind. –

Willst, alter Knabe, du mit uns gehn?
Gebäck und Kakao warten deiner schön;
Meine Schwestern führen den nächtlichen Reihn
Und wiegen und tanzen und singen dich ein.

Mein Vater, mein Vater, und siehst du nicht dort
Satan Claus' Päckchen am düstern Ort? –
Mein Sohn, mein Sohn, ich seh es genau:
Es scheinen die alten Tonnen so grau. –

Santa, komm doch, du bist schon so alt;
Und bist du nicht willig, so brauch ich Gewalt.
Mein Vater, mein Vater, jetzt fass ich ihn an!
Satan Claus hat das nun leidgetan! –

Dem Vater grauset's; sie eilen geschwind,
Er zerrt mit sich sein hämisches Kind.
Satan Claus sputet sich mit seinem Sack
Und bringt kein Geschenk zum vorlauten Pack.
Erreicht sein Zuhause mit Mühe und Not;
Und isst zur Stärkung erst mal ein Brot.

DIE MENÜVORSCHLÄGE

Als kleine Anregung für die Kocheskapaden zu den Geschichten habe ich aufgelistet, was es in den vergangenen Jahren im Gasthaus *Zum Alten Bahnhof* zu essen und zu trinken gab.

Auf Rezepte haben die Küchencrew und ich bewusst verzichtet. Manches Küchengeheimnis muss gewahrt bleiben. Also, ran an die Töpfe und Pfannen und selbst ausprobieren! Das wird schon.

Und falls nicht: Nudeln gehen immer.

Oder Würstchen mit Kartoffelsalat.

Oder Toast Hawaii. Das gab's bei uns immer an Heiligabend.

Wer sich nun über die Zahlen wundert: 1W6 steht für einen handelsüblichen sechsseitigen Würfel, 1W10 steht für einen – man ahnt es – zehnseitigen Würfel, und 1W20 … nun ja.

Mit den Würfeln lassen sich Zufallsmenüs entwerfen. Für jene, welche die Fügung gerne ins Spiel bringen. Gerade an Heiligabend. Und wer ein paar mehr Aperitifs oder Speisen haben mag, würfele einfach öfter.

Alternativ kann man die Zahlen in den jeweiligen Kategorien auf Zettel schreiben, in einem Bowlegefäß mischen und ziehen (lassen).

Oder die Liste ausdrucken, auf eine Dartscheibe kleben und so lange mit Pfeilen drauf werfen, bis man genug getroffen hat.

Viel Vergnügen mit den so entstandenen Menüs!

DIE APERITIFS
(1W6)

1. Fruchtige Melonenbowle oder fruchtige Ananasbowle
   Entweder selbst entscheiden oder nochmals würfeln: 1–3 = Ananas, 4–6 = Melone
2. Sekt mit Pfirsichlikör
3. Sekt mit Schwarzkirschlikör
4. Sekt mit Brombeerlikör
5. Rieslingsekt mit Rosmarinsirup
6. Pimm's N° 1 Cup

DIE VORSPEISEN
(1W10)

1. Feld- und Friséesalat in Cassis-Vinaigrette mit Tête-de-Moine-Röschen und Balsamico-Glace, dazu Serrano-Schinken
2. Couscous-Salat mit frischer Ananas, Rosinen, Paprika und gebratener Hähnchenbrust
3. Carpaccio vom Rind mit Balsamico, Olivenöl, kaltem Ratatouille und Parmesanspänen
4. Mariniertes, gegrilltes Gemüse (Champignons, Paprika, Aubergine, Zucchini, getrocknete Tomaten und Parmesan) mit kaltem Roastbeef und Cumberlandsoße
5. Carpaccio vom Rind mit Parmesanspänen und Feldsalat in Balsamico-Vinaigrette
6. Kürbis-Linsen-Salat mit rosa gebratener Entenbrust und Rotweinsoße
7. Endiviensalat mit kaltem Roastbeef und hausgemachter Remouladensoße
8. Rotkrautsalat mit Lauch und Rosinen, dazu rosa gebratene Entenbrust mit Preiselbeersoße

9. Leberpâté nach Großmutters Art mit Sahnemeerrettich und Rote-Bete-Salat mit Walnüssen
10. Rote-Bete-Endivien-Salat mit Räucherlachs, Eierbröseln und Croûtons

DIE HAUPTGÄNGE

(1W20, bei 19 und 20 Wurf wiederholen)

1. Kleine Ricotta-Gorgonzola-Teigtaschen in Salbeibutter
2. Variation der Hähnchenbrust (Chili-Hähnchen, Teriyaki-Limonen-Hähnchen und Ingwer-Honig-Hähnchen) auf buntem Gemüsereis
3. Filet vom Steinbeißer unter einer Tomatenkruste auf Basilikumrisotto
4. Frischer Stangenspargel mit Sauce hollandaise, Schwenkkartoffeln und kleinen Schweineschnitzeln
5. Spargelrisotto mit Schinkenchips und Sauce hollandaise
6. Medaillons vom Schweinefilet unter einer Kräuter-Senf-Kruste mit Rotweinsoße, Erbsen-Möhren-Gemüse und Kartoffelgratin
7. Filet vom Tilapia unter einer Parmesankruste auf Fenchel-Gemüse
8. Saftiges Schweinerückensteak mit Rotweinsoße, getrüffeltem Rahmwirsing und Schwenkkartoffeln
9. Gebratene Riesengarnelen mit Basilikumrisotto
10. Zartes Schweinefilet mit Portweinsoße, Schwarzwurzelgemüse und Rosmarinkartoffeln

11. Filet vom Steinbeißer mit Zitronen-Pfeffer-Butter und Ratatouille
12. Maispoulardenbrust mit Rotweinsoße, Keniabohnen und Kartoffel-Sellerie-Püree
13. Filet vom St. Petersfisch unter einer Parmesankruste mit Spaghetti in Basilikumpesto
14. Zarte Rinderroulade mit einer Pflaumen-Speck-Füllung, dazu getrüffelter Rahmwirsing und angebratene Serviettenknödel
15. Filet vom Kabeljau mit Senfsoße auf Linsengemüse
16. Involtini vom Schweinerücken, gefüllt mit rohem Schinken, Mozzarella, Salbei und getrockneten Tomaten, dazu Gnocchi mit Tomaten-Gemüse-Ragout
17. Tiroler Käseknödel mit Salbeibutter und Parmesan auf Tomatensalat
18. Tranchen vom Kalbsrücken mit Madeirasoße, gebratenen Steinchampignons und getrüffeltem Kartoffelpüree

DIE DESSERTS

(1W10)

1. Irish-Coffee-Parfait auf weißer Kaffeesoße
2. Maracuja-Panna-Cotta mit Heidelbeerkompott
3. Ingwer-Crème-Brûlée mit Schokoladen-Frucht-Spießen
4. Panna Cotta mit Glühweingrütze
5. Marillenknödel mit süßer Bröselbutter und Vanillesoße
6. Marillen- und Zwetschgenknödel mit süßer Bröselbutter und Vanillesoße
7. Hausgemachter Brownie mit Ananaskompott und Mandel-Eiscreme
8. Hausgemachtes Tobleroneparfait mit Glühweinkirschen
9. Hausgemachtes Lebkuchenparfait mit Glühweinkirschen
10. Warme Rumpflaumen mit Walnusseis

VEGETARISCHES

(1W6, bei 6 Wurf wiederholen)

1. Rotkrautsalat mit Lauch, Rosinen und Schafskäse
2. Spinat-Ricotta-Tortellini mit brauner Butter und Parmesan
3. Gebratene Serviettenknödel mit Preiselbeersoße, Apfelrotkraut und glacierten Maronen
4. Feine Bandnudeln in Trüffelsahne mit Parmesan
5. Gebratene Serviettenknödel mit Champignons à la Crême

DIE WEINE

(Würfel … Ach, einfach alle nehmen.
Damit hat sich die Frage nach der Sorte erledigt.)

(Und nein, es ist keine Schleichwerbung oder Produktplacement.
Nur eine Weinliste der letzten Jahre. Ich bekomme keine Provision.)

2008 Premier Chenin Blanc, Simonsvlei Vineyards, Western Cape, Südafrika

2007 Carmenere Silvestre, Viña Ochagavia, Valle de Colchagua, Chile

2009 Weißer Burgunder, Weingut Siener, Birkweiler, Deutschland

2009 St. Laurent, Weingut Siener, Birkweiler, Deutschland

2011 Weißer Burgunder, Weingut Siener, Birkweiler, Deutschland

2010 Tempranillo, 3T, Palacio de Villachica, Toro, Spanien

2011 Sauvignon Blanc, Les Jamelles, Languedoc-Roussillion, Frankreich

2011 Mourvèdre, Les Jamelles, Languedoc-Roussillion, Frankreich

2009 Sauvignon Blanc, Pierre Dupond, Languedoc-Roussillion, Frankreich

2012 Côte du Rhone, Rocca Maura, Les Vignerons de Roquemaure, Frankreich

2014 Le Petit Pont Reserve Blanc (Chardonnay & Vermentino), Les Domaines Robert Vic, Languedoc, Frankreich

2014 Le Petit Pont Reserve Rouge (Grenache, Cinsault, Cabernet Sauvignon), Les Domaines Robert Vic, Languedoc, Frankreich

2015 Le Petit Pont Reserve Blanc (Viognier & Vermentino), Les Domaines Robert Vic, Languedoc, Frankreich

2010 Urbano Tempranillo, Vino de la Tierra de Castilla IGP, Spanien

2015 Pinot Gris, Cave Vinicole Alsace Cleebourg, Elsass, Deutschland

2015 Malbec, Les Jamelles, Vin de Pays d'Oc, Languedoc, Frankreich

2018 Grauburgunder, Weingut Siener, Birkweiler, Deutschland

2017 Anciens Temps (Cabernet-Syrah), Vin de Pays d'Oc, Languedoc, Frankreich

Eine Söldnerin, finstere Mächte und Magie …

MARKUS HEITZ

DIE DUNKLEN LANDE

Roman

1629. Der Dreißigjährige Krieg mit seinen Konflikten erschüttert Europa und tobt besonders gnadenlos in Deutschland.

Die junge Abenteurerin Aenlin Kane reist in die neutrale Stadt Hamburg, um das Erbe ihres berühmten Vaters Solomon Kane zu ergründen. Zusammen mit ihrer Freundin Tahmina, einer persischen Mystikerin, gerät sie in die Wirren des Krieges. Sie nehmen einen folgenschweren Auftrag der West-Indischen Compagnie an: Eine zusammengewürfelte Truppe soll sich durch die Linien nach Süddeutschland durchschlagen, bis nach Bamberg, wo grausamste Hexenprozesse die Scheiterhaufen brennen lassen – doch es kommt vieles anders. Zu viel für einen Zufall!

Aenlin und Tahmina wissen um das Böse und die Dämonen, die sich auf der Erde tummeln und die Wirren des Krieges zu ihrem Vorteil nutzen. Schon bald geht es um mehr als einen Auftrag der Compagnie.

Und der Anführer der Truppe, Nicolas, hat ein düsteres Geheimnis …

Meisterhafte Dark Fantasy von SPIEGEL-Bestseller-Autor Markus Heitz: Historisches trifft Fantastisches – und belebt eine alte Legende neu!

KNAUR

DAS VERMÄCHTNIS
DER
DUNKLEN LANDE
WIRD MUSIKALISCH
IM
HERBST 2019 OFFENBART
Blind Guardian

BLIND GUARDIAN IN

DIE DUNKLEN LANDE

Knapp zwanzig Jahre später und noch kein Friede: Der Dreißigjährige Krieg hält den Söldner Nicolas auch 1648 fest in seinen Krallen.

Mit dem Vermächtnis der Dunklen Lande geht es weiter – im Herbst 2019.

Autor Markus Heitz legte mit dem Roman vor, und die Metal-Band Blind Guardian zieht mit einem eigenen orchestralen Album nach: Welches Geheimnis umgibt Nicolas, wir kann er die Ketten des Krieges abschütteln und wie ergeht es seinen Liebsten?

In einer besonderen Kooperation erzählen die Urgesteine des Heavy Metal und der erfolgreichste Fantastikautor Deutschlands eine einzigartige Geschichte. Jeder auf seine Weise, jeder ungewöhnlich und einmalig.

Mit dem kommenden orchestralen Metal-Album erfüllen sich Blind Guardian den lange gehegten Wunsch, den Schwerpunkt auf imposante Chorgesänge und klassiches Orchester zu legen, wie man es von Flimproduktionen kennt. Es wird ein Werk sein, wie man es von Blind Guardian noch nicht gehört hat.

Herbst 2019 – das Vermächtnis der
Dunklen Lande wird enthüllt.

Weitere News, exklusive Einblicke und Songstücke dazu unter:
nblast.de/BGLegacyOfTheDarkLands
Bandinfos: www.blind-guradian.vom